UNERSCHROCKEN

WOLF RANCH
BUCH 8

RENEE ROSE

VANESSA VALE

RUDELREGEL # 8: LÜGE DEINE GEFÄHRTIN NIEMALS AN.

Diese Regel habe ich bereits in dem Augenblick gebrochen, als ich vor ihrer Tür aufgetaucht bin.

Ich hatte geschworen, meine Art vor jeder Bedrohung zu beschützen.

Als Mensch muss sie geglaubt haben, ich wäre zu einem freundlichen Plausch da.

Sie wusste nicht, dass es mein Auftrag war, ihren Gestaltwandler-Boss dingfest zu machen.

Und ich hatte nicht damit gerechnet, dass sie meine Welt auf den Kopf stellen würde.

Nur ein Hauch ihres Dufts und ich war verloren. Nein – *gefunden.*

Ich konnte nicht ohne sie von dort verschwinden. Also habe ich die Nacht mit ihr verbracht. Sie dazu gebracht, sich in mich zu verlieben.

Doch sie weiß nicht, wer ich bin. Was ich getan habe.

Ich bin nicht einfach nur ein Rancharbeiter – ich bin ein Gestaltwandler-Vollstrecker.

Die Uhr tickt und ich habe einen Job zu erledigen.

Ich muss das Herz meiner Gefährtin erobern und meinen Anspruch auf sie erheben, bevor ich mich in meinen Lügen verstricke.

Bevor sie herausfindet, wer ich bin und was ich getan habe.

Oder was ich tun werde, um sie zu beschützen.

Und zu garantieren, dass sie *mein ist.*

1

JOHNNY

„DIE ERSTE HINRICHTUNG IST DIE SCHWERSTE“, bemerkte Clint Tucker und starrte auf den Leichnam hinunter.

Dort auf der Erde lag der abtrünnige Wolfswandler, den wir im Auftrag des Gestaltwandlerrats gejagt hatten. Nach einer Anhörung hatte der Rat ihn zum Tode verurteilt, weil er der Abschaum der Erde war. Er hatte es verdient, zu sterben.

Doch in einer Sache irrte sich Clint – es war ganz und gar nicht schwer gewesen.

„Er hat seine Gefährtin umgebracht“, erklärte ich, obwohl Clint über den Fall im Bilde war. „Es kam zu einem Streit und … er hat sie kaltgemacht.“ Ich schüttelte den Kopf, und als ich mir über das Gesicht wischte, bemerkte ich, dass ich Blut an den Händen hatte.

Na toll.

„Und die Welpen“, fügte Clint hinzu. „Sie haben sich unter der Veranda verkrochen. Haben alles mitangehört.“ Er spuckte auf den Leichnam. „Wertlos. Sie sind erst herausgekommen, nachdem er verschwunden war. Haben ihre Mutter mit einer Kugel im Schädel gefunden und ihren Alpha angerufen."

„Sie haben das Richtige getan", sagte ich.

Auch Clint empfand keinerlei Reue dafür, diesen Kerl umgebracht zu haben. Clint hatte eine Gefährtin und eine wunderschöne kleine Tochter. Lily. Er würde vor nichts Halt machen, um sie zu schützen.

Er nickte. „Allerdings. Wenn es an der Zeit für Lily ist, einen Gefährten zu finden, werde ich ihm mit meiner Waffe in der Hand und einer Silberkugel im Magazin die Haustür öffnen."

Ich konnte nicht anders, als zu grinsen, sogar in einem Moment wie diesem. Wir befanden uns irgendwo tief in den Schluchten der Bighorn Mountains, westlich von Ranchester, Wyoming. Den Kerl hatten wir den ganzen Weg von seinem Rudelland in North Dakota bis hierher verfolgt.

Es war fast Morgen, etwa eine Stunde vor Sonnenaufgang. Die Luft war kalt und der Wind pfiff durch die Kiefern. Hier draußen hörte der Wind nie auf, zu wehen, was diesem Mistkerl zum Verhängnis wurde. Wir hatten ihn bereits aus meilenweiter Entfernung gewittert.

„Das hier ist nicht das erste Mal, dass ich jemanden umgebracht habe", gestand ich. Allerdings mein erstes Mal als Vollstrecker – und somit genehmigt. Doch ich hatte bereits früher Blut an den Händen gehabt.

Clint hob den Kopf von dem Kerl auf der Erde und erwiderte meinen Blick. Der Mond ging bereits unter, doch noch immer konnte ich die Frage in seinem Blick erkennen.

„Ich habe einen Mann umgebracht", gestand ich.

Seine Augen wurden groß, doch das war seine einzige Reaktion. Clint war ein entspannter Typ. „Scheiße, Johnny."

„Ich war achtzehn. Wir sind mit unserer Mom zu den

Rudelspielen gefahren, die von ihrem alten Rudel ausgerichtet wurden. Da war dieser andere Gestaltwandler. Er war an meiner Schwester interessiert." Den letzten Satz spuckte ich förmlich aus, weil es mich noch immer zur Weißglut trieb.

„Gefährte?"

Ich schüttelte den Kopf.

Falls Clint sich unwohl dabei fühlte, diese Unterhaltung neben einem Leichnam zu führen, zeigte er es nicht. Als pensionierter Vollstrecker hatte er allen möglichen Mist mitansehen müssen, da war ich mir sicher. Er hatte den Job aufgegeben, nachdem er Becky getroffen hatte, seine menschliche Gefährtin. Nur dass er sich jetzt freiwillig dafür gemeldet hatte, mich zu diesem Job zu begleiten, weil wir Rudelgenossen waren und das hier mein erster Auftrag.

Anstelle von Clint war ich nun also der neue Vollstrecker des Wolf-Rudels. Rob Wolf wusste über meine Vergangenheit Bescheid und hatte angeboten, mich aufzunehmen, nachdem ich aus meinem Heimatrudel verbannt worden war. Er hatte erkannt, was ich in mir barg. Eine beschützende Ader. Eine fiese Ader. Zur Hölle, vermutlich verdammt viel Finsternis. Das war der Grund, weshalb ich für die Position des Vollstreckers ausgewählt worden war. Abgesehen davon, dass ich jung und ungebunden war.

„Was ist passiert?"

„Zuerst dachte ich, sie wäre auch an ihm interessiert. Vielleicht war sie das auch, vielleicht nicht. Ich weiß nur, dass ich ihn dabei erwischt habe, wie er sich ihr im Wald aufgedrängt hat", spuckte ich zwischen zusammengebissenen Zähnen hindurch aus. Schlimmer noch, doch das musste ich nicht laut aussprechen. „Ich habe ihn gestoppt, aber ..."

Ich dachte zurück und erinnerte mich an das Rot, das ich sah, dann an das Rot seines Bluts, das in die Erde sickerte. „Ich bin zu weit gegangen."

Clint klopfte mir auf die Schulter. „Schwächere zu beschützen, ist das Zeichen eines guten Alphas. Und als Vollstrecker musst du bereit sein, zu weit zu gehen. Nur so kann man einen abtrünnig gewordenen Gestaltwandler aufhalten."

Ich schluckte den Kloß in meinem Hals hinunter. „Ja. Der Kerl war allerdings abtrünnig geworden."

„Aus dir wird ein ordentlicher Vollstrecker werden. Du *bist* schon einer."

Ich senkte den Blick und musste daran denken, was sie nach diesem Mord mit mir gemacht hatten. Sie hatten mich aus dem Rudel geschmissen. Mich von meiner Familie getrennt. „Dieser Mord war nicht genehmigt gewesen."

Er zuckt mit den Schultern. „Na und? Wenn er deiner Schwester wehgetan hat, dann heißt das, dass er vorher vermutlich schon anderen wehgetan hat und es auch danach wieder getan hätte."

Clint war der geborene Vollstrecker gewesen. Hatte das Rudel beschützt und die Strafen vollstreckt, die der Rat beschlossen hatte. Er hatte eng mit Levi zusammengearbeitet, einem anderen Gestaltwandler und Mitglied des Wolf-Rudels, der Sheriff von Cooper Valley. Zusammen waren die beiden ein hervorragendes Beschützer-Team gewesen, nicht nur für die Gestaltwandlergemeinschaft, sondern auch für die Menschen im Ort. Ihre Doppelspitze hatte eine wesentliche Rolle dabei gespielt, uns und unser Geheimnis zu schützen. Und natürlich half es auch, dass seine Gefährtin ein Mensch war und Lily beides. Perfekt.

Nun war ich in Clints Fußstapfen getreten und hatte mich bereits mit Levi angefreundet. Trotzdem, ich fragte mich noch immer, ob es eine gute Idee war, mich mit dieser Rolle zu beauftragen. Ob ich zu gut war. Zu finster für diese Aufgabe.

„Ich wurde vor den Rudelrat zitiert." Das war verdammt furchteinflößend gewesen.

„Deshalb kannten sie dich bereits.“

Ich musste lachen, auch wenn der Grund dafür alles andere als lustig war. „Genau. Meine Strafe war, dass ich auf die Wolf Ranch verbannt wurde. Ich musste meine Familie zurücklassen.“

„Wolf Ranch ist keine Strafe, Junge“, erinnerte mich Clint. „Das weißt du.“

Stimmt. War es nicht. Damals hatte ich das noch geglaubt, doch mittlerweile wusste ich, dass es nicht so war. Das Rudel von Montana war verdammt toll. Ich mochte meine Familie bei meinem alten Rudel zurückgelassen haben, doch im Wolf-Rudel konnte ich eine neue Familie finden. Dieser Ort war nun mein Zuhause.

„Deine Schwester ist deinetwegen in Sicherheit“, fügte er hinzu.

Wieder senkte ich den Blick und starrte auf diesen weiteren Gestaltwandler hinunter, der ein Weibchen misshandelt hatte. Auch dieser Kerl würde keiner anderen Frau jemals wieder etwas zuleide tun. Ich nickte zustimmend.

„Sie hat mittlerweile einen Gefährten und zwei Welpen“, erzählte ich und dachte an Simi. Ich konnte nicht anders, als ein wenig zu lächeln und Stolz zu empfinden.

Er grinste. „Gut. Klingt so, als hätte sie diese Geschichte hinter sich lassen können.“ Doch dann erlosch sein Lächeln und er musterte mich nachdenklich. „Hast du sie hinter dir gelassen?“

Der Wind zerzauste meine Haare und die Luft kühlte meine erhitzte Haut ab. Hatte ich hinter mir gelassen, was Simi zugestoßen war?

Ich schüttelte den Kopf. „Nein. Definitiv nicht.“

Ich hockte mich hin, wühlte durch die Hosentaschen des Kerls und nahm ihm seinen Ausweis ab. Wir würden ihn hier liegenlassen, meilenweit entfernt von der Zivilisation, weit genug entfernt von jeder Straße. Die Tiere würden ihn verschwinden lassen.

Ich hob den Blick zu Clint. „Was sagt das über mich? Dass ich gefährlich bin? Gnadenlos? Wie soll ich mit so einem Charakter jemals eine Gefährtin finden?"

Clint nahm seinen Hut ab, fuhr sich mit den Fingern durch die dunklen Haare und setzte sich den Hut dann wieder auf. „Deine Seele ist nicht finster, Junge. Du hast ihn nicht zum Tode verurteilt. Der Rat hat ihn verurteilt. Du vollstreckst nur die Strafe. Vergiss nicht, es gibt jetzt eine Bedrohung weniger für diejenigen, die sich nicht selbst verteidigen können. Das verstehst du. Das weißt du."

Ich warf ihm das Portemonnaie des Kerls zu.

„Und was die Gefährtin betrifft ...", fuhr er fort. „Du hast miterlebt, wie alle anderen auf der Ranch ihre Gefährtin gefunden haben. Einer nach dem anderen. Sogar ich. Es wird passieren, wenn du am wenigsten damit rechnest."

Ich richtete mich auf. Ich wollte nicht länger darüber sprechen. Wir hatten unseren Job erledigt. Clint hatte recht. Jeder Mann auf der Wolf Ranch hatte seine Schicksalsgefährtin gefunden. Aber die anderen waren auch keine Mörder.

Ich schon.

2

EMMA

Es war fast zehn Uhr abends und ich war immer noch im Büro. Puh.

„Emma – hopphopp! Wir haben nicht die ganze Nacht Zeit." Mein Vorgesetzter, Stan, klatschte auffordernd in die Hände, als er an meinem Büro vorbeimarschierte.

Arschloch.

Ich legte den Kopf zurück und rollte meinen steifen Nacken aus.

Gott, dieser Job war ein absoluter Albtraum. Als ich als VFX-Designerin eingestellt worden war, um in Hollywood digitale Effekte zu bauen, hatte ich geglaubt, ich hätte meinen Traumjob gelandet. Hatte geglaubt, mein Design-Studium hätte sich gelohnt und es würde ein absoluter Traum werden, in einer Großstadt am Meer zu leben.

Ich hatte geglaubt, ausnahmsweise einmal wäre *ich* die Glückliche von uns beiden Zwillingsschwestern.

Es hatte mir nichts ausgemacht, bis spät in die Nacht zu

arbeiten. Es hatte mir nichts ausgemacht, Achtzigstundenwochen runterzureißen. Davon war ich ausgegangen. Ich war immer schon die fleißigere der beiden Schwestern gewesen. Dieses Mal hatte ich wirklich geglaubt, Teil von etwas Großen zu sein, als ich die Stelle angenommen hatte. Aber zweieinhalb Jahre später verdiente ich noch immer dasselbe wie am Tag meiner Einstellung und arbeitete genauso viel wie am Anfang. Mein Selbstbewusstsein war praktisch nicht mehr vorhanden. Ich erinnerte mich nicht mehr, wann ich das letzte Mal den Pazifik oder überhaupt irgendwas außerhalb der vier Wände meines Büros gesehen hatte.

Sicher, ich würde irgendwie damit klarkommen, wenn ich wenigstens das Gefühl hätte, dass meine Arbeit wertgeschätzt oder meine Leistungen öffentlich anerkannt werden würden.

Doch so etwas würde hier niemals passieren. Mit jedem neuen Tag der ewig selben Plackerei wurde mir das langsam mehr als deutlich.

Ich biss die Zähne zusammen und stellte die Explosionsszene fertig, die ich bereits fünfmal revidieren musste. Nicht etwa, weil ich schlechte Arbeit geleistet oder etwas falsch gemacht hätte – nein, einfach nur, weil immer jemand anderes mit einer neuen Vision dazwischenfunkte.

So lief es im Filmbusiness eben. Ich wusste es besser, als mich über so etwas noch aufzuregen.

Oder vielleicht sollte ich mich gerade aufregen, aber wie dem auch sei, es war langsam ein sehr alter Hut.

Mein Handy klingelte und ich warf einen Blick auf das Display. Lyssa. In Montana, wo sie wohnte, war es fast elf Uhr abends, aber sie war eben Partygirl durch und durch.

„Hey, was gibts?", nahm ich den Anruf an.

„Was geht bei dir?" Da wir eineiige Zwillinge waren, klangen unsere Stimmen gleich, so wie auch alles andere an uns gleich war, doch ihr Tonfall war aufgekratzt und voller

Begeisterung. „Bitte sag mir, dass du nicht immer noch auf der Arbeit bist."

Ich stieß einen schweren Seufzer aus. „Kann ich nicht, weil es eine Lüge wäre."

„Ernsthaft? Es ist Sonntag! Du hattest seit einer Ewigkeit keinen freien Tag mehr! Seit sechs Wochen nicht mehr, oder? Und es ist ja nicht so, als ob sie dir die Überstunden bezahlen würden."

„Wem sagst du das?", murmelte ich, während meine Finger weiter über die Tastatur und die Maus flogen und ich den Effekt mit dem neuen Stil programmierte, um den ich gebeten worden war. Mein Monitor war riesig und nahm den gesamten Schreibtisch ein. Das Deckenlicht hatte ich ausgeschaltet und Fenster nach draußen gab es ohnehin nicht. Mein Büro war eine digitale Höhle.

„Du musst da endlich kündigen."

Damit lag sie mir seit über einem Jahr in den Ohren, und ehrlich gesagt hatte sie nicht unrecht. Zuerst hatte ich mich gegen ihren Rat gesträubt, weil ich einen Job hatte. Ein Job in einem Business, in dem ich arbeiten wollte. Ein Job, der die Rechnungen bezahlte, auch wenn mir nicht einmal die Zeit blieb, mein hart verdientes Geld auszugeben. Verdammt, ich war ja kaum in der Wohnung, für die ich Miete bezahlte.

Was hatte es mir gebracht, das „brave Mädchen" zu sein?

Absolut gar nichts. Das hatte es mir gebracht.

Und dass mich meine Schwester nun mitten in der Nacht anrief und meine kleine Selbstmitleidsorgie störte, machte es nur schlimmer. Es erinnerte mich daran, was aus mir hätte werden können, wenn ich nicht die verantwortliche Zwillingsschwester gewesen wäre. Nur dass ich mein ganzes bisheriges Leben damit verbracht hatte, genau das zu sein. Die langweilige Schwester. Die stille Schwester. Die unscheinbare Schwester. Die verhuschte Schwester. Die nerdige Schwester. Welches biedere Adjektiv auch immer man einsetzen wollte – das war ich.

Gleichzeitig lebte Lyssa ihr zielloses, wildes, verrücktes Leben und schaffte es irgendwie, permanent Luxus, Leichtigkeit und Spaß anzuziehen. Sie sprang von Job zu Job und verdiente trotzdem nie weniger als sechsstellige Jahreseinkommen. Und es war nicht so, als ob sie dafür achtzig Stunden in der Woche arbeiten müsste.

„Emma, telefonierst du?", brüllte Stan quer durchs Büro. „Du hast keine Zeit zum Telefonieren!"

„O mein Gott, brüllt er dich etwa gerade an? Es ist ... zehn Uhr abends oder so!" Lyssa war meinetwegen stinksauer. „Kündige da! Emma, im Ernst. Kündige. Steh einfach auf und gehe. Dir wird nichts Schlimmes passieren, versprochen."

Lyssa wusste, dass ich mir ständig Sorgen machte. Dass ich alles zergrübelte. Angst hatte, etwas Schlimmes könnte passieren, wenn ich nicht permanent vorsichtig war. Meine Zwillingsschwester war das absolute Gegenteil. Sie machte sich keine Sorgen wegen irgendwas. Ich war in Besitz eines Terminplaners und hatte jeder Sekunde meines Tages eine Aufgabe zugeteilt, wohingegen sie ihr ganzes Leben buchstäblich improvisierte. Ich stellte alles infrage und war mir sicher, dass etwas Schlimmes passieren würde, wenn ich einmal die falsche Entscheidung traf. Vielleicht hatte sie aus diesem Grund gesagt, dass mir *nichts Schlimmes passieren würde*. Sie wusste, dass es genau das war, was ich befürchtete, sollte ich tun, was sie mir riet, und kündigen.

Ich kaute auf meiner Unterlippe herum. Noch nie zuvor war mir diese Option so verlockend erschienen. Ich sollte kündigen. Wirklich. Ich war todunglücklich in meinem Job. Die einzigen Freuden meines Lebens – abgesehen davon, mit Lyssa zu telefonieren – waren es, abends in mein Bett zu sinken und morgens heiß zu duschen, und diese Erkenntnis war höllisch deprimierend.

Diese Arbeit brachte mich um.

„Ich bin ja am Arbeiten, Stan. Ich kann gleichzeitig arbeiten und sprechen", rief ich. Normalerweise gab ich kein Kontra. Das musste Lyssas Einfluss sein.

Oder die Tatsache, dass ich Sekunden von einem Nervenzusammenbruch entfernt war. Meine Hand griff nach meinem Lieblingsbecher, allerdings musste ich leider feststellen, dass er leer war. Mist. Ich brauchte mehr Kaffee.

„Ich meine das ernst mit dem Kündigen", erklärte Lyssa in ihrem Ich-mache-keine-Witze-Tonfall. „Du könntest nach Montana kommen und dich von diesem ganzen Bullshit erholen."

„Hm ...“

Das war verlockend. Sehr verlockend.

„Mein Boss ist nicht mal hier", fuhr sie fort. „Ich meine, ich habe ihn mal kennengelernt, klar. Er hat das Vorstellungsgespräch geführt. Aber er kommt und geht. Das letzte Mal habe ich ihn vor zwei Wochen gesehen, und da hat er mir gesagt, er würde erst nächsten Monat wiederkommen." Lyssas derzeitiger Job war es, als Hausverwalterin für irgendeinen Milliardär auf dessen Ranch zu arbeiten, der ein riesiges Anwesen in Montana besaß. Und da es sein zweites oder vielleicht auch siebtes Anwesen war, war der Typ, wie Lyssa erklärt hatte, so gut wie nie da.

Was für ein Job. Das Reinigungspersonal für ein Haus managen, das niemals schmutzig wurde. Darauf zu achten, dass die Vorratskammern eines Schlafquartiers voller heißer Cowboys – Lyssas Worte – immer gut bestückt waren. Sie hatte keine Ahnung von Pferden. Oder davon ... eine Ranch zu managen – nur dass sie es tatsächlich einfach tat. Ohne einen Boss, der ihr ständig im Nacken saß oder sich überhaupt, so wie es klang, im selben Bundesstaat aufhielt wie sie.

„Ehrlich gesagt bin ich gerade mit dem Sultan von Arunai auf dem Weg nach Ibiza."

Was?! Mein Verstand setzte aus. *Sultan von Arunai?* SULTAN?

Ich könnte nicht mal ein Date mit dem Sicherheitsmitarbeiter unten in der Lobby ergattern, und sie hat sich einen Sultan unter den Nagel gerissen? Und wo zur Hölle war Arunai? Dachte sie sich das gerade aus? Hatte der Typ sie angelogen und ihr nur erzählt, er wäre ein Sultan? Wie wurde man überhaupt Sultan? Meinte sie vielleicht Aruba?

Gott, während ich wieder einmal nur an alle potenziellen Gefahren dachte, sagte sich Lyssa einfach: *Cool, los gehts. Mir doch wumpe, ob du mich anlügst. Du fickst gut, und ich habe Bock auf einen Gratisurlaub.*

„Was?", fragte ich nun laut. „Ibiza?"

„Ich weiß!", lachte sie. „Irre, oder?"

Ja, vollkommen irre.

„Wann wolltest du mir das erzählen?", fragte ich.

„*Emma!*", brüllt Stan. „Bist du *immer noch* am Telefon?"

„Deshalb habe ich doch angerufen", erklärte Lyssa.

Ich schüttelte den Kopf. Langsam kam ich nicht mehr mit, weil zwei Leute gleichzeitig mit mir sprachen.

„Um dir diese verrückte Geschichte zu erzählen", fuhr Lyssa fort. „Pass auf, er war in Montana, um sich einen preisgekrönten Bullen anzuschauen, den er finanziert, und wir haben uns im einzigen Restaurant im Ort kennengelernt."

„Emma!" Diesmal klang Stans Stimme lauter.

„Wir sind in der Kiste gelandet und ... na ja, jetzt fliegt er mich in seinem Privatjet nach Europa!" Das Lachen meiner Schwester konnte nicht angemessen vermitteln, wie unglaublich und verrückt diese Geschichte tatsächlich war. Und doch war das ein völlig normales Vorkommnis in ihrem Leben. Sie landete mit einem Kerl, den sie in einem Restaurant kennengelernt hatte, im Bett und flog dann aus Jux und Tollerei mit ihm nach Europa.

Ich würde mich jetzt auf den Weg in den Pausenraum machen, um mir Kaffeenachschub zu holen. Vielleicht gönnte ich mir heute sogar einen Schuss Kaffeesahne mit Haselnussgeschmack. *Das* war mein Highlight.

Meine Schwester war buchstäblich der flatterhafteste, wildeste Glückspilz auf dem Antlitz der Erde. Sie gab sich mit nichts wirklich Mühe. Alles flog ihr nur so zu.

Wer traf den *zufällig* den *Sultan von Arunai* in einem Restaurant in *MONTANA* und landete mit ihm im Bett?

Nur Lyssa.

Ich hatte in meinem Leben nie etwas anderes getan, als auf Nummer sicher zu gehen, und jetzt konnte man ja sehen, wohin mich das gebracht hatte. In meine Höhle, zu einem nervigen Boss, der mir noch kurz vor Mitternacht die Hölle heiß machte.

„Emma!" Stan stand nun in meiner Bürotür. „Leg sofort auf und bring diesen gottverdammten Effekt zu Ende. Wir warten nur auf dich."

Ich blickte auf und starrte meinen Boss an. Ich hasste ihn. Hasste meinen Job. Hasste mein Leben. Wohin hat es mich denn gebracht, immer auf Nummer sicher zu gehen?

Absolut nirgendwo hin.

„Weißt du was, Stan?" Ich erhob mich aus meinem Bürostuhl, der seit einem Jahr nicht mehr richtig rollte, aber nie ausgewechselt worden war. „Fick dich."

Er riss die Augen auf, denn so hatte ich noch nie zuvor mit ihm gesprochen. Oder mit irgendjemand anderem, um ehrlich zu sein. „Oh, das ist reizend. Wirklich, richtig reizend." Stans stoppeliges Gesicht lief dunkelrot an.

Am anderen Ende der Leitung höre ich Lyssa jubeln. „So ist's richtig, Mädel! Sag es ihm. Und jetzt verschwinde da."

„Ich bin seit vierzehn Stunden hier, und das, nachdem ich gestern bis ein Uhr nachts gearbeitet habe. Ich wollte nichts anderes, als während der Arbeit die Stimme meiner Schwester zu hören, bevor sie morgen früh nach Europa fliegt, aber du hast offensichtlich nichts Besseres zu tun, als mir das Leben schwer zu machen."

Wow. Normalerweise fluchte ich nicht einmal.

Es fühlte sich *gut* an.

Ich riss meine Schreibtischschublade auf und zerrte meine Handtasche heraus. „Und weißt du was?" Ich fing an, meine Sachen zusammenzusammeln, die zerstreut auf dem Schreibtisch lagen, und warf sie in meine Tasche. Nicht gerade viele Sachen nach acht Jahren, was irgendwie ganz schön traurig war.

„Nein!" Stan klang alarmiert. „Du kannst nicht gehen. Nicht, bevor der Effekt fertiggestellt ist."

Unter normalen Umständen hätte ich Mitleid mit ihm gehabt. Sein Problem wäre mein Problem gewesen, ich hätte es gelöst und er hätte wie immer die Lorbeeren dafür eingeheimst. So war es bisher immer für ihn und mich gelaufen. Ich war die gewissenhafte, verantwortliche Angestellte. Die sicherheitsbewusste Schwester. Aber drauf geschissen. Mag sein, dass mich zwar kein Sultan fickte und mich dann nach Europa flog, doch ich musste mich auch nicht dermaßen von meinem Boss ficken lassen, der mich nämlich genau nirgendwo hinbrachte.

„Ich bin fertig mit dem Laden hier."

Wieder drang Lyssas Jubel durch die Leitung. „Jawoll! Sag's ihm, Emma."

Ich wuchtete mir meine überfüllte Handtasche über die Schulter und schnappte mir meinen leeren Kaffeebecher, während ich weiterhin mit der anderen Hand das Handy ans Ohr drückte. Dann stolzierte ich an Stan vorbei aus meiner Höhle.

„Emma! Mach wenigstens diesen Effekt fertig!", rief er mir hinterher, als ich im Korridor verschwand.

Den Effekt fertig machen? Dass ich gerade gekündigt hatte, war ihm wohl scheißegal, nur dass dieser Effekt jetzt nicht fertiggestellt werden würde und ich die Einzige war, die wusste, wie das ging. Fick dich, Stan.

„Es tut mir leid, okay?" Seine Stimme verwandelte sich in ein dämliches Gejammer. „Ich hätte dich wegen des Anrufs nicht nerven sollen. Komm zurück!"

Ich hob meine Hand mit dem Becher und warf Stan über meine Schulter den Mittelfinger zu. Dann verschwand ich den Flur hinunter.

„Okay. Ich habe gekündigt", bestätigte ich Lyssa, entschied mich gegen den Fahrstuhl und nahm die Treppe. Meine Stimme klang irgendwie aufgekratzt. Und so fühlte ich mich auch. „Erzähl mir von Montana."

3

JOHNNY

ALS ROB WOLF mir eröffnet hatte, er wolle mich zum Vollstrecker des Rudels machen, hatte ich nicht viel von dem Job erwartet. Hin und wieder einen Auftrag. Abtrünnige Gestaltwandler sind eher selten. Er brauchte mich vorrangig auf der Ranch seiner Familie. Pferde füttern sich schließlich nicht von allein. Zäune reparieren sich auch nicht selbst. Ein Anwesen von der Größe der Wolf Ranch musste konstant von mir und anderen Vollzeit-Rancharbeitern bewirtschaftet werden. Clint, Wes, Joe, Colton und sogar Rob selbst.

Doch jetzt war ich für meinen zweiten Auftrag als Vollstrecker innerhalb einer Woche unterwegs.

Und dieses Mal allein.

Allem Anschein nach hatte Clint Rob das Okay gegeben, was meine Arbeit anging, und mein Alpha war erfreut über diese Rückmeldung gewesen.

Mit gedrosselter Geschwindigkeit bog ich in die kreisförmige Einfahrt und starrte hinauf zum arschgroßen Ranchhaus. Dieser Palast ließ Wolf Ranch wirken wie eine Waldhütte auf einem Grundstück von Briefmarkengröße.

Mitch Chapmans Anwesen in Montana war riesig. Tausende Hektar ursprünglicher, pittoresker Natur. Auf dem Weg vom Ort hier heraus fuhr man über Meilen an dem Holzzaun entlang, der das Anwesen eingrenzte, und passierte Wirtschaftsgebäude, die alle im selben Stil gehalten waren, wie eine elegante Frau, deren Rock, Schuhe, und Lippenstift farblich perfekt abgestimmt waren.

Und dieses Haus.

„Alter Schwede", murmelte ich und stellte das Autoradio leiser. Der Countrysong-Ohrwurm lenkte mich von meiner Betrachtung ab.

Die Villa war aus Holzbalken und Flusssteinen erbaut. Enorme Fenster. Links und rechts gingen Gebäudeflügel ab, so riesig war das Haus. Gleichzeitig war es dezent, was irgendwie lachhaft war. Es schrie förmlich nach *Architectural-Digest*-Titelseite. Und es schrie Geld.

Einen Arsch voll Geld. Um dieses Haus zu verwalten, brauchte es eine Menge Angestellte. Gestaltwandler, schätzte ich, schließlich war Chapman selbst einer. Das hier war der perfekte Ort für Vollmondläufe, sogar noch besser als die Wolf Ranch. Andererseits würde es für Chapman einfacher sein, seine Gestaltwandler-Verbrechen vor einer Mannschaft von nichtsahnenden Menschen geheim zu halten. Das könnte von Vorteil für mich sein.

Doch Chapman war stinkreich. Milliardär. Er konnte jeden kaufen.

Der Gestaltwandlerrat hatte seit einiger Zeit Ermittlungen zu Chapman geleitet und genug Beweise gefunden, um ihm den Prozess zu machen. Beweise für wirklich kranken Scheiß. In der Akte, die sie mir mitgegeben hatten, stand, er stünde im Verdacht, Menschenhandel mit Gestaltwandlerinnen zu betreiben, die sich für Jobs in seinen diversen Geschäften weltweit bewarben. Mit dem Versprechen auf lukrative Arbeit – von Büromanagement über Buchhaltung bis hin zur Vizepräsidentin – wurden sie von ihren Rudeln fortgelockt, nur um dann eingesperrt und auf dem Schwarzmarkt als Gebärmaschinen verkauft zu werden. Eine von ihnen hatte entkommen können und hatte berichtet, was ihr zugestoßen war. Das war der Startschuss für die ausführliche Ermittlung gegen Chapman gewesen. Jetzt würde ihm der Prozess gemacht werden, und falls er für schuldig erklärt werden sollte, würde er für seine Verbrechen sterben. Falls Mitch Chapman jemals gefunden wurde.

Ich war zu seiner Running-Waters-Ranch geschickt worden, weil Chapman untergetaucht war. Seit zwei Wochen hatte ihn niemand mehr gesehen. Überall im Land waren Vollstrecker zu seinen diversen Wohnhäusern und Geschäftsstellen geschickt worden, um ihn zu finden. Ich hatte mich ganz in der Nähe seiner Ranch in Montana aufgehalten, also war ich hier auf die Suche geschickt worden.

Wir hatten die strikte Anweisung erhalten, ihn vor den Rat zu bringen, falls einer von uns ihn finden sollte.

Menschliche Strafverfolgungsbehörden folgten einem andren Protokoll. Wären sie für den Fall verantwortlich, würde Chapman zwar verhaftet und vielleicht vor ein menschliches Gericht gestellt werden, doch sein Geld würde vermutlich dafür sorgen, dass er völlig unbehelligt davonkam. Und für den unwahrscheinlichen Fall, dass er im Gefängnis landete, wäre es für einen Gestaltwandler ein Leichtes, auszubrechen – was wir nicht zulassen durften.

Wenn der Rat ihn also für schuldig befand – was nach derzeitigem Ermittlungsstand praktisch wahrscheinlich war – würde er sterben.

Ich stellte den Motor aus. Kletterte aus meinem Truck und

setzte mir meinen Cowboyhut auf. Ich hatte zwar nicht den Auftrag, den Kerl umzubringen, doch das hieß noch lange nicht, dass ich ihm traute. Trotzdem ließ ich meine Pistole mit der Silberkugel vorerst unter meinem Autositz liegen. Ich musste mir einen Überblick über die Lage verschaffen, anstatt sofort mit gezückten Waffen ins Haus zu stürmen. Zunächst musste ich herausfinden, wer sich womöglich sonst noch auf dem Anwesen befand und ob sie Ärger machen würden. Ich musste mich vergewissern, ob Unschuldige in der Nähe waren – Menschen oder Gestaltwandler. Und ich wollte ein Gefühl für den Grundriss des Anwesens bekommen.

Mein Vorwand war denkbar einfach – als Mitglied des benachbarten Rudels hatte mich mein Alpha geschickt, um Hallo zu sagen und Chapman zum Vollmondlauf diesen Monat einzuladen. So eine Einladung war nachvollziehbar und wäre Chapman kein derart schleimiger, gefährlicher Arsch, würden wir uns sogar freuen, ihn begrüßen zu dürfen.

Hinter dem Haus erstreckte sich die Landschaft in ein sanft abfallendes Tal, durch das sich ein Bach schlängelte, so weit mein Auge reichte. Pappeln standen dicht an dicht am Ufer und formten ein grünes Band. Dahinter verwandelte sich wehendes Gras in unberührte Prärie.

Es war atemberaubend schön.

Ich ging zur Haustür und klingelte. Wartete. Als ich schon aufgeben und eine Runde um das Haus drehen wollte, schwang die massive Haustür auf.

Eine Frau stand auf der Schwelle und schenkte mir ein sanftes Lächeln. „Hallo."

Heilige Scheiße. Das nannte ich mal atemberaubend schön. Dunkle, fast schwarze Haare, die in sanften Wellen über ihren Rücken fielen. Ebenso dunkle, große Augen, die von dichten Wimpern eingerahmt wurden. Hohe Wangenknochen, eine kesse Nase und ... Himmel hilf, volle, rote

Lippen, die um meinen Schwanz gedehnt einfach köstlich aussehen würden.

Sie war schmal und etwa fünfzehn Zentimeter kleiner als ich, allerdings nicht zerbrechlich. Trotz ihrer einfachen Jeans und des weißen T-Shirts mit V-Ausschnitt konnte ich ihre Muskeln deutlich erkennen, Kurven, in die ich meine Finger krallen und an denen ich mich festhalten konnte. Sie war ... perfekt.

Als ich nichts sagte, sondern sie nur anstarrte, legte sie den Kopf zur Seite und fügte hinzu: „Kann ich Ihnen helfen?"

Ich fand meine Sprache wieder, riss mir eilig den Cowboyhut vom Kopf und drückte ihn mir vor die Brust. „Hallo. Ich wollte mit Mitch Chapman sprechen."

Für einen Moment wurden ihre Augen groß. „Tut mir leid, aber er ist nicht zu Hause."

Das bezweifelte ich nicht. Eine Myriade von Ausdrücken huschte über ihr Gesicht: Überraschung, Sorge und definitiv ein Anflug von Interesse.

„Oh. Wissen Sie, wann er das nächste Mal hier sein wird?"
Sie schüttelte den Kopf.

Chapman war Mitte fünfzig. War sie vielleicht seine Tochter? Von Kindern hatte nichts in seiner Akte gestanden. Auch nichts über eine Gefährtin. Seine Freundin? Bei dieser Vorstellung wollte ich den Bastard auf der Stelle aufspüren und allein dafür umbringen. Wow, das war neu, diese ... Aggression. Warum fühlte ich mich zu dieser Gestaltwandlerin hingezogen?

Ich stützte meinen Unterarm am Türrahmen ab und beugte mich kaum merklich vor.

Sie wich nicht zurück. Ihr Blick wanderte über die Muskeln in meinen Arm und landete schließlich wieder auf meinem Gesicht. Ihre Augen wurden ein wenig größer und zwei rote Flecken breiteten sich auf ihren Wangen aus.

Als ich ihren Duft tief einatmete, erfuhr ich mit einem Schlag zwei Dinge. Erstens: Sie war keine Gestaltwandlerin, sie war ein Mensch. Und zweitens – was mir die augenblickliche Reaktion meines Körpers auf ihren Duft verriet: Sie war meine Gefährtin.

4

EMMA

ÄHM. Wow. Da stand ein extrem heißer Cowboy vor meiner Haustür. Flanellhemd und alles drum und dran. Flirtete er etwa mit mir?

Ich hatte keinen Schimmer, denn ich war seit – keine Ahnung? – zwei Jahren auf keinem Date mehr gewesen. Nicht seit Josh, meinem Kollegen aus der Produktionsfirma, mit dem ich ein paar Wochen lang ausgegangen war. Im Prinzip hatten wir etwas angefangen, während wir beide eines Abends bis spät in die Nacht gearbeitet hatten, die Sache allerdings genauso schnell wieder beendet, also war ich mir nicht mal sicher, ob man das überhaupt Daten nennen kann. Es war öde mit großem *Ö* gewesen. Im Sinne von, Keine-Orgasmen-öde. In den wenigen Minuten, die mir geblieben waren, bevor er gekommen – und gleich darauf abgehauen – war, hatte ich mich selbst zum Höhepunkt bringen müssen,

Nein, dieser Typ hier war atemberaubend. Wie ein Model, das den Seiten des *Rau & Kantig*-Magazins entstiegen war.

Gab es so eine Zeitschrift? Wenn nicht, dann sollte sie zumindest existieren. Denn Cowboys wie ihn hier könnte ich mir jederzeit anschauen, und zwar *den. Ganzen. Tag.*

Ich wusste, dass es so etwas wie Cowboy-Kalender gab. Er wäre mein Mr. Januar. Und Mr. Februar. Und, ehrlich gesagt, mein Mister für jeden Monat des Jahres.

War das die Sorte Kerl, die auf Chapmans Ranch herumliefen? Ich war noch nicht lange genug hier, als dass ich mir das Anwesen genauer hätte ansehen können. Es war riesig, und ich wusste weniger als gar nichts über Kühe, abgesehen davon, dass ich meine Steaks gern medium rare aß. Und was die Cowboys betraf, die mochte ich *exakt* so wie diesen Kerl da vor mir. Wenn die anderen Rancharbeiter genau so aussahen wie er, dann würde ich Lyssa dazu überreden, einen Zwillingstausch vorzunehmen, so wie damals, als wir noch Kinder waren. Ich war gut in Mathe gewesen und hatte all ihre Algebraarbeiten geschrieben. Jetzt würde ich also hierbleiben und ihren Job machen, der nicht allzu schwer oder herausfordernd wirkte, vor allem, wenn man bedachte, dass sie nicht mal hier war. Sie konnte in der Weltgeschichte herumspringen und mit ihrem Sultan auf das nächstbeste Abenteuer fahren, und ich würde mich auf der Ranch zurücklehnen und mich an diesen Prachtexemplaren weiden. Wenn man Lyssa glauben konnte, dann war dieser Chapman so gut wie nie hier. Niemand musste je erfahren, dass ich die falsche Zwillingsschwester war.

Der Cowboy lehnte sich an den Türrahmen, als ob er mir näherkommen wollte, und ich stand drauf.

So was von.

Sein T-Shirt konnte die starken, hervortretenden Muskeln kaum fassen. Ein Bartschatten bedeckte seinen Kiefer und seine Oberlippe, was seinem Auf-der-Koppel-zu-Hause-Look noch einen letzten Schliff verlieh – ein Look, der mir in L.A.

leider nie begegnet war. Buschige Augenbrauen rahmten seine braunen Augen ein, die irgendwie heimgesucht wirkten. Als ob dieser Kerl Dinge gesehen hätte, die ihn zu schnell hatten erwachsen werden lassen.

„Haben Sie gerade: ‚Ähm. *Wow*' gesagt?" Seine Lippen verzogen sich in ein sexy Grinsen.

O Scheiße! Hatte ich das etwa laut gesagt? *Idiot, Idiot, Idiot!*

„Hab ich das? Oh. Ich meine ..."

Ich zermarterte mir das Hirn und suchte nach etwas Schlagfertigem, das ich erwidern konnte. Etwas Flirtendem. Etwas Niedlichem?

Was würde Lyssa jetzt tun?

Doch bevor ich meine Antwort fand, schrillte ein ohrenbetäubender Alarm im Innern des Hauses los. Ich zuckte vor Schreck so zusammen, dass ich förmlich dreißig Zentimeter in die Luft sprang – hoch genug, um dem Cowboy das Gefühl zu vermitteln, er müsste den Arm ausstrecken und meinen Ellbogen festhalten, damit ich nicht das Gleichgewicht verlor.

Was mir überhaupt nicht leidtat. Ganz und gar nicht.

„Brennt es irgendwo?" Seine Stimme war ein samtiges Rumpeln. Er hob die Nase und schnüffelte.

„Meine Kekse!", schrie ich und kapierte endlich, was passiert war. Ich hatte in der edlen Ranch-Küche Hausfrau gespielt und entschieden, zu backen. Ich hatte die Kekse gerade aus dem Ofen holen wollen, als Heißer Cowboy – Spitzname HC – an der Tür geklingelt hatte.

Ich wirbelte herum und ließ HC in der Tür stehen.

Na super. Wenn ich die Bude abfackelte, würde ich damit jede Chance vertun, den Job meiner Schwester zu behalten und heiße Cowboys kennenzulernen. Und was dann?

Ich sprintete in die Küche, nur um festzustellen, dass mir HC prompt auf den Fersen war.

Wie süß war das denn? Er war ein Beschützer-Typ. Von der Sorte gab es in L.A. nicht viele.

Ich schnappte mir die zwei Ofenhandschuhe und riss die Ofentür auf. Dampf schlug mir entgegen und ich musste mich abwenden und hustete, bis meine Augen tränten.

„Ich mache das schon", rief er über den Feueralarm hinweg. Noch bevor ich mich erholt hatte, hatte mir HC einen der Handschuhe von den Fingern gezogen und das Keksblech aus dem Ofen geholt. „Ich bringe die kurz raus." Damit machte er kehrt und joggte mit dem Blech in der Hand auf die Gartentür zu, die auf eine riesige, gepflasterte Terrasse mit eingelassenem Pool hinter dem Haus führte.

Schmacht.

Gut, er hatte mich jetzt nicht direkt aus einem brennenden Haus getragen, aber verdammt noch mal – womöglich war ich verrückt genug, dieses Haus in Brand zu stecken, nur damit es dazu kam.

Ich rannte auf die zweite Terrassentür zu – denn eine war offensichtlich nicht genug, wenn man Milliardär war – und riss sie sperrangelweit auf, um die Küche durchzulüften.

Der Feueralarm schrillte noch immer. Gerade, als ich den Schalter für die Dunstabzugshaube über dem Herd gefunden und eingeschaltet hatte, kam HC zurück, drehte den Ofen aus und schlug die Klappe zu.

„Wie stellt man den Alarm aus?", rief er und starrte hinauf an die Decke. „Ein Haus wie dieses hat ein hausübergreifendes Sicherheitssystem, vermutlich bleiben uns nur ein paar Minuten, bevor die Rettungsdienste benachrichtigt werden."

O Scheiße. „Ähm, okay, verstehe. Äh ..."

Wo das Bedienfeld für die Alarmanlage war, wusste ich. War dort auch der Schalter für den Feueralarm? Ich rannte zur Haustür, neben der sich das Bedienfeld befand, und wieder kam HC mir hinterher. An der Tür angekommen, gab ich den Code ein, den Lyssa mir genannt hatte, und wartete angespannt darauf, dass der Feueralarm verstummte.

Leider nein.

„Hier ..." HCs Stimme war ein tiefes Rumpeln. Er stand so dicht hinter mir, dass ich seinen warmen Atem auf meinem Ohr spüren konnte. Musste er sich so an mich drücken, um zu helfen?

Vermutlich nicht.

Machte es mir auch nur im Geringsten etwas aus, dass er es tat?

Nö, nicht einmal ansatzweise.

Er legte eine Hand auf meine Hüfte und griff mit der andern Hand an mir vorbei ans Bedienfeld, wo er ein paar Knöpfe drückte. Endlich verstummte der Alarm. Meine Ohren klingelten noch immer mit seinem Echo.

Ich seufzte schwer. Auf der Arbeit benutzte ich ständig komplexe Computersysteme und innovative Software, um meine visuellen Effekte zu basteln, und jetzt scheiterte ich an einem Alarmsystem. „Danke."

HC hatte sich nicht vom Fleck bewegt – er stand noch immer direkt hinter mir, seine Hand auf der Wand neben der Schaltfläche, sein Körper an meinem. Und seine andere Hand lag noch immer auf meiner Taille. Groß. Sanft. Warm.

Ich wollte mich nicht bewegen. Und ich wollte auch nicht, dass er zurückwich, allerdings konnten wir schlecht den Rest des Tages hier stehen bleiben und die Schaltfläche anstarren. Langsam drehte ich mich zu ihm herum.

Er wich weiterhin nicht zurück. Tatsächlich schien er sich sogar zu mir hinunterzubeugen.

Unsere Lippen waren nur noch Zentimeter voneinander entfernt und HC musterte meinen Mund, als ob er mit dem Gedanken spielte, mich zu küssen.

Ja, bitte!

Küss mich, Cowboy.

Oder sollte ich einfach ihn küssen? Nur ein flüchtiger Kuss? Eine Art Vielen-Dank-Kuss? Das wäre es, was Lyssa tun würde, wenn sie von einem heißen Cowboy aus einem Keksfeuer errettet worden wäre.

„Ich, äh, habe Ihren Namen gar nicht mitbekommen", hauchte ich.

Er wich noch immer nicht zurück. Gab mir keinen Raum, und ich liebte es verdammt noch mal. Konnte er spüren, wie mein Herz hämmerte? Dass meine Hände feucht wurden und ich völlig überwältigt war? Nervös? Besorgt, dass ich Mist bauen und er herausfinden würde, dass ich nicht die coole, unerschrockene Lyssa war?

Für eine heiße Sekunde lastete meine Realität als Öde Emma, die arbeitslose Effektdesignerin ohne Sozialleben, tonnenschwer auf meinen Schultern.

Ich wollte die glamouröse Lyssa sein. Diese wilde, sorglose Seele, die bequeme Jobs ergatterte, bei denen sie auf der Ranch eines Milliardärs lebte und fürs Nichtstun bezahlt wurde, nur um dann zusammen mit einem Sultan für eine Woche voller heißem und – hoffentlich – geschütztem Sex nach Europa abzuhauen. Lyssa, die wusste, wie man mit Männern sprach. Verdammt noch mal, Lyssa, die einen Fremden in einer Bar treffen, mit ihm in die Kiste springen und sich dann von ihm nach Ibiza fliegen lassen konnte.

Ich besaß nicht einmal einen Reisepass.

Und doch hatte ich es getan. Ich hatte gekündigt. Hatte einen beschissenen Job hingeschmissen, ohne auch nur den Ansatz eines Sicherheitsnetzes zu haben. Das war definitiv eine Lyssa-Aktion gewesen. Würde ich das wiederholen können? Flirtend und unterhaltsam sein? Gott. Sicher nicht, wenn ich *ich* war – das war unmöglich. Emma tat so etwas nicht. Aber ich könnte es vorspielen.

Ich lächelte meinen Cowboy an. „Ich bin Lyssa Lane. Mr. Chapmans Hausverwalterin.“

O mein Gott, was tat ich nur? Ein Schauer des Nervenkitzels schoss durch mich hindurch, als mir bewusst wurde, wie riskant … und wie berauschend das hier war.

Wir standen zu dicht voreinander, als uns die Hände schütteln zu können. Unser Atem vermischte sich praktisch. Ich konnte jede seiner Sommersprossen ausmachen. Wollte meine Hand heben und mit dem Finger über die Konturen seiner definierten Brustmuskeln fahren.

„Hausverwalterin. Gut.“ *Himmel.* Dieses tiefe Rumpeln schoss mir direkt in die Pussy. „Also nicht etwa Freundin?“

O mein Gott – er *war* interessiert! An *mir*!

Mein Lächeln wurde breiter. „Nein. Ich bin niemandes Freundin. Vollkommen frei.“ Jetzt fing ich tatsächlich an, mich wie Lyssa zu fühlen. Als ob ihren Namen anzunehmen, mich auch mit ihrer Fähigkeit ausstattete, wild und unbekümmert zu sein. Ich konnte plötzlich flirten und jegliche Verantwortung in den Wind schlagen – nicht, dass ich hier überhaupt Verantwortungen tragen würde. Ich konnte plötzlich auf mein eigenes Glück vertrauen. Konnte darauf vertrauen, dass ich unbescholten aus dieser Sache hervorgehen würde, egal, was passierte.

„Ich habe Ihren Namen gar nicht mitbekommen.“ Als ich diesmal meine Frage stellte, flirtete ich definitiv. Sollte ich vielleicht noch mit meiner Haarsträhne herumspielen? Mir auf die Unterlippe beißen?

„Ich bin Johnny.“

Und wie du das bist.

„Arbeiten Sie auf dieser Ranch?“, fragte ich. „Ich bin ziemlich neu hier und habe noch nicht alle Mitarbeiter kennengelernt."

Er schüttelte den Kopf. „Ich bin ein Bekannter von Mitch. Aus Cooper Valley."

Ich hatte keinen Schimmer, wo das war, doch das machte auch keinen Unterschied.

„Danke für Ihre Hilfe bei dem, ähm ..." Ich wedelte mit der Hand in Richtung Küche. „... Keksfiasko."

Er grinste. „Klar. Was war da überhaupt los? Die Kekse waren offensichtlich viel länger im Ofen als nur die paar Minuten, in denen Sie mir die Tür aufgemacht haben."

„Ach ja? Ich hatte eigentlich den Küchenwecker gestellt ..." In dem Moment, als die Worte aus meinem Mund kamen, wurde mir klar, dass ich den Timer vergessen haben musste. Ich hatte die Kekse in den Ofen geschoben und anschließend versucht, die futuristische Waschmaschine zum Laufen zu bringen, um eine Ladung Wäsche zu waschen, was mindestens fünfzehn Minuten gedauert hatte, just bis zu dem Augenblick, als HC – äh, Johnny – geklingelt hatte. „Kann sein, dass ich vergessen habe, den Timer zu stellen. Offensichtlich nicht meine Stärke." Ich lachte über mich, anstatt vor Scham im Boden zu versinken. Das war es, was Lyssa tun würde – die potenziell unangenehme Situation mit einem Schulterzucken und einem Lachen abschütteln. „Ist schon eine Weile her, seit ich das letzte Mal Kekse gebacken habe. Zu schade, dass sie ruiniert sind. Ich hätte Ihnen für die Hilfe gern welche angeboten."

„Und ich hätte gern probiert." Sein Adamsapfel hüpfte auf und ab. Seine Augen verdunkelten sich und sein Blick wanderte über meinen Körper. „Die Kekse, meine ich. Oder ehrlich gesagt alles, was Sie mich, äh, kosten lassen würden." Kurz presste er seine Lippen zusammen, dann entspannte er seinen Mund wieder. „Ich koste sehr gern von süßen Dingen, Lyssa.“

O. Mein. Gott.

Es passierte.

Er passierte wirklich.

Dieser Cowboy stand total auf mich. Ich könnte ihn *jetzt auf der Stelle* haben, wenn ich wollte.

Doch das wäre nicht sicher. Es wäre vollkommen irre. Ich kannte diesen Typen überhaupt nicht. Er könnte ein Psychokiller sein. Er könnte eine Geschlechtskrankheit haben. Er könnte ...

Ich erinnerte mich an Lyssa. Vermutlich hatte sie den Sultan von Arunai auch nicht besser gekannt als ich diesen Typen hier, als sie mit ihm im Bett gelandet und in seinem Privatjet nach Ibiza geflogen war. Genau in diesem Augenblick sonnte sie sich vermutlich an einem exklusiven Strand oder einer Yacht und hatte – möchte ich wetten – nicht den geringsten Schimmer, wo oder was Arunai war.

Ihr passierte nie etwas. Sie hatte Spaß. Erlebte Abenteuer. Sie *lebte*.

Was würde Lyssa mit Johnny tun?

Sie würde ihn kosten lassen, wenn es das war, was er wollte.

Ja. Ja, das würde sie. Also zog ich mir in Gedanken meinen Braves-Mädchen-Schlüpfer aus und tauschte ihn gegen einen sexy Spitzentanga. *Ich konnte das. Ich würde es schaffen.*

Ich biss mir auf die Unterlippe, dann sagte ich: „Hungrig, Cowboy?“

5

JOHNNY

War ich hungrig? Auf meine Gefährtin? Ich hatte in meinem ganzen Leben noch nie einen solchen Steifen gehabt. Bei der Vorstellung, sie zu schmecken, lief mir das Wasser im Mund zusammen. Es würde sein, wie von der Quelle zu trinken.

Ich wollte in ihre Schulter beißen. Sie markieren. Ihr Duft, wie nicht-verbrannte Kekse und Honig, trieb meinen Wolf in den Wahnsinn.

Sie war ein Mensch. MENSCH. Ich durfte sie jetzt verdammt noch mal nicht markieren.

Aber sie hatte mir die Erlaubnis gegeben, sie zu lecken.

Fuck, und wie sie das getan hatte. Dem Ausdruck in ihren dunklen Augen nach zu schließen, und wie sie auf ihrer Unterlippe herumkaute, wollte sie es ebenso sehr wie ich. Doch ich konnte auch Vorsicht und Verwunderung in ihrem Blick erkennen. Als ob sie nicht jeden dahergelaufenen Cowboy vor ihrer Haustür einlud, sie zu lecken.

Das wollte ich verdammt noch mal auch hoffen.

Das hier war anders. Wir waren anders. Fünf Minuten reichten für mich mehr als aus, um das festzustellen. Es hatte nur eine Brise ihres Dufts gebraucht.

Und sie spürte es auch. Sie brauchte diese Verbindung. Sogar als Mensch, der nichts über Gestaltwandler wusste. Damit würde ich starten. Sie durch ihr Verlangen, mich zu haben, zum Höhepunkt zu bringen. Dann, und erst dann, würde ich mir den Kopf darüber zerbrechen, wie ich ihr erklären sollte, warum sie sich so augenblicklich von mir angezogen fühlte und was Gestaltwandler sind und dass sie mit mir zusammen sein würde – und zwar für den Rest ihres Lebens.

Pussy Lecken und Fingern, das war es, was jetzt passieren würde. Mein Wolf und mein Schwanz waren sich vollkommen einig.

Zuerst würde ich mir ihren Mund vornehmen, anschließend jeden Zentimeter ihres perfekten Körpers.

Ich trat einen Schritt vor und schob sie mit einer Hand auf ihrer Taille gegen die Wand neben dem Bedienfeld der Alarmanlage. Dann nahm ich meinen Hut ab und ließ ihn auf den Boden fallen. Langsam, ohne den Blick von ihren Augen abzuwenden und dabei zuzusehen, wie sie gemächlich zufielen, senkte ich den Kopf.

Dann pressten sich meine Lippen auf ihre.

Ich knurrte. Mein Wolf fauchte. Sie stöhnte.

Fuck, ja.

Sie schmeckte süß und doch wild. Ein Anflug von Verzweiflung mischte sich in ihren Kuss und in die Berührungen ihrer Finger, als sie sich in mein Hemd krallten, damit ich bloß nicht aufhörte.

Würde verdammt noch mal nicht passieren.

Ich hatte keine Ahnung, wie lange wir uns küssten, aber

ich hätte noch stundenlang, tagelang weitermachen können, doch ich wollte auch mehr.

Meine Lippen wanderten von ihrem Mund zu ihrem Kiefer und ich platzierte Küsse auf ihrer Haut, bis ich bei ihrem Ohr ankam, wo ich „Verflucht sexy" murmelte, bevor ich mich auf die Knie sinken ließ.

Sie war so viel kleiner als ich, dass sie sogar jetzt, während ich vor ihr kniete, nur etwa sechzig Zentimeter größer war als ich. Unsere Blicke trafen sich. Ihre Augen waren ein dunkles Meer voller Verlangen. Ihre Wangen waren gerötet. Und auch ihre Lippen waren rot, geschwollen und feucht.

Ich musste unbedingt herausfinden, ob ihre anderen Lippen im gleichen Zustand waren.

Mit beherzten Fingern – das hier war schließlich meine Gefährtin und ich war noch nie im Leben bei irgendetwas zuversichtlicher gewesen – hob ich den Saum ihres T-Shirts an. Ich ließ mir Zeit und sah unentwegt in ihre Augen. Ich hob das T-Shirt nicht bis über ihren Kopf, nur bis über ihre vollen Brüste, sodass es sich unter ihren Achseln zusammenknüllte. Das gefiel mir, Teile von ihr zu entblößen, die nur für mich bestimmt waren.

Wie der blassrosa BH, der ihre atemberaubenden Brüste perfekt einhüllte und anhob. Wenn sie schon in einfacher Baumwolle so umwerfend aussah, war ich mir nicht sicher, ob ich es überleben würde, sie in einem sexy Body oder Dessous zu erblicken.

Oh, aber was für ein herrlicher Tod das wäre.

Ich küsste das Tal zwischen ihren Titten, dann senkte ich den Kopf zu ihrem Bauch. Mit der Zungenspitze umkreise ich ihren Nabel, während ich gleichzeitig ihre Jeans aufmachte. Zum Glück waren sie eher weit geschnitten. Wie hießen die noch gleich? Boyfriendjeans? Wohl eher Gefährtinnenjeans – für den einfachen Zugriff.

Als ich Knopf und Reißverschluss geöffnet hatte, rutschte der Stoff ihre Hüfte hinunter. Ihr Duft war nun stärker und mir lief erneut das Wasser im Mund zusammen. Ich fragte mich, ob ich tatsächlich geiferte. Während ich ihr die Hose über ihre Hüfte hinunter bis zu ihren Knöcheln zog, hob ich den Blick und beobachtete ihren Ausdruck.

Sie sagte kein einziges Wort, doch ihr Atem ging flacher und ihre Titten hüpften in den Fesseln ihres BHs auf und ab.

Erst, als sie sich einmal mehr auf die Unterlippe biss, senkte ich meinen Blick. Sie trug ein zu ihrem BH passendes Höschen. Ich senkte die Stirn auf ihren Bauch, legte meine Hände auf die Rückseite ihrer Oberschenkel und schloss die Augen.

Atmete sie ein.

Spürte sie.

Ließ mir ihren Duft auf der Zunge zergehen.

Und nahm mir einen Moment Zeit, mich in Griff zu bekommen. Meine Lust und mein Verlangen zu zügeln, weil ich bereits jetzt kurz vor dem Höhepunkt war, nur weil ich ihre Erregung gerochen hatte. Mehr brauchte es nicht.

Fuck, ja.

Nicht in der Lage, noch eine Sekunde länger abzuwarten, senkte ich meinen Kopf die restlichen Zentimeter und presste meinen Mund auf ihre Pussy, über ihrem Schlüpfer. Empfing ihren Duft. Ihren Geschmack. Im nächsten Moment wurde ich etwas ungezähmter und riss ihr den Baumwollstoff herunter, das letzte Hindernis, das sich noch zwischen mir und dem, was ich ganz dringend brauchte, befand.

Und dann senkte ich meinen Mund auf die Pussy meiner Gefährtin.

6

EMMA

„O MEIN GOTT!", schrie ich und meine Stimme hallte von der hohen Decke wider.

Johnnys Mund presste sich auf meine Pussy. In der Eingangshalle der Villa eines Fremden. *Und die Haustür stand sperrangelweit offen!*

Und Johnny war ein Kerl, den ich keine zehn Minuten vorher kennengelernt hatte.

Aber er war gut. *Wirklich* gut darin, mich zu lecken. Er leckte und schleckte mich auf eine Art und Weise ...

„J!", schrie ich und krallte meine Finger in seine seidigen Haare. Ich sollte das hier nicht mit einem Fremden tun! Das war doch vollkommen irre. Doch genau in diesem Moment vollführte er irgendeinen Trick mit seiner Zungenspitze und ich zog seinen Kopf noch dichter an meine Mitte.

Er grunzte, hielt jedoch keineswegs inne, sondern presste seine Hände einfach fester auf die Rückseite meiner Ober-schenkel. Morgen würde ich da mit Sicherheit fingerkuppengroße blaue Flecke haben. Total egal. Verdammt, ich würde mir das Lächeln nicht verkneifen können, wenn ich sie im Spiegel bemerkte.

Wenn Lyssas Leben so aussah, indem sie alle Bedenken über Bord warf, dann hatte ich bisher wirklich etwas verpasst.

Josh hatte mich geleckt, aber es war nicht annähernd so gewesen wie das hier. *Nichts* war jemals so wie das hier gewesen.

Ich war kurz davor, zu kommen, und Johnny hatte noch nicht einmal seine Finger mit ins Spiel gebracht ...

Abgesehen davon, ein Cunnilingus-Experte zu sein, musste er auch Gedanken lesen können, denn in diesem Augenblick glitt seine Hand zwischen meine Schenkel und ...

„Oh!" Mit einem gekrümmten Finger drang er in mich ein und ich stellte mich vor Lust auf die Zehenspitzen. „JA!"

Johnny hob für einen Augenblick den Kopf, nur um zu murmeln: „Komm jetzt wie ein braves Mädchen." Dann wendete er sich wieder seiner Aufgabe zu, mich genau dazu zu bringen, und saugte auf eine Art und Weise an meinem Kitzler, die mich an meinen Vibrator erinnerte, nur heißer und besser. Und dieser Finger in meiner Pussy war regelrecht magisch.

Vielleicht war ich bisher immer nur mit schlaffen Männern zusammen gewesen. Vielleicht war ich in Wirklich- keit extrem sinnlich und orgastisch und hatte es nur nie gewusst. Oder vielleicht war Johnny einfach ein Sexgenie, denn ich kam. Einfach so.

Gut, dass er meine Beine festhielt, denn meine Knie knickten ein. Während ich versuchte, wieder zu Sinnen zu kommen, ruckelte er die Jeans von einem meiner Knöchel. Ich war mir nicht sicher, ob ich mich jemals erholen würde. Was er als Nächstes tat, war absoluter Irrsinn. Er hielt weiterhin die Rückseiten meiner Oberschenkel fest und lehnte sich ganz vorsichtig zurück – was enorme Bauchmuskeln verriet – bis er auf dem Rücken auf den Fliesen des Eingangsbereichs zum Liegen kam.

Wo war ich? Oben auf ihm. Rittlings. Mit geradezu lächerlicher Leichtigkeit hob er mich hoch. Direkt auf sein Gesicht.

Ich kniete über seinem Kopf, meine Jeans zusammengeknüllt um meinen Fuß, mein Schlüpfer zerrissen und sonst wohin gepfeffert, mein T-Shirt bis unter meine Achseln hochgeschoben. Ich blickte auf ihn hinunter. Seine Augen wirkten ... wow, bernsteinfarben?

„Johnny", wisperte ich.

„Hab noch immer Hunger, Baby."

Und damit zog er mich hinunter und versuchte allem Anschein nach, sich mit meiner Pussy zu ersticken.

„Bekommst du noch ...“

Mehr konnte ich ihn nicht zu seiner Atmung fragen, bevor sich jeder klare Gedanke in mir in Nichts auflöste.

Und ich wieder kam.

Und wieder.

Als er scheinbar glaubte, ich hätte genug – weil ich keinen Schimmer hatte, wie ich mit so viel Lust klarkommen sollte – zog er mich hinunter in seine Arme. Ich war ein verschwitztes, verwelktes, gesättigtes Wrack. Mein Atem ging abgehackt und ich war mir nicht sicher, ob ich noch Knochen im Leib hatte.

Doch ich hörte auch sein Herz heftig gegen mein Ohr hämmern. Atmete seinen Duft ein. Und weiter unten spürte ich, wie sich sein steifer Schwanz gegen meinen Bauch drückte. Seine Finger kämmten sanft durch meine Haare und streichelten mich. Als wäre ich etwas Kostbares.

Ja, genau. Diese endlose Abfolge von Orgasmen hatte mich offensichtlich verrückt werden lassen. Ich dachte gerade wie Emma, nicht wie Lyssa. Lyssa würde nicht denken, dass sie etwas Kostbares für einen Kerl war. Sie würde denken ... dass er nicht gekommen war.

Jetzt war er an der Reihe. Das wusste sogar ich.

Ich hob den Kopf und blickte auf ihn hinunter. Sein rauer Kiefer schimmerte mit meiner Lust.

Ich war mir nicht sicher, ob mir das unangenehm sein oder mich erregen sollte. Ihm schien es nichts auszumachen. Tatsächlich leckte er sich die Lippen, als würde es ihm gefallen.

Oh, und wie es ihm gefiel. Kein Typ würde eine Frau jemals so ausgiebig und gründlich und mit solcher Leidenschaft lecken, es sei denn, es war etwas, wonach auch er sich verzehrte.

„Du bist dran." Ich kanalisierte meine innere Sexgöttin. Mag sein, dass ich bereits gekommen war, aber meine Pussy sehnte sich danach, von ihm ausgefüllt zu werden. So hart, wie er war, würde er mich bis zum Anschlag vollstopfen.

Wieder streichelte er meine Haare. „Baby, ich bin absolut dafür, aber ich werde dich das erste Mal nicht hier auf dem Fußboden ficken."

Das *erste* Mal? Ähm, wow. Klang ganz so, als wäre das hier nicht einfach ein schneller Besuch. Meinetwegen. Ich würde mich nicht beschweren, so viel war sicher.

„Ich werde mir schön viel Zeit mit dir nehmen", versprach er.

7

JOHNNY

MEIN SCHWANZ WAR SO HART, dass ich fast glaubte, er würde jeden Augenblick abbrechen. Ihr Geschmack lag mir noch auf der Zunge und mein Wolf war völlig aus dem Häuschen, wollte aber mehr. Genau wie ich. Lyssa kletterte von mir herunter, zerrte ihr T-Shirt wieder über ihre Brüste und versuchte, ihre Jeans zu entheddern. Während ich ihr zusah, hob ich meinen Hut vom Fußboden auf und rückte meinen schmerzenden Schwanz in meiner Jeans zurecht.

Obwohl es eine verdammt spirituelle Erfahrung gewesen war, meine Gefährtin zu befriedigen, war mein innerer Beschützer noch immer auf der Hut. Die Haustür und die Terrassentüren standen offen, also hatte ich die ganze Zeit über gelauscht, ob sich irgendjemand dem Haus näherte. Nie im Leben würde ich zulassen, dass jemand anderes die reizende Lyssa in den Fängen ihres Orgasmus erblickte.

Es sei denn, sie stand auf so was. In diesem Falle könnte ich meinen Beschützerinstinkt hinten anstellen, damit meine

Gefährtin ihre Fantasien ausleben konnte. Ihre Befriedigung war meine oberste Priorität.

Sobald sie ihre Sachen halbwegs geordnet hatte, griff ich nach ihrer Hand und küsste ihre Finger. „Wie viel Zeit haben wir, bevor Mitch zurückkommt?" Ich achtete darauf, anzüglich zu klingen, damit ich die Stimmung nicht ruinierte.

Sie brauchte nicht zu wissen, dass ich ihren Boss überwältigen und mitnehmen würde, sobald er wieder hier war. Fuck. Wie sollte ich das nur bewerkstelligen, mit Lyssa im Haus? Ich musste sie an einen sicheren Ort bringen, denn allen Beweisen und Anschuldigungen nach zu urteilen war Chapman kein sicheres Gegenüber für eine Frau.

Sie zuckte mit den Schultern. „Oh, er wird noch eine Weile unterwegs sein. Ein paar Tage. Vielleicht sogar Wochen."

Ich entspannte mich. Fürs Erste war sie in Sicherheit. Allerdings musste ich Rob Bescheid sagen ... oder dem Rudelrat.

„Ich, ähm, sehe ihn so gut wie nie", fügte sie hinzu.

Ich witterte eine Lüge. Was versteckte sie vor mir? Versteckte sich Chapman irgendwo auf der Ranch? Wusste sie über seine schmutzigen Geschäfte Bescheid? Das wollte ich nicht glauben, vor allem, da es sein bevorzugtes Verbrechen war, mit Frauen zu handeln, doch vielleicht verschloss ich auch die Augen, weil sie meine Gefährtin war.

Nein, ihre Erklärung klang plausibel. Chapman war zwielichtig, aber er war auch Geschäftsmann. Vielleicht hatte er sie instruiert, seinen Terminplan aus Gründen der Privatsphäre mit niemandem zu teilen. Das ergab Sinn, doch ihre kleine Lüge machte sie nervös.

Ich hoffte, es steckte nicht mehr dahinter.

Wie dem auch sei, wir würden eine Lösung finden. Sie wusste es noch nicht, doch sie war meine Gefährtin. Und zwar, auf Gedeih und Verderben. Ich würde hier nicht ohne sie verschwinden.

„Also kann ich mir mit dir so viel Zeit lassen, wie ich möchte", versprach ich. Ich nahm einen ihrer Finger in meinen Mund und lutschte fest daran. „Nicht bewegen. Ich mache schnell die Türen zu, damit die anderen Rancharbeiter deine Schreie nicht hören können." Ich zwinkerte ihr zu.

Ein Anflug von Zweifel huschte über ihr Gesicht und ich erstarrte, als mir klar wurde, wie man das auch verstehen konnte. „O Scheiße." Ich hielt ihre Schultern fest und schenkte ihr ein versicherndes Lächeln. „Gute Schreie, meinte ich. Hat mich das wie ein Psycho klingen lassen?"

Ihr Gesicht entspannte sich und sie lachte. „Nein. Aber ich habe dich gerade erst getroffen."

Sie wurde rot und wandte den Blick ab.

Gut. Sie hatte gute Instinkte. Sie hatte sich gestattet, mit mir die Kontrolle zu verlieren, weil sie auf irgendeinem Level spürte, dass wir füreinander bestimmt waren. Nur dass sie ein Mensch war und ihre Zweifel anfingen, sich zu zeigen. Sie war ein braves Mädchen, das sah ich, und brave Mädchen ließen sich nicht in der Eingangshalle ihres Arbeitgebers von einem Wildfremden die Pussy lecken.

Nur dass sie genau das getan hatte. Und mehr wollte. Diese wilde Seite musste ich einfach weiter anfeuern. Damit sie nicht aufhörte, ihr inneres *unartiges* Mädchen herauszulassen.

„Baby, du bist bei mir in Sicherheit. Ich schwöre, es gibt keinen sichereren Kerl für dich. Ich werde dich gegen" – ich stoppte mich, bevor ich *deinen nutzlosen, vermutlich gefährlichen Boss* sagen würde oder irgendetwas anderes gelobte, was zu heftig klang – „na ja, du weißt schon, verbrannte Kekse und plärrende Feueralarme verteidigen." Ich grinste sie an. „Und, verdammt, gegen alles, wozu du *Nein* sagst. Einschließlich mir." Ich zog die Augenbrauen hoch. „Das ist ein Versprechen."

Sie schubste mich sanft an und lächelte. „Ich schließe die Haustür ab. Kümmer du dich um die Terrassentüren."

Ja, verdammt. Sie setzte mich nicht vor die Tür.

Mein Lächeln wurde breiter.

Sie vertraute mir.

Ich tippte mir an den Hut. „Ja, Ma'am." Ich joggte in die Küche, um die beiden Terrassentüren zu schließen, und nutzte die Gelegenheit, um Rob, meinem Alpha, eine Nachricht zu schreiben.

Chapman ist nicht hier.

Jetzt wusste er, dass ich nicht tot war, und konnte den Gestaltwandlerrat über diese Sackgasse informieren.

Als ich zurück in die Eingangshalle kam, hob ich Lyssa in meine Arme. Sie schnappte nach Luft, dann lachte sie. Oh, das war ein Geräusch, von dem mir nicht klar gewesen war, wie sehr ich es brauchte. Es tröstete etwas in mir. „Also, wo gehts zu deinem Schlafzimmer?"

Sie nickte in Richtung Küche.

Mit Lyssa auf dem Arm setzte ich mich in Bewegung und sie wies mir den Weg zu ihrer geräumigen Hausverwalterinnen-Suite, die sich hinter dem Waschraum befand. Genau wie der Rest des Anwesens war auch ihr Reich luxuriös ausgestattet, dessen Herzstück ein zweiseitiger Gaskamin war, den man sowohl aus dem Schlafzimmer als auch dem Badezimmer bewundern konnte. Im Bad befand sich ein Whirlpool, der groß genug für zwei war. Ich fragte mich, ob sie mein Leben für primitiv halten würde, wenn ich sie schließlich in mein Schlafquartier auf der Wolf Ranch mitnehmen würde. Beim Bau der gut eingerichteten Schlafbaracke hatte Rob an nichts gespart. Es gab einen riesigen Gemeinschaftsbereich, der als Wohnzimmer, Küche und Esszimmer diente. Außerdem hatte jeder der Arbeiter sein eigenes, großes Schlafzimmer, auch wenn ich im Augenblick der Einzige war, der dort wohnte. Und es gab sogar einen Kamin, allerdings nur im Gemeinschaftsraum, nicht in meinem persönlichen Schlafzimmer, das Lyssa und ich teilen würden. Und es gab auch keinen Whirlpool.

„Verdammt. Nette Bude."

„Ja, oder?" Lyssa klang genauso beeindruckt wie ich, doch dann schien sie sich zu ertappen. „Ich meine, ich liebe es hier. Ist ein toller Job."

„Wie lange arbeitest du schon für Mitch?"

„Erst seit ein paar Monaten. Ehrlich gesagt bin ich mir nicht sicher, wie lange ich es hier aushalten werde. Ich schätze, er hat einen ziemlichen Verbrauch an Verwalterinnen."

Ich runzelte die Stirn. Lag das daran, dass er ein aufbrausender Boss war? Oder ließ er sie verschwinden wie die Gestaltwandlerinnen, die er auf dem Schwarzmarkt verkaufte? Bei diesem Gedanken stellten sich die Nackenhaare meines Wolfs auf. Es gefiel mir nicht, dass Lyssa für diesen Kerl arbeitete. Noch gefiel mir die Vorstellung, dass ich sie niemals gefunden hätte, wenn ich nicht den Auftrag erhalten hätte, hierherzukommen und nach ihm zu suchen. Sie hätte weiterhin in Gefahr geschwebt.

Ich wollte meine Faust in die Wand schlagen und gleichzeitig Lyssa nie wieder loslassen.

Ich musste mich beruhigen. *Chapman ist nicht hier. Deine Gefährtin ist in Sicherheit. Du bist ein Vollstrecker. Dein Alpha und der Gestaltwandlerrat vertrauen darauf, dass du andere beschützt. Du wirst nicht zulassen, dass ihr etwas zustößt.*

Den Beweisen nach zu schließen, würde Chapman

vermutlich bald tot sein. Innerhalb der nächsten Tage würde er vor dem Rat stehen und diese Geschichte würde vorbei sein. Die Bedrohung für meine Gefährtin würde beseitigt sein. Für immer.

In diesem Moment befand sie sich zudem am sichersten Ort, an dem sie sein konnte. Bei mir. Und in diesem Augenblick hatte ich etwas weitaus Dringenderes zu tun, als mir wegen der anderen Vollstrecker, die gerade überall im Land nach diesem Arschloch suchten, Gedanken zu machen. Nämlich, mich um die Befriedigung meiner Gefährtin zu kümmern. Und anschließend herauszufinden, wie ich sie dazu bringen konnte, sich in mich zu verlieben.

Als ich sie in der Mitte des großen Doppelbettes ablegte, griff sie nach meinem Hut und warf ihn neben dem Bett auf den Boden.

Ich trat mir die Stiefel von den Füßen.

„Ich hasse es, dass du dich wieder angezogen hast, Baby. Lass mich noch mal diese Brüste sehen", befahl ich, während ich gleichzeitig mein Portemonnaie aus der Hosentasche zog, das Kondom darin herausfischte und es neben ihr auf das Laken warf. Hoffentlich fand sie mich nicht zu krass.

Tat sie nicht. Der Geruch ihrer Erregung erblühte, als sie ihr T-Shirt über ihren Kopf zog und es zur Seite warf. Ihr blassrosa BH konnte die vollen Kurven ihrer Brüste kaum fassen.

„Fuck, ist das hübsch." Ich riss mein eigenes Hemd auf und wand mich aus dem Stoff, dann krabbelte ich aufs Bett.

Sie blickte an sich hinunter und murmelte: „Ich, ähm, ich hatte nicht damit gerechnet, Gesellschaft zu bekommen ..."

Mein Blick flackerte von ihren Augen zu ihren Titten. „Verdammt. Bist du dir wirklich nicht im Klaren darüber, wie unglaublich heiß du bist? Runter mit den restlichen Klamotten, damit ich dich ganz und gar bewundern kann."

Ihre Wangen röteten sich mit einem entzückenden Pink, und zusammen machten wir uns daran, den Rest ihrer Sachen auszuziehen.

„Oje." Ihr Lachen klang atemlos, als wir mit ihrer Jeans kämpften.

„O verdammt." Ich schüttelte den Kopf, als würde etwas nicht stimmen.

„Was?"

„Du bist einfach zu perfekt." Volle Brüste, üppige Kurven, eine ordentlich rasierte Pussy – mit der ich mittlerweile *sehr* vertraut war. Sie war besser als perfekt.

Sie lächelte. Ja, dieses Kompliment gefiel ihr. Also würde sie es von nun an jeden Tag von mir hören.

Ihre Finger streckten sich nach dem Knopf meiner Jeans aus und öffneten ihn. „Meine Schwester ist die Heiße von uns beiden. Ich schätze, ich habe mich im Vergleich zu ihr immer schlicht gefühlt."

Ich schüttelte den Kopf, kniete mich vor sie und ließ ihr freie Bahn zu meinem Schwanz. Mit der Fingerspitze malte ich einen Kreis um ihren Nippel und streichelte ihre Haut. Weich wie Seide. Warm. *Mein.* „Niemand ist heißer als du. *Niemand.*"

Ihre Wangen wurden noch dunkler, als sie erneut rot wurde. Dann zog sie den Reißverschluss meiner Jeans auf und schob sie so weit über meine Hüfte hinunter, dass mein Schwanz hervorsprang. „Du bist selbst ziemlich heiß, Cowboy", lachte sie und ich kniete mich über sie und legte eine Hand auf ihre Schläfe, blockte alles andere aus, damit sie nichts mehr sehen konnte außer mir. „So habe ich dich in Gedanken getauft, bevor du dich vorgestellt hast. Heißer Cowboy."

Ein Rumpeln drang aus meiner Kehle, dann legte ich meine Hand auf ihren Nacken und hob ihren Mund an meinen. „Ich bin gern dein heißer Cowboy, Baby. Wann immer du willst." Dann küsste ich sie, strich mit meinen Lippen über ihre, nur einmal, bevor ich sie mit meiner Zunge öffnete.

Ihre Finger fanden meinen Schwanz und wickelten sich um den Schaft. Meine Eier zogen sich zusammen und ich stöhnte in ihren Mund.

Fuck. Ich war so heiß auf dieses Weibchen, ich würde noch kommen, bevor wir überhaupt angefangen hatten. Vor allem, weil ich ihren Geschmack auf der Zunge hatte und das Bild davon, wie sie aussah, wenn sie kam, in mein Gedächtnis gebrannt war.

„Hör mal." Sanft schob ich sie auf die Matratze hinunter und eroberte erneut ihren Mund. Als ich den Kuss schließlich löste, sagte ich: „Ich will nicht, dass du glaubst, das hier wäre normal für mich. Ein Kondom im Portemonnaie zu haben. Mit einer Frau ins Bett zu springen, die ich erst vor ein paar Minuten kennengelernt habe."

Na schön, ich fickte. Ich war nicht besonders wählerisch, doch diese Nummern hatten nie etwas bedeutet. Gestaltwandler hatten eine andere Einstellung zu Sex. Zumindest war es so für mich gewesen. Bis jetzt. Jetzt, innerhalb einer kurzen Stunde, bedeutete es mir alles. Ich würde ab jetzt nur noch mit Lyssa Sex haben. Es war wichtig, dass sie begriff, was es mir bedeutete. Dass es anders war.

Sie spreizte die Beine und meine Hüfte sank in die Wiege ihrer Schenkel. Mein nackter Schwanz glitt über ihre feuchte Mitte und wieder kam ich um ein Haar. Denn plötzlich wollte ich in sie hineinstoßen. Ungeschützt. Ich konnte mich nicht mit Geschlechtskrankheiten infizieren, wusste allerdings, dass Menschen deshalb ausdrücklich über geschützten Sex aufgeklärt wurden. Und zum Schutz vor Schwangerschaften.

Bei der Vorstellung, wie sie mit unseren Welpen schwanger war, drangen Lusttropfen aus meiner Eichel.

Geduld. Ich musste verdammt noch mal Geduld haben. Ich würde ein Kondom benutzen und Lyssa schützen. Ihr zu verstehen geben, dass ich in allen Dingen an ihre Sicherheit und ihre Bedürfnisse dachte.

„Für mich auch nicht", gestand sie.

Ich küsste ihr Schlüsselbein und gelobte mir, später jede ihrer Sommersprossen zu küssen und zu zählen. „Ich bin kein Playboy", fügte ich hinzu. „Ich habe einfach nur eine augenblickliche Verbindung zu dir gespürt, als wir uns getroffen haben."

Wie ein immerwährender Schicksalsbund, sozusagen.

Ich legte meine Hand auf ihre Brust. „Dieses hübsche Ding und seine Zwillingsschwester machen es mir verdammt unmöglich, einen klaren Gedanken zu fassen." Mit der Zungenspitze kreiste und leckte ich um den dunklen Kreis ihres Nippels.

Für einen Moment wurden Lyssas Augen groß, dann lachte sie. Ihre Finger vergruben sich in meinen Haaren. „Nicht nachdenken. Einfach lecken."

„Ja, Ma'am", stimmte ich zu. Ich leckte und lutschte ihren Nippel in eine steife Spitze, dann wechselte ich zur anderen Brust und schenkte ihr die gleiche Aufmerksamkeit. Die ganze Zeit über pochte mein Schwanz und meine Eier wurden langsam blau und schmerzten. Lusttropfen sickerten in das Laken zwischen ihren Beinen.

„Verrate mir drei Dinge über dich." Ich küsste die weiche Haut ihres Bauchs, hielt inne und ließ meine Zungenspitze um ihren Nabel kreisen, dann wanderte ich tiefer.

„Drei Dinge?" Ihre Stimme rutschte ein wenig höher, als wäre sie es nicht gewohnt, im Zentrum der Aufmerksamkeit zu stehen.

Meine Zungenspitze neckte den äußeren Rand ihres Schlitzes, direkt über ihrem Kitzler, allerdings ohne ihn zu berühren. „Drei Dinge, und dann bringe ich dich zum Schreien."

Sie wand sich unter mir hin und her und versuchte, mit ihrer Pussy näher an meinen Mund zu kommen. „Drei Dinge", keuchte sie. „Ähm, okay ... ich habe eine Schwester."

„Das zählt nicht, das wusste ich bereits." Ich küsste den obersten Punkt ihres Schlitzes und neckte ihre Öffnung einmal mehr mit meiner Zungenspitze. Ich konnte einfach nicht genug bekommen.

Lyssa stieß einen kleinen, bebenden Atemzug aus. „Ich, ähm, bin eine richtig schlechte Keksbäckerin." Sie kicherte.

„Nö. Das wusste ich auch schon. Versuchst du, mich auf Distanz zu halten, Lyssa?" Ich saugte eine ihrer Schamlippen in den Mund und lutschte daran, bevor ich sie mit einem *Plopp* wieder losließ.

„Ich bin Special-Effects-Designerin!"

Ich belohnte sie mit einem ausführlichen Lecken, spreizte ihre Schamlippen und glitt mit meiner Zunge von unten bis ganz oben über ihren Schlitz. „Special Effects? Beeindruckend. Das ist eine Sache. Nur noch zwei mehr."

„Ich liebe Eiscreme."

„Das akzeptiere ich nur, wenn du mir auch deine Lieblingssorte verrätst." Mein Lieblingsgeschmack war die Pussy meiner Gefährtin.

„Schoko-Minze."

„Notiert. Und was noch?"

„Ich, ähm, hatte seit zwei Jahren keinen Sex mehr."

„Oh, Baby. Danke, dass du das mit mir teilst. Ich werde dafür sorgen, dass sich das Warten gelohnt hat." Wieder überschüttete ich ihre Pussy mit Aufmerksamkeit, leckte, lutschte und glitt mit der Zungenspitze über die Konturen ihrer

Schamlippen. Irgendwann landete ich zwischen ihren Beinen bei der kleinen Knospe ihres Kitzlers und lutschte auch ihn zwischen meine Lippen.

Damit verdiente ich mir den ersten Lustschrei – in ihrem Bett. Ich drang mit zwei Fingern in sie ein und rieb ihre innere, vordere Wand – direkt hinter ihrem Kitzler – um sie zum Höhepunkt zu bringen. Ihre Pussy zog sich um meine Finger zusammen und ihre köstlichen Säfte liefen über meine Hand, während sich ihr Arsch so fest zusammenzog, dass ihre Hüfte in die Höhe schnellte. Ich hörte nicht auf, ihren Kitzler zu lutschen.

„Braves Mädchen", lobte ich sie, als ihre Schenkel aufhörten, zu zittern, und sie aufs Bett zurücksank.

„O mein Gott. Was machst du mit mir?"

„Ich verdiene mir das Recht, zwischen deinen Beinen zu versinken, Baby."

Sie stieß ein schluchzendes Lachen aus. „Es fühlt sich so gut an. So, so gut."

Ich krabbelte über sie. „Verrate mir drei weitere Dinge."

„Mh-mh." Sie schüttelte den Kopf und ihre Hände glitten hinauf zu meiner Brust. „Jetzt bist du dran. Erzähle mir drei Dinge über dich."

Ich küsste ihren Hals, dann drückte ich mich hoch, bis ich auf den Fersen saß, und griff nach dem Kondom. Während ich es über meinen Schwanz abrollte, teilte ich drei Dinge mit Lyssa. „Okay. Drei schnelle Fakten über mich. Erstens – deine Pussy zu lecken, ist meine neue Lieblingsbeschäftigung. Zweitens – ich bin Rancharbeiter auf der Wolf Ranch, die liegt etwa zwei Stunden von hier entfernt. Und drittens – Zeit für dich, mit diesem Cowboy auszureiten."

8

____

EMMA

„Wow", stammelte ich, als Johnny seinen Arm um meine Taille schlang und uns beide herumwarf, sodass er mit dem Rücken auf dem Bett landete und ich rittlings auf seiner Hüfte saß. Es war fast lachhaft, mit welcher Leichtigkeit er mich herummanövrierte. Er griff nach dem Schaft seines eingehüllten Schwanzes und pumpte ihn einmal langsam.

Dann erstarrte seine Hand und sein Blick wanderte über meinen nackten Körper, bis sich unsere Blicke trafen.

Wir wurden still. Sahen uns in die Augen.

Heißer Cowboy wollte, dass ich mit ihm ausritt. Eine wahr gewordene Fantasie. Eine der Fantasien, die Lyssa für gewöhnlich genoss und von denen ich erst im Nachhinein erfuhr.

Meine Schwester hatte eine ganze Kiste ungeöffneter Sexspielzeuge unter ihrem Bett, die ich peinlicherweise entdeckt hatte. Sie muss Vertreterin für einen Erotikhandel gewesen sein oder so was in der Art, anders ließ sich eine derart riesige Auswahl an Zubehör nicht erklären. Ich wünschte, ich hätte den Mumm, diese Kiste jetzt unter dem Bett hervorzuziehen und Johnny vorzuschlagen, sie mit mir auszuprobieren, aber ich hatte keinerlei Erfahrungen mit Sexspielzeugen. Außerdem schien er sie auch nicht zu brauchen.

„Johnny", wisperte ich. Als ob ich seinen Namen aussprechen musste, um mich davon zu überzeugen, dass das hier tatsächlich passierte.

Was *war* das hier? Lief es für Lyssa immer so? War es für sie immer so einfach mit den Kerlen? Machte es so viel Spaß? Fühlte es sich so … richtig an?

Ich wusste nichts über Johnny, außer seinem Namen und was sein Job war. Und doch hatte ich das Gefühl, ihn zu kennen. Hatte das Gefühl, als ob das hier etwas Besonderes war. Dass es mehr war als nur ein bisschen Spaß.

Lag das an mir, an Emma, die töricht war? War es albern, jetzt schon mein – huch – Herz mit ins Spiel zu bringen?

„Ich gehöre nur dir, Baby. Steig auf."

Dieses raue Rumpeln seiner Stimme riss mich aus meinen Gedanken. Brachte mich dazu, mich wieder auf das Hier und Jetzt zu konzentrieren. Auf seinen großen, langen, dicken, harten Schwanz, der nur darauf wartete, dass ich mich auf ihn hinuntersenkte. Johnny hatte mich bereits wiederholt zum Orgasmus gebracht, aber er selbst war noch immer nicht gekommen. Nicht ein einziges Mal. Er hatte sich um mich und meine Befriedigung gekümmert.

Ich hatte ihn hart gemacht. ICH. Nicht Lyssa. Und jetzt war es Zeit, dass ich ihm Erleichterung verschaffte. Ihn durch meinen Körper Erlösung finden ließ.

Ich lächelte ihn langsam an. „Okay, Cowboy. Wird schon schiefgehen."

Ich richtete mich auf die Knie auf, dann ruckelte ich hin und her, bis seine dicke Eichel gegen meinen Schlitz stupste.

Ohne den Blick von ihm abzuwenden, ließ ich mich sinken. Mit jedem Zentimeter, den er mich weiter ausfüllte, wurden meine Augen größer.

„O ja", stieß ich atemlos hervor, als ich spürte, wie er mich ganz und gar ausfüllte.

Die Sehnen in seinem Hals waren angespannt. Sein Kiefer verkrampft. Doch seine Hände lagen beinahe zärtlich auf meiner Hüfte.

„Du fühlst dich so gut an", stöhnte ich und hob meine Hüfte leicht an.

Er knurrte.

Ich ließ mich erneut sinken und meine Oberschenkel landeten auf seinen. „Wow."

„Baby, du bringst mich um."

Während ich mich mit den Händen auf seiner Brust abstützte, kreiste ich ein paarmal mit meinen Hüften, dann hob ich sie an. Ließ mich wieder fallen. Fand meinen Rhythmus und fickte mich an ihm.

„So gut." Ich fing an zu keuchen. Kreiste schneller mit den Hüften und rieb mich mit jeder Abwärtsbewegung heftiger an ihm, nahm so viel von ihm in mir auf, wie ich konnte.

Seine Knie beugten sich, bis ich in seinem Schoß ruhte, dann kippte er mein Becken und ich lehnte mich zurück, sodass er noch tiefer in mich eindringen konnte.

Unser Stöhnen vermischte sich.

Das war der Moment. Die Veränderung, die mir den Rest meiner Kontrolle raubte. Ich fing an, mich schneller zu bewegen, fickte ihn und ließ meiner Lust freien Lauf. Mit einer Hand stütze ich mich an seiner Brust ab, mit der anderen griff ich zwischen uns und fingerte an meinem Kitzler herum.

„Genau so, Baby. Zeig mir, wie du es dir besorgst."

Er wusste es längst. Er hatte meinen Kitzler mit seiner

Zunge perfekt verwöhnt. Und trotzdem beobachtete er mich regelrecht verzaubert, während ich mich fingerte.

Es war mir egal, dass meine Brüste auf- und abwippten oder unsere Körper aneinanderklatschten. Oder dass mein Stöhnen liederlich und ungezähmt klang. Oder ... überhaupt irgendwas.

Ich folgte meiner Lust. Saugte jedes seiner schmutzigen Worte auf. *Braves Mädchen. Du fickst so gut. Diese Pussy ist wie für meinen Schwanz gemacht.*

Als ich kam, fiel mir der Kopf in den Nacken und meine inneren Muskeln krampften und zogen sich um seinen Schwanz zusammen. Darauf musste er gewartet haben, denn seine Finger krallten sich plötzlich in meine Taille und seine Hüfte schnellte nach oben und er vergrub sich unendlich tief in mir.

Er knurrte. Buchstäblich.

Heiliger Bimbam. Das war so unfassbar gut, ich wusste nicht, ob ich lachen oder heulen sollte. Dass ich solchen Sex bisher verpasst hatte, weil ich zu vorsichtig gewesen war.

Tja, diesmal hatte ich alle Vorsicht über Bord geworfen.

Matt ließ ich mich auf Johnnys Brust sinken und versuchte, mich zu erholen. Die Sache war nur die, ich wusste nicht, ob ich das jemals schaffen würde. Eine schnelle Nummer mit einem Cowboy hatte mich womöglich gerade für immer ruiniert.

9

JOHNNY

ICH SCHLICH MICH aus dem Bett und fischte mein Handy aus meiner Jeanstasche. Es war nach Mitternacht und Lyssas Atem ging langsam und gleichmäßig. Sie lag schlafend auf dem Bauch, ihre dunklen Haare eine wilde Wolke auf dem Kissen. Ich zog ihr die Decke über den nackten Rücken.

Dann warf ich einen Blick auf den Bildschirm meines Handys und entdeckte eine Flut von Nachrichten – von Rob, vom Gestaltwandlerrat und von den drei anderen Vollstreckern, die sich ebenfalls gerade auf der Suche nach Chapman befanden.

Fuck. Auch wenn ich ihm diese kurze Nachricht geschickt und ihn darüber informiert hatte, dass Chapman nicht hier war, würde mir mein Alpha den Arsch aufreißen, weil ich seine Nachrichten stundenlang ignoriert hatte.

Allerdings hatte ich gerade meine Schicksalsgefährtin gefunden. Mich um sie zu kümmern, übertrumpfte alles andere. Das musste er verstehen. Doch ich schätzte, diese durchaus wichtige Information hätte ich ihm vor Stunden zukommen lassen sollen. Zu behaupten, dass mein Wolf die Führung übernommen hatte, war eine Untertreibung. Und der schrieb keine Nachrichten.

Nachdem ich Lyssa mit unserer Sexkapade völlig ausgelaugt hatte – Fuck, war das unglaublich gewesen – hatte ich mich darum gekümmert, dass meine Gefährtin genug isst und trinkt. Es war nicht besonders viel Essen im Haus, trotz des doppeltürigen Kühlschranks und einer Speisekammer, die größer war als mein Schlafzimmer in der Schlafbaracke, doch ich hatte uns zwei große Portionen *Huevos Rancheros* aus Dosenchili, frischen Eiern und Käse gekocht.

Ich musste Lyssa davon überzeugen, mit mir zusammen zur Wolf Ranch zurückzukehren. Doch sie war ein Mensch. Sie spürte die Chemie zwischen uns, wusste aber nichts über Schicksalsgefährten. Es war eine Sache, für eine schnelle Nummer mit ihr ins Bett zu springen, eine ganz andere, sie zu bitten, ihr Leben zusammenzupacken und mit mir fortzuziehen, und das, nachdem sie mich erst wenige Stunden zuvor kennengelernt hatte. Das fühlte sich irgendwie überstürzt an. Vielleicht ein klein bisschen zu leichtsinnig für eine Menschenfrau.

Anstatt ihr also rundheraus zu sagen, dass ich wieder fahren würde, hatte ich weiter mit ihr geflirtet und behauptet, mein Truck wäre über einen Nagel gefahren und hätte jetzt einen Platten.

Sie hatte gelächelt und erwidert, dass ich die Nacht dann wohl hier verbringen müsse, und so hatte ich mir einen Platz in ihrem Bett gesichert.

Jetzt allerdings hatte der Spaß ein Ende.

Ich hatte eine Verpflichtung meinem Rudel gegenüber, der

ich auf die lustvollste Art und Weise ausgewichen war, also konnte ich jetzt zumindest damit beginnen, das Anwesen auszuspähen. Um mich zu vergewissern, dass Chapman wirklich nicht hier war, und um herauszufinden, ob sich hier auf dieser Ranch irgendwelche Beweise für seine Machenschaften befanden. Zuerst schrieb ich Rob eine Nachricht, denn anrufen konnte ich ihn um diese Uhrzeit definitiv nicht mehr. Er war ohnehin schon stinksauer. Wenn ich seine Gefährtin Willow aufweckte, würde er mir das bis in alle Ewigkeit zum Vorwurf machen.

> Tut mir leid, Alpha. Ich habe meine Gefährtin getroffen. Ich habe sie gefunden. Sie ist ein Mensch – Chapmans Hausverwalterin. Ich suche jetzt das Anwesen ab.

Er schrieb augenblicklich zurück.

> Ruf mich sofort an.

Vielleicht war es doch noch nicht zu spät. Splitternackt schob ich eine der Terrassentüren in der Küche auf, schlüpfte hindurch und zog sie lautlos wieder hinter mir zu, dann lauschte ich kurz in die Nacht. Ich konnte keinen Geruch wittern. Ich war allein.

Ich wählte Robs Nummer.

„Ich war zehn Minuten davor, einen Suchtrupp nach dir loszuschicken", nahm er den Anruf an. Seine Worte verrieten mir, dass ich ihm nicht egal war, doch sein gemäßigter Tonfall täuschte nicht über seine Verärgerung hinweg. Obwohl er nicht hier war, präsentiere ich instinktiv meine Kehle und senke den Blick. „Tut mir leid, Alpha."

„Verdammt noch mal, Johnny. Das ist erst dein zweiter Auftrag als Vollstrecker, und schon missachtest du das Protokoll. Ich dachte schon, Chapman hätte dich möglicherweise umgebracht und deine frühere Nachricht wäre eine List von ihm gewesen."

Das war mir nie in den Sinn gekommen. Ich wusste, dass ich noch eine Menge darüber lernen musste, ein guter Vollstrecker zu sein, abgesehen vom Töten. Das schüttelte ich nur so aus dem Ärmel. Aber alles andere? Daran musste ich offensichtlich noch arbeiten.

„Ich habe Mist gebaut", gestand ich und fuhr mir mit der Hand durch die Haare. „Es tut mir leid. Es ist nur ..."

„Hast du wirklich deine Gefährtin gefunden?" Robs Stimme wurde weicher.

Das gleiche Hochgefühl, das ich empfunden hatte, als ich sie zum ersten Mal gerochen hatte, explodierte in meiner Brust. Ein Teil Jubel, ein Teil Nachhausekommen. Das Gefühl, gleichzeitig verloren zu sein und gefunden zu werden. „Ja. Ich bin mir sicher. Mein Wolf wollte sie in dem Augenblick markieren, als wir uns berührten."

„Und ist es das, was du die ganze Nacht mit ihr getrieben hast? Sie *zu berühren*?"

Ich räusperte mich und versuchte, nicht zu lächeln. „Ähm, ja, mehr oder weniger. Ich war mir nicht sicher, ob sie schon bereit dafür gewesen wäre, sich von mir vom Anwesen zerren zu lassen, aber das ist mein Plan für morgen früh."

„Bist du dir sicher, dass Chapman nicht dort ist?"

„Sie sagt, er ist unterwegs. Wäre schon seit Wochen nicht mehr hier gewesen. Ich werde mich jetzt verwandeln und die gesamte Ranch absuchen, nur um sicherzugehen. Auch wenn er ihr gesagt hat, er würde verreisen – das Anwesen ist riesig und er könnte sich irgendwo versteckt haben, ohne dass sie es jemals erfahren würde. Soweit ich das beurteilen kann, führt ihr Job sie nicht weit vom Haupthaus weg."

„In Ordnung. Es ist unmöglich zu wissen, wer oder was

sich auf dem Anwesen befindet. Wenn er mit Frauen handelt, könnte er sie irgendwo dort auf dem Grundstück versteckt haben."

Diese Vorstellung gefiel mir nicht. Vor allem jetzt nicht, wo ich wusste, dass sich Lyssa in der Nähe von etwas so Grundbösem aufhalten könnte. „Ich finde es heraus."

„Ich will einen ausführlichen Bericht, bevor du zu deiner Gefährtin zurückkehrst. Egal, wie spät es ist. Verstanden?"

Ich nickte und ließ meinen Blick durch die Dunkelheit schweifen. Es war der perfekte Ort zum Laufen, und jetzt hatte ich auch einen Grund dafür. „Verstanden, Alpha."

„Gut. Du bist noch immer nicht aus dem Schneider bei mir."

Seufzend erwiderte ich: „Ich weiß, Alpha. Ich hätte früher anrufen sollen. Ich habe Scheiße gebaut."

„Allerdings. Und jetzt mach dich auf die Suche."

„Ja, Sir. Ich melde mich, sobald ich fertig bin."

Ich legte auf und warf mein Handy auf einen der Liegestühle neben dem Pool. Dann verwandelte ich mich und ließ mich auf alle viere fallen.

Diese Sache konnte nur in Wolfsgestalt untersucht werden. Mein Geruchssinn war besser. Ich konnte in der Dunkelheit sehen. Ich hatte Ausdauer und konnte meilenweit rennen. Außerdem vertraute ich darauf, dass mich meine Wolfsinstinkte dorthin führen würden, wohin ich laufen musste. Ich rannte los, trottete mit meiner Schnauze dicht am Erdboden vorwärts und registrierte die diversen Gerüche und Fährten der Ranch.

Wie erwartet verlor sich Lyssas Duft schnell. Sie verließ das Haupthaus folglich nicht oft. Meinem Wolf gefiel es ganz und gar nicht, sich so weit von ihr zu entfernen, doch sie lag sicher in ihrem Bett und ich musste den Befehl meines Alphas befolgen.

Ich kam an einer leeren Scheune vorbei, in der weder Pferde noch Rinder standen. Auch keine frischen Fährten von Menschen oder Gestaltwandlern. Hier war seit einer ganzen Weile niemand mehr gewesen. Ich suchte die Scheune nach Verstecken ab – Falltüren oder geheime Keller – fand jedoch nichts. Meine Suche führte mich über das gesamte, eingezäunte Grundstück, doch ich witterte keine einzige, frische Fährte. Hinter dem Zaun erstreckte sich Weideland. Der Wind trug den Geruch von Rindern zu mir herüber, die meiner Schätzung nach etwa zweihundert Meter entfernt grasten. Und jenseits des Weidelands befanden sich keinerlei Gebäude mehr.

Entwarnung.

Ich rannte zum Haus zurück und verwandelte mich zurück in meine Menschengestalt. So verschwitzt und dreckig, wie ich war, konnte ich unmöglich zurück zu Lyssa unter die Decke krabbeln, also sprang ich in den Pool und tunkte meinen Kopf ins Wasser. Ich hatte mit eiskaltem Wasser gerechnet, aber als Milliardär konnte man sich offensichtlich einen beheizten Pool leisten. In Montana. Ende September.

Ich schnappte mir mein Handy von der Liege und schlüpfte ins Haus, griff im Waschraum nach einem Handtuch und trocknete mich ab. Sobald ich fertig war, zog ich los, um das Haus nach Hinweisen auf Chapmans Aufenthaltsort abzusuchen.

Ich fand seinen Bereich, indem ich seiner Gestaltwandlerfährte folgte. Sie war nur noch schwach. Er war lange nicht mehr hier gewesen, genau, wie Lyssa gesagt hatte. Ich knackte das Schloss zu seinem gigantischen Schlafzimmer und durchsuchte seine Sachen. Eine Milliardärsgarderobe. Edle Cowboystiefel, die nie im Leben ein echtes Staubkorn gesehen hatten. Nichts Persönliches – keine Fotos, keine Unterlagen.

Ich ging zu seinem Büro weiter und wollte gerade das

Schloss knacken, als ich bemerkte, dass die Tür nicht abgeschlossen war.

Ein ordentlicher Stapel geöffneter Briefe lag auf seinem Schreibtisch. Ich hob den obersten Brief auf und schnüffelte daran.

Er roch nach Lyssa. Scheinbar gehörte Chapmans Korrespondenz zu ihren Aufgaben.

Ich sah mich weiter im Büro um, suchte nach einem Safe oder einer geheimen Wandverkleidung oder was für Verstecke Milliardärsverbrecher sonst noch in ihren Villen einbauen, fand aber absolut nichts.

Auch hier gab es keine persönlichen Fotos oder Unterlagen. Nichts, was darauf hinwies, dass der Kerl überhaupt Zeit hier verbrachte. Das ganze Anwesen wirkte wie ein Musterhaus. Vermutlich war es ein viertausend Hektar großer Steuernepp.

Das hier war nicht das Anwesen, auf dem er die Verbrechen beging, die ihm vorgeworfen wurden. Gerade, als ich Rob eine Nachricht mit den Ergebnissen meines Aufklärungslaufs schrieb, hörte ich, wie sich Lyssa im Schlafzimmer rührte.

Scheiße! Lautlos sprintete ich die Treppe hinunter und rannte auf Lyssas Gebäudeflügel zu …

„Johnny?"

Ich raste in die Küche, warf mein Handy auf den Kühlschrank und riss ihn auf. „Oh, hey, Baby." Ich ließ meine Stimme langsam und verschlafen klingen, auch wenn mein Herz hämmerte wie verrückt. „Hast du Hunger? Ich wollte mir gerade ein Glas Milch holen."

„Oh, ich dachte schon, du wolltest dich rausschleichen oder so."

Mit dem Milchkarton in der Hand drehte ich mich zu ihr herum und schlang meinen Arm um ihre Taille. „Keine

Chance, Baby. Platter Reifen, schon vergessen? Abgesehen davon, falls es dir nicht aufgefallen sein sollte, bin ich splitterfasernackt." Ich zwinkerte ihr zu und sie lächelte zu mir hinauf, dann lehnte sie ihren Kopf an meine Brust.

„Das ist verrückt", murmelte sie. „Du bist verrückt."

„Und wie." Ich küsste ihren Scheitel, schloss die Augen und atmete ihren Duft ein. „Verrückt nach dir."

10

EMMA

MIT DEM KÖSTLICHEN GEFÜHL, wie sich ein Männerkörper an meinen schmiegte, wachte ich auf. Ich war in Montana, in einem gigantischen, luxuriösen Bett, und war der kleine Löffel für einen heißen Cowboy. Johnny hatte seinen Arm beschützend um mich geschlungen und presste seine ganze Körpergröße gegen meinen Rücken.

Es fühlte sich an wie ein Traum.

Der gesamte gestrige Tag, von dem Augenblick an, als HC an meiner Haustür aufgetaucht war, fühlte sich an wie ein Traum.

Als ob ich in dem Moment, in dem ich meinen Job hingeschmissen und behauptet hatte, Lyssa zu sein, plötzlich auch Lyssas Sexleben übernommen hätte.

Irgendwie haben sich die Dinge einfach wie von Zauberhand ergeben. In einem Moment habe ich meine Kekse verbrannt, im nächsten Augenblick war ein großer, aufmerksamer Mann in mein Haus marschiert und hat sich um jedes meiner sexuellen Bedürfnisse gekümmert. Er hat sich um Bedürfnisse gekümmert, von denen ich nicht einmal wusste, dass ich sie hatte. Junge, Junge, und wie ich sie jetzt hatte.

Natürlich hatte alles Gute irgendwann sein Ende. Johnny musste zur Ranch zurückkehren, auf der er arbeitete. Ich musste damit aufhören, vorzugeben, Lyssa zu sein, und herausfinden, was die nächsten Schritte in meinem eigenen Leben waren. Andererseits musste ich auch noch lange genug Lyssa *sein*, um aus dem Bett aufzustehen, ihm seine Klamotten zuzuwerfen und ihm hinterherzuwinken, wenn er davonfuhr, ohne mir noch einen weiteren Gedanken zu schenken. Machte Lyssa sowas wie das hier wirklich? Hatte sie wilden, heißen Sex mit irgendeinem Typen, nur um dann einfach ... mit ihrem Alltag weiterzumachen, sobald die Sonne aufging? Waren ihre Gefühle anderen Menschen gegenüber tatsächlich derart oberflächlich? So unbekümmert? Ich war mir nicht sicher, ob ich selbst je so sein konnte, denn ich empfand etwas für Johnny, und zwar mehr als nur wahnsinnige Lust.

Er hatte gesagt, er wäre verrückt nach mir. Auch ich war verrückt nach ihm. Und möglicherweise auch einfach nur schlichtweg verrückt.

Ich seufzte und bewegte mich, bis mein Arsch gegen seine Lenden stupste und sein Schwanz augenblicklich anschwoll. Meine Güte.

„Guten Morgen, meine Schöne.“

Meine Schöne. So wurde ich nicht oft genannt, anders als Lyssa, obwohl wir haargenau gleich aussahen. Das lag einfach daran, dass sie ihre Schönheit *nach außen trug*. Sie *verkörperte* wunderschön. Sie lebte es.

Ich versteckte es. Hielt es zurück. Behielt es auf Reserve, damit ich bloß nicht zu viel Aufmerksamkeit auf mich zog.

Lyssa hatte schon immer alle Aufmerksamkeit in einem

Raum auf sich gezogen. Sogar jetzt noch, obwohl wir uns kaum noch sahen und uns nicht länger in denselben Räumen aufhielten, wo uns die Leute vergleichen konnten.

Johnnys Hand glitt meine Seite hinauf und legte sich über meine Brust.

„Mhmm." Ich schmolz förmlich gegen ihn.

Seine Daumenspitze strich federleicht über meinen Nippel und ließ ihn hart und steif werden. Seine Zähne knabberten an meiner Schulter und er stöhnte leise, während ich spürte, wie sein Schwanz noch länger wurde, da, wo er an meinem Hintern eingeklemmt war. Johnny bewegte sich und sein Schwanz fand seinen Platz zwischen meinen Beinen und stupste mit seiner samtigen Eichel gegen meinen Schlitz.

Verdammt, war ich etwa schon feucht? Dabei hatte er mich da unten noch nicht mal berührt. Mein ganzer Körper schien sich zu erhitzen und zu öffnen, sobald ich in der Nähe dieses Mannes war.

„Hast du noch ein Kondom?", murmelte ich.

Sein Atem stockte für eine Sekunde und sein Schwanz pumpte in die Lücke zwischen meinen Beinen und meiner Pussy. „O Baby." Es klang beinahe schmerzhaft. Als ob er mich ebenso dringend bräuchte wie ich ihn. „Willst du noch mal mit deinem Cowboy ausreiten?"

Gott, sein rumpelndes Knurren würde noch mein Verderben sein. „Mh-hm."

„Zwei Sekunden." Er küsste meinen Hals. „Nicht bewegen." Er rollte sich aus dem Bett und hob seine Jeans vom Boden auf.

Weil mir schon jetzt heiß war, trat ich mir die Bettdecke vom Körper. Normalerweise schlief ich nicht nackt, also steigerte das für mich in diesem Moment nur weiter meine Sinne. Diese lächerlich luxuriösen Laken, die meine Haut liebkosten.

Nichts zwischen meinen Beinen, was den süßen Honig absorbieren könnte, der dort für Johnny hervorsickerte.

Er krabbelte mit einem Kondom zurück ins Bett. Die Verpackung hatte er bereits aufgerissen.

„Warte, warte." Ich setzte mich auf.

Sofort hielt er in seiner Bewegung inne und suchte meinen Blick. Dieser Typ meinte es ernst mit dem Einverständnis – eine Tatsache, die bedeutete, dass ich mich sicher mit ihm fühlte.

Ich grinste, nahm ihm das Kondom aus den Fingern und zeigte aufs Bett. „Auf den Rücken, Cowboy."

Er schenkte mir ein langsames, träges Grinsen und tat wie befohlen, verschränkte die Hände hinter dem Rücken und nahm die perfekte Ruhepose für einen Sexy-Cowboy-Kalender ein. Mein ganz persönlicher Mr. September.

Während mein Blick über seinen herrlichen, nackten Körper wanderte, leckte ich mir über die Lippen. Johnny bestand aus nichts als puren Muskeln. Seine Haut war sonnengebräunt. Ein Sprenkel dunkler Locken, die zu den Haaren auf seinem Kopf passten, bedeckte seine Brust. Er war atemberaubend.

Ich setzte mich rittlings auf seine Oberschenkel, bereit für meine Erkundung. Das Kondom ließ ich neben ihm aufs Bett fallen, dann streichelte ich mit den Fingern über seine harten Brustmuskeln. Ich liebte es einfach, wie definiert sie waren. Als meine Fingerkuppen über seine Nippel glitten, wurden sie hart. Ich beugte mich hinunter und ließ meine Zungenspitze darüber schnellen, so wie er es mit meinen Brüsten getan hatte.

Johnny stöhnte auf. „Du bringst mich um, Baby. Wie kannst du nur so heiß sein?"

Ich musste lachen. Mit ihm zusammen *fühlte* ich mich

wunderschön. Es war einfach zu fantastisch, um es zu glauben.

Ich wollte nicht, dass das hier jemals aufhörte. Gott weiß, ich hatte diesen letzten, heißen Fick als Lyssa wirklich verdient.

Meine Fingerspitzen wanderten hinunter zu seinem Waschbrettbauch, dann folgten sie der Spur aus Haaren direkt bis zu seinem Schwanz. Er war dick und steif für mich und verzehrte sich nach meiner Aufmerksamkeit.

Die würde ich ihm jetzt schenken.

Meine Finger schlossen sich um den Schaft und ich pumpte ihn langsam, während ich Johnny unverwandt in die Augen schaute.

„Fester", forderte er mich auf.

Ich tat wie befohlen und er stöhnte.

Seine Augen reflektierten das Licht und wirkten beinahe golden anstatt braun. Ohne den Blick von seinen Augen abzuwenden, senkte ich meinen Mund zu seiner Eichel. Ich streckte die Zunge hinaus, berührte ihn aber noch nicht, sondern schwebte mit meinen Lippen nur neckend über ihm.

Ein Lusttropfen sickerte aus seinem Schlitz und ich leckte ihn ab. „Mhmm", seufzte ich, als ich den salzigen Geschmack auf meiner Zunge schmeckte.

Johnny war nicht länger das Inbild des ruhenden Cowboys. Seine Fäuste gruben sich in das Kissen links und rechts seines Kopfes und knüllten es zusammen. „Fuck, Lyssa", keuchte er. „Ich sterbe hier."

„Was brauchst du, Cowboy?", schnurrte ich und belohnte ihn, indem ich mit der Zungenspitze langsam seine Eichel umkreiste.

„Das", grunzte er. „Nur dass ..."

„Nur was?" Meine Zungenspitze kreiste über die Unterseite seines Schwanzes.

Er fuhr sich mit der Hand über die Augen, als wäre es zu viel für ihn, mir zuzusehen.

„Nur dass es mir schwerfällt, mich zurückzuhalten, Baby. Ich will dich auf den Rücken werfen und dich ficken, bis das Bett bricht."

Ein schockiertes Lachen blubberte aus meinem Mund. Ähm ... wow. Das war krass. Und *heiß*.

So heiß. Kein Typ hatte *jemals* mit mir zusammen ein Bett kaputtficken wollen.

„Aber dann würde dir das hier ja entgehen." Ich schloss die Lippen um seinen Schwanz und senkte den Kopf, nahm ihn so tief wie ich konnte in den Mund – bis in meinen Rachen.

Ich war nicht gut im Deepthroating. Lyssa hatte es mir erklärt, doch ehrlich gesagt hatte ich einfach nicht genug Übung gehabt, um zu lernen, wie ich meinen Würgereiz effektiv unterdrücken konnte, also wechselte ich dazu, seinen Schwanz in die Seite meiner Wange zu nehmen.

Er liebte es. Krallte die Finger neben seinem Kopf ins Kissen, während sich seine Oberschenkel anspannten und zitterten. Seine Eier zogen sich zusammen.

Zuerst machte ich langsam, hüpfte mit meinem Kopf auf seinem Schwanz auf und ab, brachte meine Finger mit ins Spiel und schloss sie um seinen Schaft, damit er das Gefühl hatte, ich würde seine gesamte Länge in den Mund nehmen – auch ein Tipp von Lyssa, klar. Dann wurde ich schneller, zog meine Finger enger um seinen Schaft zusammen und saugte jedes Mal heftig, wenn ich ihn aus dem Mund zog, sodass ich seinen Schwanz buchstäblich melkte.

„Lyssa ... Fuck. *Lyssa*."

Für einen Moment hielt ich inne. Den Namen meiner Schwester auf seinen Lippen zu hören, rief einen Tumult verwirrter Gefühle in mir empor. Ein Teil von mir fühlte sich angespornt, dieses Spiel der falschen Identität noch weiter zu treiben. Es erlaubte mir, loszulassen und wild zu sein.

Doch ein anderer Teil in mir hasste es auch, zu hören, wie er mich mit ihrem Namen rief. Ich wollte *meinen* Namen auf seinen Lippen hören. Meinen Namen, den er voll atemlosem Verlangen ausstieß. Mit verzweifeltem, verzehrendem Knurren.

Als ich meine freie Hand über seine Eier legte und anfing, sie zu massieren, verlor Johnny wirklich die Kontrolle.

„O Scheiße."

Das Geräusch von zerreißendem Stoff ließ mich seinen Schwanz mit einem *Plopp* aus dem Mund ziehen, und als ich den Blick hob, war das ganze Zimmer voller Federn, die langsam zu Boden segelten.

Er hatte buchstäblich das Kissen unter seinem Kopf entzweigerissen!

„O mein Gott!", lachte ich überrascht, als ein, zwei Federn meine Haut streichelten.

„Fuck. Tut mir leid." Er richtete sich auf die Unterarme auf. „Ich habe dir ja gesagt, dass ich es nicht aushalten kann. Du bist einfach viel zu heiß, Baby. So etwas habe ich noch nie im Leben empfunden."

Etwas Schüchternes und Verängstigtes und Verletzliches in mir wurde sehr still.

Nicht der Teil, der vorgab, Lyssa zu sein, sondern mein echtes Ich. Emma. Ich liebte, dass er das zu mir gesagt hatte, aber er glaubte auch, ich sei Lyssa. Diese Verbindung zwischen uns bestand zwischen ihm, der so echt war, und einer falschen Version von mir. Einer Lüge. Nur dass meine Gefühle hundertprozentig echt waren. Die konnte ich einfach nicht vorspielen.

„Ich auch nicht", wisperte ich.

„Bitte lass mich dich ficken, Baby. Oder ich zerschlage noch das ganze Bett, während ich darauf warte."

Wieder musste ich lachen und griff nach dem Kondom. Als ich mit unsicheren Fingern versuchte, es über seinem Schwanz abzurollen, half er mir, dann drehte er unsere Körper so, dass ich auf dem Rücken lag und er über mir aufragte.

Er gab etwas seines Gewichts an mich ab und ich fühlte mich beschützt. Dominiert.

„Ist es okay für dich, wenn ich das Ruder übernehme? Ich sterbe, wenn ich nicht sofort in dir bin."

Jedes seiner Worte trieb auch mich näher auf den Abgrund zu.

Trotzdem wartete er auf meine Erlaubnis.

Ich nickte.

„Fuck sei Dank, Baby." Er hob meine Knie an, fand seinen Platz zwischen ihnen und platzierte seinen Schwanz an meinem Schlitz. „Normalerweise würde ich mir Zeit mit dir lassen, aber ich kann riechen, wie bereit du für mich bist, und ich habe einfach keine Kontrolle mehr." Er rieb seine Eichel über meinen Schlitz und spreizte meine Mitte.

„Du kannst mich *riechen*?" O Gott – was hatte das zu bedeuten? Fand er das eklig? Er wirkte alles andere als angeekelt, aber hätte ich vielleicht trotzdem erst duschen sollen?

Er drang in mich ein. „Ich meinte, ich kann es fühlen. Siehst du? Du bringst mich völlig durcheinander." Sein Grinsen machte mich fertig.

Dieser Mann war tödlich heiß.

„Bist du noch wund von letzter Nacht?"

Ich ruckelte mit meinem Becken hin und her, um ihn tiefer zu nehmen. „Ein bisschen. Aber hör nicht auf. Es fühlt sich so gut an."

Ich liebte es, von ihm gedehnt und ausgefüllt zu werden.

Es hatte etwas zutiefst Befriedigendes an sich. Als hätte ich mein ganzes Leben nur darauf gewartet, mit diesem Mann Sex zu haben – und zwar nur mit diesem Mann.

Doch das war völlig verrückt.

„Lyssa", stöhnte er, drang tief in mich ein und zog sich dann langsam wieder heraus.

Heute Morgen wollte ich ihren Namen *wirklich* nicht hören. Anstatt mir das Gefühl zu vermitteln, wild und unge-hemmt zu sein, kam ich mir vor wie eine Lüge. In diesem Moment, in dem wir komplett nackt waren, sollte *nichts mehr* zwischen uns stehen, außer der Wahrheit.

Ich schlang die Beine um seine Taille, verhakte meine Füße hinter seinem Rücken und zog ihn mit meinen Beinen tiefer in mich hinein.

„Fuck", murmelte er. „Fuck, Baby."

Besser. *Baby* gefiel mir in diesem Moment deutlich besser als *Lyssa*.

Ich trieb ihn an. Seine Augen schimmerten beinahe golden, auch wenn sie das Licht in dieser Position unmöglich reflektieren konnten.

Gott, war er schön.

Er knurrte. „Sterbe immer noch, Baby."

„Besorg es mir", feuerte ich ihn an und musste an seine Drohung denken, das Bett kaputtzubrechen. „Zeig mir, was in dir steckt."

Er stieß ein seltsames Knurren aus – beinahe wie ein Löwe oder ein Bär – und hämmerte in mich hinein. „Sorry", keuchte er, während er sich mit einer Hand am Kopfteil des Bettes fest-hielt und seine Hüften vorwärtsschnellten. „Sag mir, wenn es zu viel ist."

Ich konnte nicht mehr antworten – ich war viel zu beschäftigt damit, mich an diese Intensität zu gewöhnen. An seine Größe und die Wucht, mit der er in mich hineinstieß.

„Versprochen, Baby?"

„Versprochen", keuchte ich und hob die Hände über den Kopf, um nicht mit jedem seiner Stöße mit dem Kopf gegen das Bett zu knallen.

Himmel, war er rücksichtsvoll. Was für ein Kerl machte sich denn so viele Gedanken? Und davon abgesehen, was für ein Kerl war denn je so leidenschaftlich?

Dieser Mann war unglaublich. Einer in einer Million, so viel war sicher.

Ich feierte meine flüchtige Erfahrung als Lucky Lyssa und trauerte gleichzeitig über ihr unvermeidliches Ende, das genau dann kommen würde, sobald Johnny gekommen war.

Er stieß weiter in mich hinein, sein Atem ging keuchender und sein Gesicht verzerrte sich vor Lust. „Tut mir leid", keuchte er wieder. „Sorry, das wird sehr kurz werden. Ich muss einfach ..."

Er leckte über seine Daumenkuppe und brachte sie an meinen Kitzler.

Nur dieser winzige Kontakt und ich schrie bereits auf, als ein Orgasmus durch mich hindurchriss. Meine inneren Muskeln zogen sich zusammen. Meine Oberschenkel krampften und drückten gegen seine Taille.

Johnny brüllte auf und stieß tief in mich hinein, und dann kam auch er mit einem Schauder, der das ganze Bett erbeben ließ. Mein Höhepunkt rollte weiter durch mich hindurch, pulsierte und zuckte und stülpte mein Innerstes nach außen, während Johnny seinen Körper langsam auf mich heruntersenkte, mich einhüllte und sein Gesicht in meinem Hals vergrub.

„O Baby." Seine Küsse waren Entschuldigungen. „Das war nur für mich, tut mir so leid. Ich habe völlig die Kontrolle verloren."

Matt und verschwitzt lag ich auf dem Bett und fühlte mich völlig ausgewrungen. „Nein. Mir gehts gut. Das war so gut."

„Wirklich?" Er hob den Kopf und musterte mein Gesicht.

Ich hob die Hand und streichelte über seinen rauen Kiefer. „So gut."

Ein langsames Grinsen breitete sich auf seinem Gesicht aus. „Komm mit mir zurück", sagte er. „Komm mit zur Wolf Ranch."

Meine Augenbrauen flogen in die Höhe. „Was? Ich ..."

Ich wollte *Ich kann nicht* sagen, stoppte mich jedoch.

Warum konnte ich nicht?

War ja nicht so, als wäre das hier mein Job. Ich war nicht einmal Lyssa. *Sie* war diejenige, die für einen Typen und einen Trip nach Ibiza ihren Posten auf dieser Ranch verlassen hatte. Wenn sie das tun konnte, tja, verdammt, warum dann nicht auch ich?

Andererseits war ich irgendwie auch gerade Lyssa – und man musste sich nur mal ansehen, wie gut das für mich lief.

Also stellte ich mir innerlich die Frage *Was würde Lyssa tun?* Die Antwort verstand sich von selbst.

Lyssa würde definitiv, ohne zu Zögern, mit HC zur Wolf Ranch fahren. Nie im Leben würde sie sich die Chance auf weitere erderschütternde Orgasmen entgehen lassen, um ein braves Mädchen zu sein und für einen Milliardärsrancher die Post reinzuholen. Das hatte sie nicht getan. Und ich würde es auch nicht tun.

Lyssa hatte den Bullen bei den Hörnern gepackt. Hatte fürs Nichtstun einen Gehaltsscheck eingesackt und trieb sich mit einem Sultan in der Weltgeschichte herum.

Also ja. Das konnte ich auch. Es war wild und rücksichtslos und verrückt, aber genauso verrückt war es gewesen, diesen Kerl gestern ins Haus zu lassen, und das war mehr als gutgegangen.

In diesem Moment war ich Lucky Lyssa, die Zwillings-schwester, die wusste, wie man seinen Spaß hatte. Die Zwil-lingsschwester, die nie zögerte, die sich selbst an erste Stelle stellte und der alles im Leben auf einem Silbertablett serviert wurde.

Ich strahlte zu meinem heißen Cowboy hinauf. „Das würde ich sehr gern tun."

11

JOHNNY

EINE HALBE STUNDE, nachdem wir losgefahren waren, war Lyssa eingeschlafen und hatte den Kopf ans Fenster gelehnt. Mein Wolf brüstete sich damit, sie in die Erschöpfung gefickt zu haben. Denn genau das hatte ich getan. Der einzige Grund, weshalb ich nicht selbst k. o. vor Erschöpfung war, war der, dass mein Wolf völlig aufgekratzt darüber war, endlich unsere Gefährtin gefunden zu haben und sie nach Hause zu bringen. Ich hatte das Radio leise gestellt und mich in das friedliche Gefühl fallen lassen, sie bei mir zu haben, während ich über leere Landstraßen nach Hause fuhr.

Lyssa hatte eine kleine Reisetasche gepackt. Wenn es nach mir gegangen wäre, hätte sie ihre gesamten Habseligkeiten eingepackt, doch das wäre zu viel verlangt gewesen.

Als ich gefragt hatte, ob sie sicher wäre, dass sie alles dabei hätte, hatte sie kurz gezögert und dann mit roten Wangen einen Pappkarton unter dem Bett hervorgezogen.

„Was ist das?", hatte ich gefragt und ihr den Karton abgenommen, damit sie nichts tragen musste. „Wow!" Der Deckel des Kartons hatte einen Spalt offen gestanden und ein kurzer Blick hinein hatte mir verraten, dass er voller Sexspielzeuge war. Dildos. Gepolsterte Handschellen. Eine Lederkelle. Und noch viel mehr.

Mein Wolf feierte die Tatsache, dass die Sachen noch nicht ausgepackt waren. Niemand hatte diese Spielzeuge an meiner Gefährtin ausprobiert.

„Ja", hatte sie geantwortet, unsicher mit den Schultern gezuckt und die Tatsache überspielt, dass sie einen Haufen Sexspielzeug unter ihrem Bett aufbewahrte. Und entschieden hatte, das mit mir zu teilen. Was bedeutete, dass sie sie benutzen wollte. Mit mir.

Fuck ja.

„Lyssa mag es kinky", hatte sie gesagt und von sich selbst in der dritten Person gesprochen.

„Dann mag ich es auch kinky", hatte ich mit einem Zwinkern erwidert.

Ja, verdammt. Ich konnte es nicht erwarten, diese Spielzeuge mit ihr auszuprobieren. Konnte es nicht erwarten, wieder mit ihr in die Horizontale zu kommen.

Als ich jetzt unter dem Torbogen der Wolf Ranch hindurchfuhr, stieß ich einen Seufzer der Erleichterung aus.

Sanft berührte ich Lyssas Bein und murmelte: „Wach auf, Baby."

Ja. Ich hatte meine Gefährtin gefunden und wir waren zu Hause. Mein Wolf war beruhigt, sie hier in Sicherheit zu wissen. Dass wir nicht wussten, wo sich Chapman derzeit aufhielt, machte sowohl mich als auch meinen Wolf nervös. Lyssa arbeitete für diesen Wichser. Vermutlich wusste sie nicht, dass er ein Gestaltwandler war. Ganz sicher wusste sie nicht, dass er Weibchen kidnappte und sie verkaufte. Jetzt, wo sie auf *dieser* Ranch war, drohte ihr keine Gefahr mehr durch ihn. Es war mein Job als Vollstrecker, das ganze Rudel zu beschützen, und es war mein Job als ihr Gefährte, sicherzustellen, dass sie beschützt und glücklich war. Diese Kombination bedeutete, dass ich eine gewisse Intensität ausstrahlte.

Ich wollte ihr die Schlafbaracke zeigen. Verdammt, ich wollte ihr mein Bett zeigen. *Unser* Bett.

Vorher musste ich sie allerdings Rob vorstellen.

Sie war der Grund, weshalb ich nicht mit ihm kommuniziert hatte, wie ich es hätte tun sollen. Abgesehen davon war sie ein Mensch und wusste nichts über Gestaltwandler. Dass sie meine Gefährtin war, war der einzige Grund, weshalb er mir nicht den Kopf abreißen würde – sprichwörtlich, oder wenn es hart auf hart kam, womöglich sogar buchstäblich. Ich hatte auf der Ranch selbst miterlebt, wie sich ein Kerl nach dem anderen wie ein Vollidiot verhalten hatte, nachdem er seine Gefährtinnen getroffen hatte. Einschließlich Rob selbst.

Trotzdem, ich fürchtete den Zorn meines Alphas und spürte gleichzeitig eine neu gefundene Gleichgültigkeit ihm gegenüber, weil Lyssa meine Gefährtin war. MEINE GEFÄHRTIN. Sie stand an erster Stelle. Sie war meine oberste Priorität. Sie war jetzt mein ganzes Leben.

Lyssa regte sich und blinzelte. Während wir den holprigen Weg zum Haupthaus entlang fuhren, blickte sie sich um. „Sind wir da?"

„Ja. Ich muss kurz am Haus anhalten und mit meinem Boss sprechen." *Meinem Alpha.* „Du kannst alle anderen kennenlernen."

Ihre Augen wurden groß. „Alle anderen? Wer sind denn *alle anderen*? Ich bin nicht dafür angezogen, einen Haufen neuer Leute kennenzulernen. Ich hatte nicht mal Zeit, meine Haare zu föhnen, bevor wir losgefahren sind, und ..."

Ich konnte nicht anders, als amüsiert über ihre Nervosität zu sein, doch ich verstand es auch. „Sie werden dich lieben.

Und mir gefällt dein Haar so." Ich streckte die Hand aus und zupfte zärtlich an einer dicken Strähne. „Wild. Genau wie du."

Sie wurde rot, dann klappte sie die Sonnenblende herunter und warf einen Blick in den kleinen Schminkspiegel. Nachdem sie sich ein wenig mit ihren Haaren abgemüht hatte, schien sie halbwegs zufrieden, auch wenn es ehrlich gesagt genauso aussah wie vorher, wenn man mich fragte.

Ich hielt neben dem Haus. Den anderen Trucks nach zu schließen, waren auch Rob und Colton hier. Vielleicht auch Boyd, denn er parkte oft bei der Scheune.

Ich ging um den Truck herum und half Lyssa aus dem Wagen. Drückte ihr einen schnellen Kuss auf die Lippen, um sie zu beruhigen, obwohl es möglicherweise auch damit zu tun hatte, dass ich sie seit ein paar Stunden nicht mehr geschmeckt hatte.

Ich klopfte an die Hintertür und betrat die Küche. Auch wenn das hier streng genommen das Wohnhaus von Rob, Willow, Colton und Marina war, war die offene Küche auch das Rückgrat der Ranch. Jeder, unabhängig von seiner Rolle auf der Ranch, aß fast jeden Tag mit den anderen zusammen am riesigen Küchentisch. Es klang banal, aber auf diese Weise erschufen wir eine Gemeinschaft zwischen uns.

„Hey!" Marina stand am anderen Ende der Kücheninsel und hielt einen surrenden Standmixer in der Hand, mit dem sie gerade irgendeinen köstlichen Teig knetete. Der Duft von Vanille und Kaffee erfüllte den Raum. Marina war Coltons Gefährtin, und Audrey, Boyds Gefährtin, war ihre Schwester. Und die beiden waren Menschen. Marina war um einiges jünger als Audrey – und als Colton. Eher in meinem Alter. Sie hatte lange, braune Locken und ein unbezahlbares Interesse an köstlichen Backwaren.

„Morgen." Ich zog Lyssa an meine Seite und schlang

meinen Arm um ihre Taille. „Marina, das ist Lyssa. Lyssa, das ist Marina. Sie ist Colton Wolfs ... Freundin."

Marina musterte Lyssa mit nichts als Wärme – und Neugier. Die Tatsache, dass ich *Freundin* gesagt hatte, war ein deutlicher Hinweis für sie, dass Lyssa nichts über Gestaltwandler wusste, denn sonst hätte ich Marina als Coltons *Gefährtin* bezeichnet. „Hallo! Freut mich, dich kennenzulernen, und schön, eine weitere Frau hier zu haben. Wollt ihr einen Kaffee? Ich habe gerade eine frische Kanne gekocht."

Ich warf Lyssa einen Blick zu und sie nickte, also goss ich uns beiden einen Becher ein.

„Was backst du da?", fragte Lyssa Marina.

„Oh, das wird die Torte für einen fünften Geburtstag. Eine Weltalltorte. Anschließend mache ich eine Torte für einen Jahrestag." Sie verstummte. Lachte. „Ich backe ziemlich viele Torten."

„Machst du das beruflich?"

Marina nickte. „Ja, aber nicht offiziell. Meine Aufträge bekomme ich über Mundpropaganda. Ich habe kein Interesse an einem Laden in der Stadt, das ist zu viel Arbeit, und, na ja, ich mag es auch, hier bei Colton zu sein. Cooper Valley ist ziemlich klein, also läuft das Geschäft trotzdem gut und ich bekomme jede Menge Anfragen."

„Beeindruckend."

Marina legte den Kopf zur Seite. „Magst du Süßes?"

Lyssa wedelte mit der Hand durch die Luft. „Wer denn nicht?"

„Johnny, ich mag sie jetzt schon." Marina zwinkerte mir zu.

Ich warf ihr ein verschmitztes Grinsen zu und hielt Lyssa ihren Kaffee hin. „Willst du Milch oder Zucker?"

Sie schüttelte den Kopf. „Nein, schwarz ist gut, danke."

In diesem Moment betrat Colton die Küche und drückte

Marina einen Kuss auf die Schläfe. Er trug Jeans und T-Shirt, seine üblichen Arbeitsklamotten. Um diese Uhrzeit war ich mir nicht sicher, ob er gerade vom Arbeiten zurückgekommen oder auf dem Weg raus war.

Rob und Willow folgten nicht lange nach Colton, denn sie mussten unsere Unterhaltung gehört haben. Ich stellte sie Lyssa vor, und auch Rob und Willow nahmen sich einen Becher frischen Kaffee.

„Also, wo hast du Johnny kennengelernt?", fragte Colton. Es klang wie eine unschuldige Frage, doch ich wusste, dass sie alle gespannt wie Flitzebogen auf Lyssas Antwort waren. Ich hätte keine Frau mit hierhergebracht, wenn sie nicht meine Gefährtin wäre. Vor allem nicht ins Haupthaus.

„Sie, äh, arbeitet für Mitch Chapman, drüben auf seiner Ranch."

„Ach ja?" Coltons Augenbrauen schossen überrascht in die Höhe, denn er hatte offensichtlich schon durch seinen Bruder alles über Chapman gehört. Colton wandte sich an Lyssa. „Wie lange arbeitest du schon für ihn?"

Lyssa wandte den Blick ab. „Oh, ähm … noch nicht sehr lange. Ein paar Monate. Es ist … eine Art Übergangsjob für mich."

Sie klang befangen. Sah auch so aus. Ich konnte den metallischen Geruch ihrer Nervosität wittern, der eine Unwahrheit verriet. Doch weshalb sollte sie lügen?

Ah. Mir fiel ein, was sie über ihren tatsächlichen Beruf erzählt hatte, und sprang ihr zur Seite. „Lyssa ist Designerin für Special Effects."

„Kein Witz?", rief Marina aus. „Also, für Filme und so?"

Lyssa nickte. „Genau."

Innerlich trat ich mir selbst in den Hintern dafür, die Antwort auf diese Frage nicht schon längst gewusst zu haben. Es gab noch tausend Dinge, die ich über das Weibchen lernen musste, mit dem ich den Rest meines Lebens verbringen würde – und als Allererstes musste ich herausfinden, wie ich sie davon überzeugen konnte, dass sie mein war.

„Und für wen arbeitest du?", wollte Willow wissen. „Kannst du das im Homeoffice machen?"

Wieder wirkte Lyssa befangen. „Ich, äh, habe für eine Firma in Hollywood gearbeitet, aber ich habe vor Kurzem gekündigt und bin nach Montana gekommen."

Rob warf mir einen vielsagenden Blick zu.

Genau wie ich konnte auch er ihr Zögern spüren. Beinahe so, als ob es da etwas gab, das sie nicht mit uns teilen wollte. Das wiederum konnte alles sein. Vielleicht war sie gefeuert worden, anstatt selbst gekündigt zu haben. Vielleicht mochte sie es einfach nicht, von meinen Rudelkameraden ins Kreuzverhör genommen zu werden.

Oder vielleicht ging ihr das alles viel zu schnell für jemanden, den sie gestern erst kennengelernt hatte. Sie hatte geglaubt, sie hätte sich eine wilde Affäre geangelt, und stattdessen hatte ich sie mitgenommen, um sie meiner Familie vorzustellen. Ich schätze, das konnte in der Tat unbehaglich sein.

Ich sollte sie hier fortbringen. Wir mussten uns jenseits der Laken kennenlernen. Und auch zwischen ihnen.

Doch Rob befand sich jetzt im Verhörmodus. „Wie gefällt dir das Ranchleben? Was für Aufgaben hat Mitch für dich?"

Lyssas Augen wurden groß und sie zuckte tatsächlich zusammen, was zur Folge hatte, dass ihr Kaffee auf den Küchenboden schwappte. „Oje!" Sie blickte sich hektisch nach einem Geschirrtuch um.

„Nichts passiert." Ich schnappte mir das Tuch, das über dem Ofengriff hing, und wischte den Kaffee auf. Ich versuchte, sie zu beruhigen. Meine Gefährtin wurde zunehmend schreckhaft. Ich wollte nicht, dass sie es am Ende bereute, mit mir hierhergekommen zu sein. „Okay. Genug damit, meine Freundin ins Kreuzverhör zu nehmen", verkündete ich.

„Freundin?" Sie drehte sich zu mir herum und ihre hochgezogenen, dunklen Augenbrauen verrieten ihre Überraschung.

Ups. Hatte ich sie überrumpelt? Immerhin hatte ich nicht *Gefährtin* gesagt.

Ich warf ihr ein schräges Grinsen zu und versuchte, die Anspannung im Raum abzudämpfen. „Heißes Date? Neue Bekanntschaft? Was ist dir lieber?"

Unsere Blicke trafen sich und wir sahen uns länger in die Augen, bis sich ein selbstbewussteres Lächeln auf ihren Lippen ausbreitete. „Gute Frage. Versuchen wir es mit *heißem Date*. Lyssa steht auf heiße Dates", erklärte sie.

Es war niedlich, dass sie von sich in der dritten Person sprach. Seltsam, aber niedlich.

„Also gut, Leute." Ich schlang meinen Arm um Lyssas Taille. „Ich werde mein heißes Date jetzt auf ein heißes Date ausführen. Oder so was in der Art. Und natürlich arbeiten", fügte ich eilig hinzu und lüftete bestätigend meinen Hut in Robs Richtung.

„Apropos Arbeit. Ich muss kurz mit dir im Büro sprechen", erklärte Rob.

Mein Blick fiel auf Lyssa.

Willow ließ sich auf einen der Barhocker vor der großen Kücheninsel fallen und klopfte auffordernd auf den Hocker neben sich, damit Lyssa sich zu ihr setzte. „Wir leisten ihr so lang Gesellschaft."

„Ist das in Ordnung?", fragte ich, nur um mich zu vergewissern.

Lyssa ließ sich auf den freien Hocker sinken und hob ihren Kaffeebecher.

„Ihr wird nichts passieren", versprach Marina. „Wir erzählen ihr so lange alles darüber, wie du mal vom Pferd gefallen bist."

Lyssa fiel der Mund auf.

„Sie macht nur Witze", widersprach ich mit einem Zwinkern. „Ist nie passiert."

Das war gelogen, es ist passiert, als ich gerade neu auf der Ranch angekommen war. Ich war ein Farmbursche aus Nebraska, kein Cowboy. Ich war auf Traktoren aufgewachsen, nicht auf Pferderücken. Doch natürlich machte es mir nichts aus, wenn Marina sich auf meine Kosten amüsierte, solang es Lyssa zum Lächeln brachte.

Ich drückte Lyssa einen Kuss auf den Scheitel – auch wenn das definitiv eher eine Freund-Geste als eine Heißes-Date-Geste war – und folgte Rob ins Büro.

„Mach die Tür zu." Er nahm hinter seinem Schreibtisch Platz.

Ich drückte die Tür zu, dann setzte ich mich in den Stuhl ihm gegenüber.

„Chapman ist wie vom Winde verweht. Keiner der anderen Vollstrecker hat auch nur eine Spur von ihm aufspüren können", erzählte Rob.

Ich kratze mir den Kopf. „Können wir Levi bitten, einen Blick aus Gesetzeshüterperspektive darauf zu werfen? Flugdaten überprüfen, solche Sachen? Wenn der Typ gerade Urlaub in Griechenland macht oder so, verschwenden wir mit unserer Suche hier vor Ort nur unsere Zeit."

Rob lehnte sich in seinen Stuhl zurück und verschränkte die Arme vor der Brust. „Oder du könntest versuchen, es aus deiner Freundin – oder deinem heißen Date – herauszubekommen."

Ich schluckte. „Ja, ich weiß, aber ich hasse die Vorstellung,

Lyssas Vertrauen zu missbrauchen, indem ich sie in diese Sache hineinzerre."

„Sie steckt schon längst in dieser Sache drin. Wie lange arbeitet sie schon für ihn?"

Ich rief mir in Erinnerung, was sie erzählt hatte. „Ein paar Monate."

„Und was ist mit der vorherigen Verwalterin passiert?"

Dieselbe Frage hatte ich mir tags zuvor auch schon gestellt, war aber nicht weiter darauf eingegangen. Mein Wolf knurrte und ich krallte die Finger in die Armlehne meines Stuhls, bis das Holz knackte. Ich schluckte angestrengt, dann fragte ich: „Glaubst du, der Job ist eine ... eine Zulieferquelle für seinen Menschenhandel?"

Praktisch betrachtet würde das heißen, dass Chapman Frauen einstellte, um auf seiner Ranch zu arbeiten, sie von Freunden und Familie isolierte, vielleicht sogar gerade solche Frauen einstellte, die keine Familie oder Freunde hatten, um sie dann verschwinden zu lassen. Heilige Scheiße.

„Das ist eine Möglichkeit", stimmte Rob zu.

„Aber Lyssa ist ein Mensch."

„Der Rat hat in dieser Sache bisher noch nicht mit den menschlichen Strafverfolgungsbehörden zusammengearbeitet. Es ist gut möglich, dass auch Menschenfrauen verschwunden sind. Der Zuständigkeitsbereich des Rats erstreckt sich nur auf Gestaltwandler."

„Fuck", murmelte ich, dann sprang ich auf die Füße und ging aufgewühlt in Robs Büro auf und ab.

„Also, noch mal zu deiner Gefährtin ..."

„Ja?", erwiderte ich, wenn auch skeptisch. Nicht ein einziges Mal, seit ich vor fünf Jahren nach Wolf Ranch gekommen war, hatte ich meinem Alpha Kontra gegeben. Nicht nur, weil er, tja, der Alpha war, sondern auch, weil ich

Angst davor hatte, erneut verbannt zu werden, sobald ich mir den geringsten Fehler erlaubte.

Aber Lyssa war meine Gefährtin und für sie würde ich ihn bereitwillig verärgern.

„Weiß sie über uns Bescheid?"

„Natürlich nicht. Ich habe sie erst gestern kennengelernt."

„Bist du dir sicher, dass sie nichts von unserer Art weiß?"

„Nein." Ich breitete beteuernd die Arme aus. „Was soll ich deiner Meinung nach tun? Sie fragen, ob sie darüber Bescheid weiß, dass sich ihr Boss in einen Wolf verwandelt, wenn er gerade keine Frauen verkauft?"

„Ich weiß es nicht. Du bist ein cleverer Bursche. Ich bin mir sicher, du findest einen Weg, um herauszufinden, was sie weiß und was nicht."

Urplötzlich schien mir ein Wackerstein im Magen zu liegen.

Das gefiel meinem Wolf ganz und gar nicht. Meine Gefährtin zu manipulieren oder zu benutzen, fühlte sich nicht richtig an.

Doch ich war jetzt auch ein Vollstrecker. Wie für einen Alpha war es nun auch mein Job, die Schwächeren zu beschützen und zu verteidigen. Chapman zu finden, hatte oberste Priorität, selbst wenn ich jetzt eine Gefährtin hatte.

Zur Hölle, ganz besonders deswegen, weil ich jetzt eine Gefährtin hatte. Denn je schneller ich alle und jede Bedrohung gegen sie auslöschte, umso besser.

„Hör zu. Lass die Rancharbeit zwei Tage links liegen und konzentriere dich nur auf sie. Bringe sie dazu, eine Verbindung zu dir einzugehen, und finde alles über sie, Chapman und seine Ranch heraus, was du kriegen kannst."

Ich nickte. „Okay."

„Tu, was immer du tun musst." Er löste die Verschränkung

seiner Arme, beugte sich vor und blickte mir vielsagend in die Augen. „Bring sie dazu, sich in dich zu verlieben.“

Ich lachte leise auf. „Zwei Tage sind ganz schön kurz, um einen Menschen dazu zu bringen, sich zu verlieben, Alpha.“

Er machte eine ungeduldige Geste. „Ich weiß, aber bring den Stein ins Rollen. Ich will, dass du sie markierst. Je schneller, umso besser.“

Ich konnte nicht anders, als zu grinsen, und spürte, wie sich tatsächlich eine Röte meinen Hals hinaufschlich. „Ich will sie wirklich unbedingt markieren.“

Er gluckst. „Denk für eine Sekunde mit deinem Kopf, nicht mit deinem Schwanz.“

Ich blinzelte. Hatte er nicht gerade davon gesprochen, meine Gefährtin zu markieren? Denn das erforderte definitiv, sie unter mir zu haben, nackt und sich windend.

„Zwei Tage“, wiederholte Rob. „Dann ist Vollmond. Wenn sie bis dahin nicht an Bord ist, musst du aufpassen, dass du nicht die Kontrolle verlierst und sie versehentlich markierst.“

Ich schluckte. Scheiße. Ja.

„Was, wenn sie nicht so lange bleiben will? Was, wenn ich sie nicht dazu bringen kann, sich zu verlieben?“, fragte ich und machte mir plötzlich Sorgen darüber, kein guter Gefährte für sie zu sein. Weil ich ein Mörder war. Weil ich aus meinem Rudel und meiner Familie verbannt worden war. Hatte ich sie überhaupt verdient? „Sie glaubt, das hier ist nur eine Affäre.“

Rob zuckte nur mit den Schultern und warf mir einen durchdringenden Blick zu. „Lass dir was einfallen.“

Fuck.

12

EMMA

In dem Augenblick, als Johnny die Küche verließ, spürte ich bereits den Verlust seiner aufmerksamen Anwesenheit. Ich ... vermisste ihn.

Wow. Wie konnte ich jetzt schon süchtig nach der Nähe dieses Kerls sein?

Ein Kerl, den ich keine vierundzwanzig Stunden zuvor kennengelernt hatte?

Ich musste Lyssa fragen, ob es bei ihr auch so lief. Irgendwie wagte ich zu bezweifeln, dass sie jedes Mal ihr Herz an ihre Bettgeschichten verlor. Nicht, wenn sie ihre Bekanntschaften so oft wechselte wie ihre Unterwäsche.

Ich musste irgendetwas falsch machen. Meine Pussy war wund vom unfassbar guten Sex. Nein, von den gnadenlosen Stößen seines riesigen Schwanzes. Er war groß und wusste definitiv, wie er seinen Schwanz einsetzen musste. Ich beschwerte mich nicht. *Ganz und gar nicht.*

Als ich mich dabei ertappte, wie ich mich in Träumereien

verlor und im Beisein von Marina, Willow und Colton an Sex dachte, räusperte ich mich. „Johnny ist also von einem Pferd gefallen?" Ich sprach ein neutrales, unverfängliches Thema an. Je weniger ich Marina über ihre Arbeit fragte, umso weniger würde sie möglicherweise mich über meinen Job ausfragen. Über den Job, den ich nicht wirklich hatte.

„Und wie er das ist." Colton gluckste. Marinas Mann war groß, mindestens eins zweiundneunzig. Er bestand aus nichts als harten Muskeln, die seine Jeans und sein T-Shirt kaum vertuschen konnten. Die dunklen Haare hatte er kurz geschnitten und sein Kiefer könnte eine Rasur gebrauchen. „Als er in unser ... ähm, als er hierhergekommen ist und angefangen hat, auf der Ranch zu arbeiten, war er achtzehn. Er ist auf einer Farm in Nebraska aufgewachsen, also hatte er nicht viel Erfahrung mit Rancharbeit. Aber er war jung und stark und hat sich an Ansagen gehalten, also hat er sich geschlagen wie ein Champ. Bis sein Maulheldentum aufgeflogen ist. Uns war damals nicht bewusst, wie grün er tatsächlich war."

„Er war nie zuvor geritten", fügte Marina auf die niedliche Art und Weise hinzu, die Pärchen haben, wenn sie die Sätze des anderen vervollständigen.

Colton lächelte Marina an. „Genau. Rob hatte ihm aufgetragen, Chester zu satteln und zu reiten, und Johnny hatte getan wie befohlen. Der Kerl war zu eigensinnig, um einen Ton zu sagen, und hat nicht verraten, dass er keinen Schimmer davon hatte, wie man ein verdammtes Pferd sattelt."

„Oh oh." Ich presste die Lippen zusammen und versuchte, nicht zu lachen.

„Genau. Du kannst dir schon denken, wie die Geschichte ausging", grinste Colton.

Ich nickte. „Ja, ich fürchte schon."

„Johnny ließ es also leicht aussehen", fuhr Colton fort.

Marina wandte sich wieder ihrer Torte zu, hörte jedoch weiterhin aufmerksam zu. Willow trank schweigsam ihren Kaffee. „Er hat uns beobachtet und uns kopiert. Stieg ohne Schwierigkeiten auf. Er ist jung und agil, also wirkte er wie ein Naturtalent – stellte einen Fuß auf der Zaunlatte ab und schwang den anderen über Chesters Rücken. So weit, so gut, richtig?"

Mir wurde klar, dass sie diese Geschichte immer wieder erzählten. Es musste eine ihrer Lieblingsanekdoten sein. Sie veranschaulichte den Zusammenhalt, der sie verband – als ob Johnny hier nicht einfach nur ein Rancharbeiter wäre, sondern Teil einer Familie.

Gott, dieses Leben war so anders als mein Job in Hollywood, wo ich von Sonnenaufgang bis Sonnenuntergang gearbeitet und ein Projekt nach dem nächsten runtergerissen hatte. Eine undankbare, nicht wertgeschätzte Schufterei. Ich hatte mich so danach gesehnt, etwas wie das hier zu finden. Kameradschaft, Freundlichkeit, Spaß, Offenheit.

Wenn man die Menschen hasste, mit denen man zusammenarbeitete, war kein Job erfüllend. Vor Kurzem hatte ich eine Statistik im Radio gehört, die mich traurig gestimmt hatte. Fünfzig Prozent aller Angestellten hatten keine Freunde auf der Arbeit. Wie war das überhaupt möglich? Wir, als Menschen, waren doch dafür vorprogrammiert, in Gemeinschaft zu arbeiten und zu leben. Dörfer und Stämme zu haben. Verbindungen aufzubauen und uns gegenseitig zu unterstützen.

So hatte ich es mir eigentlich vorgestellt, wie die Arbeit an einem Film sein würde – eine Gruppe Menschen, die sich zusammentut und auf ein gemeinsames Ziel hinarbeitet.

Statt Kollegen, die zu Freunden wurden, waren wir eher so etwas wie Kriegskameraden gewesen, die sich gegenseitig dafür bemitleidet hatten, was wir tun mussten, um in diesem

Job zu überleben. Und zu allem Übel war ich auch noch der Fußabtreter für Stan gewesen. Mit ein paar Tagen Abstand wurde mir das nun mehr als bewusst. Uff.

Colton war noch nicht fertig mit seiner Geschichte. „Wir sind losgeritten, die Straße entlang, und so weit ging erst einmal alles gut. Er hielt die Zügel wie erwartet und seine Füße steckten in den Steigbügeln."

Ich lächelte. Dieser Johnny von damals gefiel mir. Er passte zu dem Bild, das ich von dem Kerl hatte, den ich bereits kannte. Der einfach in Chapmans Villa hineinmarschiert war, verbrannte Kekse aus dem Ofen gezogen und den Feueralarm ausgestellt hatte. Er war ein Anpacker. Die Sorte Mann, der da war, wenn man ihn brauchte, und mit einem Lächeln, bei dem mein Schlüpfer Feuer fing, die Ärmel hochkrempelte.

„Und dann hat Rob irgendetwas bemerkt – ein Loch im Zaun vor uns oder so was in der Art – und hat seinem Pferd die Sporen gegeben. Johnny hat es ihm nachgemacht, oder es zumindest versucht, aber er hatte den Sattel einfach nicht richtig festgezurrt. Kaum fing Chester an zu galoppieren, rutschte Johnnys Sattel zur Seite runter. Johnny klammerte sich am Sattelknauf fest, was natürlich überhaupt nicht half, und bevor wir uns versahen, lag er auf der Erde, streckte alle viere von sich und hat von meinem Pferd einen Tritt gegen den Schädel abbekommen!"

Ich schlug mir die Hand vor den Mund. „O nein!"

„O ja. Zum Glück ist ihm nichts passiert. Lass dir gesagt sein, der Bursche hat einen wahren Dickkopf."

Ich lachte. „Ist notiert."

In diesem Moment kam Johnny zurück in die Küche und warf mir sein typisches Grinsen zu. Sein Lächeln schoss mir direkt in die Pussy und setzte meinen Körper von meiner Mitte bis zu meinen Wangen in Flammen. Ich wusste nicht, wie er es anstellte, mir das Gefühl zu vermitteln, derart sexy zu sein. Seine Aufmerksamkeit so was von verdient zu haben. Nur mit einem Lächeln.

Das war kein Gefühl, an das ich gewöhnt war, aber verdammt noch mal, ich wollte mich daran gewöhnen.

„Ich habe gerade von Chester gehört", offenbarte ich ihm.

„Alles Lüge", grinste Johnny, kam zu mir herüber und legte mir eine Hand auf die Schulter. „Willst du ihn kennenlernen?"

Ich runzelte die Stirn. „Wen, Chester?"

Johnny gluckste. „Genau den. Wir sind mittlerweile beste Freunde."

Ich rutschte von meinem Hocker hinunter und stellte meinen Kaffeebecher in der Spüle ab. „Ich würde Chester sehr gern kennenlernen."

Hurra! Noch ein Abenteuer. Vielleicht nicht Ibiza, doch ich zog immerhin mit meinem heißen Cowboy los und machte neue Erfahrungen. Ich saß nicht in meinem Büro fest und musste mich den ganzen Tag wie der letzte Dreck behandeln lassen.

Ich verabschiedete mich von Willow, Colton und Marina. Johnny hielt seinen Arm auf und ich trat in seine Umarmung, dann ließ ich mich von ihm aus dem Ranchhaus und die unbefestigte Einfahrt hinunterführen. „Reitest du?" Seine Fingerspitzen ruhten federleicht auf meinem unteren Rücken – eine Empfindung, die ich unendlich genoss.

„Ich?", fragte ich etwas zu hysterisch. „Nein. Ich kann dir jetzt schon sagen, dass ich nicht weiß, wie man ein Pferd sattelt."

Darüber musste Johnny lachen. „Ist notiert. Aber du arbeitest auf einer Ranch. Hat Mitch keine Pferde?"

„Oh. Ähm ... na ja, weißt du, ich bin mir nicht sicher, zumindest wurde ich definitiv nicht eingestellt, um mich um

Pferde zu kümmern." Meine Stimme rutschte wieder in die Höhe. Ich war eine schrecklich schlechte Lügnerin.

Johnny rieb sich unter seinem Hut die Stirn. „Ist schon okay", kommentierte er meine Flunkerei. „Du musst mir keine Einzelheiten über seiner Ranch verraten. Hat Mitch dich eine Verschwiegenheitserklärung über seine Geschäfte unterschreiben lassen oder so was?"

Ich blickte ihn überrascht an. Das wäre definitiv eine gute Ausrede, um seine Fragen nicht beantworten zu müssen, doch ich bezweifelte, ob die Anwesenheit von Pferden auf der Ranch unter eine derartige Vereinbarung fallen würde.

Johnny musterte mich stumm.

Ich schüttelte den Kopf. Mir blieb keine Wahl, als zu antworten. „Nein, das ist es nicht. Ich ... ehrlich gesagt weiß ich nichts von seinen geschäftlichen Angelegenheiten. Ist ein bisschen peinlich, aber ich tue nicht viel mehr, als die Post reinzuholen und Lieferungen in Empfang zu nehmen", gestand ich. „Ist ehrlich gesagt ein ziemlich bequemer Job."

Das war er wirklich, und ich hasste Lyssa dafür, solche Gigs aufzutreiben, vor allem, wenn der Job ihr dann sogar erlaubte, einfach alles stehen und liegenzulassen und nach Ibiza zu jetten. Vielleicht würde sie dafür gefeuert werden, ihre Aufgaben links liegen gelassen zu haben, doch davon würde sie sich nicht aus der Bahn werfen lassen und schon bald etwas anderes finden.

„Wie bist du dort gelandet?"

„Oh." Noch mehr Lügen. Es gefiel mir nicht, Johnny anzulügen. Und war es überhaupt nötig?

Vermutlich nicht.

Doch ich hatte diesen Weg nun einmal eingeschlagen, so zu tun als wäre ich Lyssa, und es würde verdammt unangenehm werden, plötzlich erklären zu müssen, dass ich nicht sie war.

Übrigens, ich heiße gar nicht Lyssa, den Namen, den du gebrüllt hast, als du gestern Abend und heute Morgen tief in mir gekommen bist. Upsi.

Abgesehen davon verlieh es mir ein gewisses Gefühl des Anspruchs, ihren Namen, ihren Job und ihre Persönlichkeit angenommen zu haben. Diese leichtsinnige Unbekümmertheit, die Lyssa verkörperte. Man musste sich nur mal ansehen, was mir das gebracht hatte. Einen heißen Typen, heißen Sex und eine coole Ranch voller cooler Menschen.

Ich wollte nicht wieder die alte, öde Emma sein.

Jedenfalls noch nicht.

Nicht, wenn Johnny mich so ansah, wie er es tat. Wann sonst würde ich in meinem Leben noch einmal eine solche Gelegenheit erhalten? Die Gelegenheit, meine unterdrückte wilde Seite zu erforschen? Eine Affäre mit einem Mann zu haben, den ich gerade erst kennengelernt hatte? Einem heißen Cowboy auf seine Ranch zu folgen und mich noch ein paarmal mehr flachlegen zu lassen?

Es war ein wahr gewordener Traum und ich wollte niemals mehr daraus erwachen.

„Der Job ist mir praktisch in den Schoß gefallen", erklärte ich lahm. „Ehrlich gesagt hat meine Schwester ihn für mich gefunden. Ich hatte gerade meinen Job in Hollywood gekündigt und brauchte einen Ort, wo ich für eine Weile unterkommen und zu mir kommen konnte."

Nichts davon war eine Lüge.

„Cool. Deren Verlust ist mein Gewinn." Er zwinkerte mir zu, dann führte er mich durch ein offenes Holztor in einen großen Stall. Der Stall war weitläufig und sauber und roch nach frischem Heu.

In den Boxen standen etwa ein Dutzend Pferde. Johnny führte mich an einem schwarzen Hengst und einem Apfelschimmel vorbei, auch wenn ich mir nicht ganz sicher war, ob diese Beschreibungen stimmten. Als junges Mädchen hatte ich einen Haufen Jugendromane über Pferde gelesen, und alles, was ich über diese Tiere wusste, hatte ich aus diesen Geschichten gelernt.

„Das hier ist Chester. Oder wie ich ihn nenne – Chester Chesterfield."

Wie erwartet war Chester ein Fuchs – ein wunderschönes, rotbraunes Pferd. Seine Mähne und sein Schweif hatten dieselbe rotbraune Farbe und auf der Stirn hatte er eine weiße Blesse. Chester wieherte leise und hob uns grüßend seine weichen Lippen entgegen.

„Hallo Chester." Ich berührte ihn nicht – ich war zu eingeschüchtert.

Verdammt, war der groß. Ich konnte nicht fassen, dass Johnny von einem derart riesigen Tier gestürzt war. Und von einem anderen in den Kopf getreten worden war!

Johnny streckte die Hand aus, rieb die Stirn seines Pferdes und murmelte ihm mit seiner tiefen, beruhigenden Stimme eine Begrüßung zu. „Hey, Kumpel. Wie gehts dir? Hat Colton dich heute Morgen gefüttert? Sorry, dass ich nicht hier sein konnte."

Mein Herz zog sich zusammen. Zu hören, wie Johnny mit seinem Pferd sprach, war zu süß. Wenn ich bis jetzt Zweifel an seinem Charakter gehabt hätte – was nicht der Fall war – hätten sie sich in diesem Moment zerstreut.

Er grinste mich an. „Du kannst ihn gern streicheln."

Ich atmete tief ein. Ich sollte keine Angst haben. Angeblich arbeitete ich auf einer Ranch. Lyssa hätte keine Angst. Ich streckte die Hand aus und streichelte zögerlich über die weiße Blesse auf der Stirn des Pferds.

„Hast du Lust, auszureiten?"

Meine Augen wurden groß. *Ausreiten?* „Ich?"

Johnny lachte. „Das war keine Frage an Chester." Er

beugte sich hinunter zu meinem Ohr. „Ich wüsste noch eine andere Sorte Ausritt, wenn du darauf mehr Lust hast."

Bei diesem Vorschlag wurde ich rot und meine Pussy zog sich zusammen.

„Ich mache dir einen Vorschlag. Wir machen erst einen Ausritt mit den Pferden und anschließend kannst du mich reiten."

„Okay", hauchte ich, denn der Vorschlag gefiel mir. „Aber wegen der Pferde? Ähm. Also, ich allein?"

Er schüttelte den Kopf. „Nein, Dummerchen. Mit mir zusammen. Du kannst auf Chester reiten und ich reite Montague."

Es war nur ein Pferd. Leute ritten jeden Tag auf Pferden. Abgesehen davon würde Johnny mich nicht auf ein Tier setzen, das mir gefährlich werden konnte oder ich ihm. Ich wollte diesem kostbaren Pferd definitiv nicht schaden, ganz egal, wie groß es war. „Ähm. Okay."

Ich war Lyssa, richtig? Furchtlos. Gut drauf. Ein bisschen verrückt. Erst ein Ausritt, dann ein Ritt.

„Super!" Johnny strahlte mich an und zog die Tür zu Chesters Box auf.

Ich trat zur Seite und drückte meinen Rücken an die entfernte Wand, um Johnny und Chester so viel Raum wie möglich zu geben. Plötzlich vibrierte mein Handy und ich fischte es aus meiner Tasche. Eine Nachricht von Stan.

> Ruf mich an. Ich bin nicht sauer, dass du
> gekündigt hast. Ich habe ein neues Projekt,
> das ich gern mit dir besprechen würde. Käme
> mit einer ordentlichen Gehaltserhöhung.

„Alles okay?", fragte Johnny.

„Ja. Ist nur mein Boss."

Er horchte auf und blickte mich aus schmalen Augen an.

„Mein Ex-Boss, meine ich. Der aus L.A. Stan.“

Johnny nickte und ich stopfte mein Handy zurück in die Hosentasche. Vor ein paar Tagen wäre ich sofort auf jede Chance angesprungen, die Stan mir anbot. Ich vermisste es, eine Aufgabe zu haben. Genau zu wissen, was ich tat. Ein braves Mädchen zu sein. Meinen Boss zufriedenzustellen. Fast wollte ich wissen, was das für ein neues Projekt war, das er mit mir besprechen wollte. Wollte endlich diese Gehaltserhöhung bekommen. Doch das wäre nur wieder die alte Emma, die sich zurück ins Vertraute verkroch. Und heute war ich Lyssa.

Jetzt also?

Jetzt also wollte ich auf einem Pferd reiten – und anschließend auf einem heißen Cowboy.

13

JOHNNY

LYSSA FÜHLTE sich in einem Sattel nicht wohl. Ihre Finger klammerten sich um die Zügel und ihre Arme und Schultern waren angespannt. Ihr Hintern würde schmerzen, wenn sie sich weiter so verkrampfte, anstatt ihren Körper mit dem Auf und Ab von Chesters Schritten zu bewegen.

Doch sie beschwerte sich nicht. Tatsächlich wirkte sie so, als würde sie es genießen. Ihr Gesicht strahlte wie das eines Kinds am Weihnachtsabend, voller Begeisterung für etwas Neues, vielleicht sogar etwas, von dem ihr nicht klar gewesen war, dass sie es überhaupt wollte.

Trotzdem, ich konnte mit ihr nicht einfach nur eine Runde über die Ranch drehen und es dabei belassen. Nein, das hier musste etwas Besonderes werden. Außerdem wollte ich sie ganz für mich allein haben. Wir hatten es noch nicht einmal bis in die Schlafbaracke geschafft, wo wir unsere Privatsphäre hätten. Und obwohl ich zurzeit der Einzige war, der dort wohnte, gehörte nur mein Zimmer wirklich mir allein. Jeden Augenblick konnte jemand in den Gemeinschaftsraum oder die Duschen kommen. Oder sogar in einem der leer stehenden Zimmer schlafen.

Also würde ich gierig sein und dafür sorgen, dass sie noch eine Weile länger mir und nur mir gehörte, indem ich mit ihr zu der geheimen Schwimmstelle auf dem Anwesen von Natalie und Rand ritt. Die beiden waren Mitglieder unseres Rudels, also wurde der Teich nur von uns besucht. Keine Anwohner. Nichts als Privatsphäre.

Als der Teich vor uns auftauchte, hielt ich Montague an. Ich streckte die Hand aus und nahm Chesters Zügel aus Lyssas Händen, denn ich war mir nicht sicher, ob sie wusste, wie sie ihr Pferd zum Anhalten bewegen konnte.

„Was ist das?" Ihre Augen wanderten über den Ausblick vor ihr.

„Eine heiße Quelle."

Ihr Kopf flog zu mir herum und die Haare flogen über ihre Schultern. „*Eine heiße Quelle?* Wirklich?"

Ich nickte, ließ mich von Montagues Rücken gleiten und ging hinüber, um Lyssa von Chester zu helfen. Ich ließ sie an meinem Körper hinuntergleiten und genoss währenddessen ihre vielen weichen Kurven, bevor sie auf ihren Füßen landete.

Unsere Blicke trafen sich und sie fuhr sich mit der Zungenspitze über die vollen Lippen.

„Alles okay?", fragte ich, bevor ich sie losließ, denn ich wollte mich vergewissern, dass sie nach dem Ritt jetzt auf sicheren Beinen stand.

Sie nickte und ich trat einen Schritt zurück und ließ die Zügel fallen.

Bei so viel köstlichem Gras, das um den Teich herum

wuchs und an dem sie snacken konnten, würden Chester und Montague nicht abhauen.

„Warst du jemals Nacktbaden?"

Lyssas Augen wurden groß, dann flogen sie unsicher herum. „Ähm. Nein. Meine Schwester schon, aber mir war das immer zu peinlich."

Mein Blick wanderte über jeden Zentimeter ihres Körpers. „Es gibt nichts, was dir peinlich sein müsste, Baby."

Ich griff nach ihrer Hand und führte sie den kaum erkennbaren Trampelpfad hinunter. Wir befanden uns höher in den Bergen und der Hügel war von kleineren Felsbrocken, knorrigen Büschen und einigen vereinzelten Pappeln übersät, die Schatten spendeten. Es war verdammt schön.

„Ich erinnere mich an das erste Mal, als ich hier war", erzählte ich Lyssa. „Ich habe es sofort geliebt. Und jetzt kann ich es mit dir teilen." Ups. War das zu viel? „Für unser heißes Date", fügte ich mit einem Zwinkern hinzu.

„Buchstäblich." Als ich die Stirn runzelte und sie verwirrt anblickte, fügte sie hinzu: „*Heiße* Quelle."

„Stimmt! Ein heißes Date an einer heißen Quelle mit der heißesten Frau von ganz Montana."

Am Ufer der Quelle blieb ich stehen. Solang man das Wasser nicht berührte und nicht spürte, wie warm es war, sah es aus wie ein gewöhnlicher Teich.

„Der Wasserfall liefert Frischwasser, also ist das Schwimmloch ziemlich kühl." Ich zeigte auf die gegenüberliegende Seite des Teiches. „Das heiße Wasser kommt aus einer unterirdischen Quelle, da drüben. An der Stelle ist das Wasser superheiß, also halten wir uns lieber von dort fern. Hier drüben mischt sich das Wasser und ist total angenehm."

„Es ist ... unwahrscheinlich schön", murmelte sie und starrte auf die Quelle, als wäre sie ein weiteres Geschenk unterm Weihnachtsbaum.

Ich ließ Lyssas Hand los und zog mir das T-Shirt über den Kopf. „Schwimmen wir."

Während ich mich auszog, starrte Lyssa mich stumm an. Ich war nicht befangen, was meinen Körper anging. Kein Gestaltwandler war das. Trotzdem wusste ich zu schätzen, wie sehr sie mich bewunderte. Ich stakte ins Wasser, tiefer und tiefer, bis ich bis zu den Schultern darin versank. „Komm schon, Baby. Du musst das Wasser spüren. Es ist herrlich."

Sie kam die wenigen Schritte bis ans Ufer, beugte sich hinunter und tunkte ihre Finger ins Wasser. „So warm!"

„Ich würde nicht zulassen, dass du frierst."

Es war ein warmer Tag, aber die Nächte wurden langsam kühler. Wenn das hier keine heiße Quelle wäre, würde ich sie nicht schwimmen lassen. Wir waren zu weit von der Ranch entfernt, um nass und kalt zurückzureiten, ganz egal, wie sehr ich sie gleich aufheizen würde, während wir den Fischen Angst einjagten.

Ich glitt mit flachen Händen über die Wasseroberfläche, während ich Lyssa dabei beobachtete, wie sie ihre Entscheidung traf. Ich wäre splitterfasernackt aus dem Teich gestiegen und hätte sie ins Wasser geschmissen, doch es gefiel mir besser, wenn sie freiwillig ins Wasser kam. Von einer Sekunde zur nächsten schien sie sich zu entscheiden. Als ob sie plötzlich wild entschlossen wäre. Als ob sie sich selbst herausforderte, wild und unbekümmert zu sein.

Und dann konnte ich an nichts anderes denken, denn meine Gefährtin zog ihre Sachen aus. Jedes Teil. Direkt hier in der Sonne. Mein Schwanz wurde augenblicklich steif, und als sie langsam ins Wasser trat, konnte ich nicht anders, als mich auf sie zuzubewegen. Ich nahm sie in meine Arme und führte sie so, dass sie Arme und Beine um meinen Körper schlang.

Ihre langen Haare breiteten sich um sie herum aus und schwammen auf der Wasseroberfläche.

„Du bist atemberaubend schön", murmelte ich, dann küsste ich sie. „Ich war mal mit meiner Schwester und ihren Kindern hier." Ich musste grinsen, als ich an den Radau zurückdachte, den die kleinen Racker verursacht und damit vermutlich alle wilden Tiere im Umkreis von einer Meile in die Flucht geschlagen hatten.

Lyssas dunkle Augen suchten meine.

„Aber das hier gefällt mir besser", gestand ich. Nichts war besser, als mit ihr zusammen zu sein.

„Bitte sag mir, dass du mit ihnen nicht nackt geschwommen bist."

Ich zog eine Grimasse. „*Schwester*. Ich war mit meiner *Schwester* hier. Nein, verdammt. Nur die Kinder, die schon. Was gibt es Besseres, als nackt draußen herumzutoben?"

Sie grinste, doch dann wandte sie den Blick ab. „Ich bin nie nackt draußen herumgetobt, also kann ich das nicht beurteilen."

„So wie jetzt?", fragte ich, irgendwie überrascht. Sie schien für so ziemlich alles zu haben zu sein. „Mit mir nackt im Wasser zu sein?"

Sie nickte.

„Dann ist das hier erst der Anfang."

Sie legte den Kopf in den Nacken und lachte. „Ich werde nicht nackt in der Wildnis herumrennen. Ich bin nicht ..."

Als sie sich selbst unterbrach, runzelte ich die Stirn.

„Du bist nicht was? Groß genug?"

Sie zog die Augenbrauen zusammen. „Hä? Groß genug? Was hat das denn damit zu tun, nackt herumzurennen?"

Ich zuckte mit den Schultern und glitt mit der Hand ihren nackten Rücken hinauf und hinunter. Mein Schwanz hüpfte zwischen ihren Arschbacken auf und ab und ich konnte ihre heiße Pussy an meinem Bauch spüren. „Nichts. Aber was bist du dann nicht?"

Sie biss sich in die Unterlippe. „Ich bin nicht meine Schwester. Sie ist die Draufgängerische."

Ich grinste. „Ja, meine Schwester auch. Wir haben mal versucht herauszufinden, ob wir den Weltrekord im Hotdog-Essen knacken können. Der liegt bei achtzig Hotdogs oder sowas in der Größenordnung, einschließlich Brötchen. Simi hat zehn geschafft. Ich habe sechs geschafft, bevor ich mich übergeben musste. Seitdem kann ich keine Hotdogs mehr sehen."

Wieder biss sich Lyssa auf die Unterlippe und versuchte, ihr Lachen hinunterzuschlucken. „Und Simi?"

„Sie hat nach den zehn Hotdogs gleich noch ein Dessert gegessen. Kannst du das glauben? Ein Magen aus Stahl."

Jetzt gluckste sie unverhohlen.

„Erzähl mir von deiner Schwester", forderte ich sie auf. Dass wir beide Schwestern hatten, war eine Gemeinsamkeit und etwas, worüber wir uns gegenseitig unser Leid klagen konnten.

Für einen Moment wurden Lyssas Augen groß, dann ließ sie sich darauf ein. „Na ja, sie ist die Ältere von uns beiden. Wenn ich gelernt habe, hat sie Party gemacht. Wenn ich gearbeitet habe, hat sie sich treiben lassen, wohin der Wind sie trug."

Ich küsste ihre Nasenspitze. „Sie klingt wie eine Pusteblume."

Lyssa grinste. „Auf eine Art ist sie das. Sie macht, was sie will."

„Wo ist sie jetzt gerade?"

„Ibiza."

„Wow. Okay, ich verstehe, was du meinst."

„Ich bin nicht wie sie." Sie hob den Blick und sah mir in die Augen, als ob sie sich ihrer selbst nicht sicher wäre.

„Wer ist schon wie seine Geschwister? Ich bin nicht wie

Simi, soviel ist mal sicher. Du hast Colton und Rob kennengelernt. Sie haben noch einen dritten Bruder, Boyd. Die drei Wolf-Brüder sind sich auch *alles* andere als ähnlich."

Sie schien noch immer geknickt. Weil ich heiß war und sie sich nackt an mich drückte, ließ ich meine Hand von ihrem Rücken zwischen ihre Beine gleiten und legte sie über ihre Pussy. „Ich mag *dich*, Lyssa. Genau so, wie du bist."

Sie wurde rot, wandte den Blick ab und biss sich einmal mehr auf die Unterlippe, als ich mit einem Finger tief in sie eindrang – kinderleicht, denn sie war bereits unglaublich feucht für mich.

„J", keuchte sie.

Fuck, ich liebte es, wenn sie mich so nannte. Vor allem mit dieser leisen, erregten Stimme. Niemand hatte das je zuvor getan. Ich küsste ihren Hals, während ich sie mit meinem Finger fickte. Als sie ihrem Höhepunkt immer näher kam, war ich kurz davor, sie zu beißen. Sie an der Stelle zwischen ihrem Hals und ihrer Schulter zu markieren.

Es wäre so einfach. Sie war direkt hier. Doch ich wollte – nein, ich musste – mir sicher sein, dass Lyssa alles über mich wusste, bevor ich das tat. Ich wollte, dass sie wusste, wer und was ich war, innen und außen, und von mir markiert werden wollte. Für immer mir gehören wollte.

Denn bis sie jedes finstere Geheimnis meiner Seele kannte, bestand noch immer die Gefahr, dass sie wieder verschwinden würde.

Anstatt also meine Zähne in ihrer seidenweichen Haut zu versenken, ließ ich meinen Finger aus ihr herausgleiten, hob ihre Hüfte an und versenkte meinen Schwanz herrlich tief in ihrer Pussy. Da war nichts mehr zwischen uns. Ich nahm sie ungeschützt, und ihre Pussy war so feucht, so heiß, dass ich nicht lange durchhalten würde.

Als sie meinen Namen schrie und er von den Felsen

widerhallte, fickte ich sie schnell und heftig. Ich konnte ihren Körper befriedigen, ihr alle Orgasmen besorgen, nach denen sie sich verzehrte. Ich würde sie ficken, bis sie mir gehören wollte.

Das könnte funktionieren, oder?

14

EMMA

ICH LAG auf einem Felsbrocken und sonnte mich. *Nackt.*

Da staunst du wohl nicht schlecht, was, Lyssa? Wie sich herausgestellt hatte, konnte auch ich wild und ungehemmt sein. Zumindest, wenn ich vorgab, meine Zwillingsschwester zu sein.

Als wir aus dem Wasser gestiegen waren, hatte Johnny mir sein T-Shirt gegeben, damit ich mit damit abtrocknen konnte. *Schmacht.* Der Kerl war ein echter Gentleman. Jetzt lagen wir ausgestreckt auf einem flachen Felsbrocken oberhalb des Wasserfalls und blickten hinunter in den Teich, in dem wir uns gerade geliebt hatten.

Ich lebte irgendeine verrückte Fantasie aus.

„Was ich gar nicht gefragt habe, als ich dich von Chapmans Ranch entführt habe ...", fing Johnny an, seine Stimme leise und träge. „... wann muss ich dich eigentlich wieder zurückbringen?"

Ich setzte mich auf und meine Hand flog instinktiv zu

meinem T-Shirt, um mich zu bedecken. Gott, versuchte er etwa schon, mich loszuwerden? Ich sollte besser verschwinden.

Johnny schob meine Sachen zur Seite, sodass ich nicht mehr drankam. „Wow, ganz ruhig, Baby. Wo willst du hin? Das war *definitiv* keine Aufforderung. Tatsächlich war es das absolute Gegenteil davon."

Meine Wangen wurden heiß und mein Blick fiel auf seine Hand, mit der er meine Sachen außerhalb meiner Reichweite hielt. Ich stieß ein verlegenes Lachen aus, weil ich automatisch voreilige Schlüsse darüber zog, nicht gewollt zu sein.

„Ich muss noch immer mit Chapman sprechen, also dachte ich, ich könnte dich zurückbringen, sobald er wieder da ist. Aber ich habs nicht eilig. Ehrlich gesagt wäre es mir sogar recht, wenn er erst im nächsten Jahr wieder auf seiner Ranch auftaucht." Er warf mir sein sexy Grinsen zu.

Schmetterlinge flatterten durch meinen Bauch. Er war so attraktiv. Und atemberaubend. Und rücksichtsvoll.

„Wann rechnest du denn mit ihm?", fragte er.

Ich blinzelte, war zu abgelenkt von seinen Bauchmuskeln, die so definiert waren, dass ich daran emporklettern könnte. „Was? Oh ..."

Puh. Wann würde Chapman zurückkommen? Lyssa hatte es so klingen lassen, als wäre er so gut wie nie vor Ort.

„Ich, ähm, ich bin mir nicht sicher."

Johnny musterte mich. „Solltest du ihn vielleicht anrufen und es herausfinden?"

Mist. Klang es, als ob ich log? Es war die Wahrheit, ich wusste es wirklich nicht, doch das lag in erster Linie daran, dass ich eine totale Hochstaplerin war. Also war es doch eine Lüge. Johnny hatte vorhin schon meine Flunkerei gerochen. Er spürte es definitiv jedes Mal, wenn ich versuchte, auszuweichen.

Ich versuchte, mich daran zu erinnern, was Lyssa gesagt hatte. Sie hatte ihren Boss vor ein paar Wochen gesehen und gesagt, er würde vermutlich weitere zwei Wochen fortbleiben.

„Ich glaube, äh, er ist vielleicht in zwei Wochen wieder da. Ich schätze, ich könnte ihn anrufen und es herausfinden." Ich hatte seine Telefonnummer gar nicht! Ich würde den Anruf vortäuschen müssen. Mein Gewissen lastete schwer auf mir, Johnny so eine Show vorzuspielen, doch mittlerweile hatte ich mich wirklich in dieser Lügengeschichte verfangen.

Johnny zog eine Augenbraue hoch. „Kann ich dich zwei Wochen von der Arbeit abhalten, oder solltest du da sein und die Post reinholen? Meinst du, wir schaffen vielleicht sogar einen Monat?"

Ich lachte und spürte, wie sich Wärme in mir ausbreitete.

„Aber im Ernst, mir wäre es lieber, wenn du das mit Chapman besprichst. Rob will, dass ich eine Ranchangelegenheit mit ihm kläre. Und außerdem will ich nicht, dass du meinetwegen den Job verlierst."

„Hast du schon versucht, ihn anzurufen?", fragte ich. Ich war mir sicher, dass die Wolf Ranch Chapmans Nummer hatte.

Johnny rieb sich die Stirn. „Ja. Aber er ist nicht rangegangen. Deshalb bin ich überhaupt erst den ganzen Weg bis da rausgefahren. Ich hatte gehofft, ich könnte persönlich mit ihm sprechen, um die Sache zu klären. Aber deinen Anruf würde er vielleicht annehmen, schließlich bist du seine Angestellte."

Die Sache klären. Hm. Ich fragte mich langsam, was für eine Ranch Lyssas Boss da drüben tatsächlich führte. Es gab Rinder und endlose Ländereien, und Lyssa hatte erzählt, dass hin und wieder Cowboys an der Scheune auftauchten. Es gingen also echte Ranchdinge vor sich, allerdings war es auch irgendwie ziemlich viel Glanz und Glamour. Durch meine Arbeit in Hollywood hatte ich gelernt, dass man jede Menge

Show und Brimborium vorgaukeln konnte, ohne dass echtes Kapital oder Vermögen dahinter steckte. Nein, Chapmans Ranch schrie förmlich nach Geld. Das Land allein ... zig Millionen.

„Ist er ... schuldet er euch Geld oder so etwas?", fragte ich. „Hat er eure Rinder gestohlen?"

Johnny griff nach seinem Hut und setzte ihn sich auf den Kopf, als ob er seine Augen abschirmen wollte. „Ja, so was in der Art. Aber das ist Robs Angelegenheit, also kann ich nicht wirklich darüber sprechen."

Mein Lächeln verrutschte. „Oh. Tut mir leid."

„Nein, nein, nein." Prompt riss er sich den Hut wieder vom Kopf. „Das muss dir nicht leidtun. Fuck. Mir tut es leid. Habe ich wie ein Arsch geklungen?"

„Nein." Mein Herz hämmerte, als hätten wir gerade unseren ersten Streit gehabt, nur dass das nicht der Fall gewesen war. Und doch stimmte irgendetwas nicht. Ich spürte es, aber ich konnte nicht benennen, was es war. Rob war der Inhaber der Wolf Ranch, die sich über ein riesiges Areal erstreckte. Soweit ich es einschätzen konnte, wurde hier deutlich mehr gearbeitet und bewirtschaftet als auf der Ranch von Chapman. Rob hatte viel zu tun, also hatte er einen seiner Rancharbeiter losgeschickt, um sich um diese Angelegenheit zu kümmern.

Doch warum war es ein Geheimnis? Oder vielmehr, was war das Geheimnis, das sie hüteten? War nur ich es, die im Dunkeln tappte? Machte es überhaupt einen Unterschied? Was immer es war, es war vorgefallen, bevor Johnny und ich uns getroffen hatten. Es ging mich wirklich nichts an.

„Würdest du mir den Gefallen tun und es versuchen?", fragte er.

Ich schluckte angestrengt, dann nickte ich. Ich tat so, als würde ich auf meinem Handy eine Nummer aufrufen und drückte es mir ans Ohr. Nach etwa einer Minute ließ ich es sinken und behauptete: „Geht nicht ran."

Johnny grinste. „Tja, gut für mich, schätze ich. Dann kann ich dich behalten, bis er wieder zurück ist", sagte er. „Das wäre also geklärt."

Ich lächelte ihn an, obwohl ein nervöses Kribbeln durch meine Brust flatterte. „Du behältst mich?"

Er nickte. „Genau. Du gehörst mir. Du weißt es nur noch nicht."

Mit der Hand wedelte ich durch die Luft und deutete auf die Szenerie. „Ich dachte, das hier würde nur unter die Heißes-Date-Kategorie fallen?"

Sein Lächeln erlosch. „Ach ja, stimmt. Das hatten wir gesagt. Darf ich nochmal die Regeln ändern?" Er streckte die Hand nach mir aus und war aus irgendeinem Grund stark genug, um mich auf seinen Schoß zu heben, ohne dass mein Hintern über den nackten Fels schürfte.

„Gott, bist du stark."

Er ließ seinen Oberarmmuskel für mich spielen. „Rancharbeit."

Weil ich nicht wieder darüber diskutieren wollte, ob das hier ein heißes Date war oder ob er mich behalten durfte, lenkte ich das Gespräch in eine andere Richtung. „Also, die beiden – Marina und Colton – haben gesagt, du wärst auf die Ranch gekommen, als du gerade einmal achtzehn warst?"

Er schlang seinen Arm um meine Taille und knabberte an meiner Schulter. „Richtig."

„Warum? Ich meine, wie bist du an den Job gekommen? Warum wolltest du auf einer Ranch arbeiten?"

Sein Körper spannte sich ein klein wenig an. Genug, dass ich mich herumdrehte und ihm den Arm um die breite Schulter schlang, damit ich in sein Gesicht blicken konnte.

„Was ist?"

„Ich ..." Er öffnete den Mund und klappte ihn wieder zu. „Das ist ehrlich gesagt keine schöne Geschichte."

Ich wich etwas zurück. „Oh. Ähm. Na ja, du musst es mir nicht erzählen. Tut mir leid. Ich wollte nicht ..."

„Nein, nein. Du musst dich nicht entschuldigen. Es ist nur ..." Er schluckte. „Ich wurde sozusagen zu Hause rausgeschmissen."

Meine Augen wurden groß.

„Ich meine, ich war schon erwachsen, also war es keine große Sache."

„Achtzehn ist ja wohl kaum erwachsen", widersprach ich eilig und spürte, wie ich seinetwegen wütend wurde. Welche Eltern warfen denn ihr eigenes Kind in dem Alter raus? Viele, schätzte ich, aber ich fand es trotzdem verdammt herzlos.

„Warum? War irgendetwas vorgefallen?"

Er nickte und sah ernst aus. „Meine Schwester ... wurde angegriffen. Ich habe den Übergriff gestoppt. Und ..." Er schluckte angestrengt.

Ich hielt die Luft an und wartete.

„Er hat ihr wehgetan und ich war jung. Ich ... ich wurde gewalttätig."

„Oh." Ich brauchte eine Sekunde, um diese Information sacken zu lassen, denn es fiel mir schwer, Gewalttätigkeit mit diesem rücksichtsvollen, aufmerksamen Mann in Einklang zu bringen, der mich in diesem Moment in seinen Armen hielt. Doch ich hatte schon erkannt, dass er einen Beschützerinstinkt hatte. Er war der Held, der keine Sekunde gezögert hatte, sondern ins Haus gestürmt war, um mich vor brennenden Keksen und einem schrillenden Feueralarm zu erretten.

„Natürlich, das verstehe ich. Es war der Eifer des Gefechts."

Johnny suchte meinen Blick. Ich bemerkte Sorge in seinen

braunen Augen – als ob er sich sicher war, dass auch ich ihn rausschmeißen würde. „Ich bin definitiv zu weit gegangen."

Für einen Moment hielt ich die Luft an. Meinte er ... *zu weit*-zu weit?

Ehrlich gesagt wollte ich es gar nicht wissen. Was auch immer passiert war, es war eine traumatische Erfahrung für ihn und alle Beteiligten gewesen. Es musste ihn gezeichnet haben. Die Tatsache, dass es ihm noch immer zu schaffen machte, sogar Jahre später noch, war Beweis genug. Ich blinzelte meine Tränen zurück.

„Tut mir leid", wisperte ich.

Johnny drückte mich. „Dir tut es leid? Meinetwegen?"

„Ja. Das klingt wie eine schreckliche Geschichte, aus der niemand als Gewinner hervorgegangen ist, und du hast getan, was du in diesem Moment tun musstest, um deine Schwester zu beschützen. Tut mir leid, dass du das durchmachen musstest."

Johnny senkte die Stirn auf meine Schulter und seufzte. Er klang, als wäre er überwältigt von den Emotionen, die zu zeigen er sich weigerte.

Seine Nähe brachte mein Herz erneut wie wild zum Hämmern. Seine Verletzlichkeit und die Vertrautheit, die wir in diesem Moment zwischen uns aufgebaut hatten.

Vielleicht war das hier tatsächlich mehr als ein heißes Date. Mein Traummann hatte sich gerade in einen dreidimensionalen Menschen verwandelt. Hatte Tiefe entwickelt.

Ein Herz mit Narben.

Mag sein, dass er absolut perfekt wirkte, doch er war auch ein Mensch mit Makeln und Unsicherheiten, genau wie ich.

Ich vergrub meine Finger in seinen Haaren und massierte seine Kopfhaut. „Tja, ich bin jedenfalls froh, dass du diese Ranch gefunden hast", sagte ich. „Du scheinst dort wirklich zur Familie zu gehören."

Er hob den Kopf und nickte. Kleine Fältchen tanzten in seinen Augenwinkeln. „Gefundene Familien sind die besten."

Gefundene Familien. Das war es, was ich heute Morgen in der Ranchküche beobachtet hatte. Worauf ich ein klein wenig eifersüchtig gewesen war. Als Kind und Jugendliche war Lyssa meine ständige Begleiterin gewesen, und wir waren sogar aufs selbe College gegangen, bevor sie ihr Studium abgebrochen hatte, um in New York als Model zu arbeiten. Daraus war nichts geworden, allerdings war es der Startschuss ihrer jahrelangen Abenteuerreise gewesen, die sie in diesem Moment bis nach Ibiza geführt hatte.

Ich war dran gewöhnt, mit anderen Menschen zusammenzuarbeiten. Als Team. Deshalb hatten sich Special Effects zunächst auch wie die richtige Entscheidung angefühlt. Doch das Team dort war alles andere als eine Familie gewesen, im Gegenteil. Die Atmosphäre war regelrecht toxisch gewesen.

Mein Handy vibrierte mit einer eingehenden Nachricht.

Johnny reichte mir meinen Stapel Klamotten an und ich fischte das Handy aus meiner Hosentasche. Entsperrte den Bildschirm. Es war eine Fotonachricht von Lyssa. Aus irgendeinem Grund wollte ich nicht, dass Johnny das Bild sah. Sie sah.

Ich wollte ihn nicht wissen lassen, dass es eine bessere Zwillingsschwester gab. Vielleicht nicht hübscher – schließlich waren wir eineiig – aber definitiv heißer. Lyssa verströmte und verkörperte Sexualität.

Wenn er Lyssa sah, würde ich erklären müssen, dass die Schwester, von der ich gesprochen hatte, tatsächlich mein Zwilling war. Und am Ende würde womöglich sogar noch herauskommen, dass ich gerade vortäuschte, meine Zwillingsschwester zu sein, und diese ganze fantastische Erfahrung würde wie ein Kartenhaus in sich zusammenstürzen.

Ich hatte ihn angelogen und tat es noch immer.

Nein, ich wollte, dass er weiterhin glaubte, ich sei Lyssa. Die einzig wahre Lyssa, die keine Stunde, nachdem sie sie kennengelernt hatte, schon mit heißen Cowboys vögelte.

Oder zumindest mit diesem heißen Cowboy.

Ich schloss die Nachricht und legte das Handy zur Seite.

„Das war nicht Chapman, oder?"

Stimmt. Er brauchte Informationen über Chapman. Vermutlich sollte ich Lyssa anrufen und Johnny zuliebe mehr herausfinden. Ich war zwar nicht bereit, ihm meinen echten Namen zu nennen, doch ich könnte zumindest versuchen, den Job zu machen, den ich zu haben vorgab. Und Johnny hatte selbst einen Job, von dem ich ihn abhielt. Wenn Rob mit Chapman in Kontakt kommen musste, dann sollte ich versuchen, das einzufädeln.

Ich schüttelte den Kopf. „Nein, das war meine Schwester. Ich sollte sie vermutlich anrufen." Ich drückte mich an seinen Schultern ab, um mich von seinem Schoß zu erheben, doch er zog mich bereits mit einem Arm um meine Taille auf die Füße.

Wow. Ich könnte mich daran gewöhnen, einen so starken Typen in meiner Nähe zu haben.

Ich könnte mich an eine Menge von Johnnys Qualitätsmerkmalen gewöhnen.

Einschließlich dieses großartigen Merkmales zwischen seinen Beinen.

Ha – jetzt hatte ich schon genauso schmutzige Gedanken wie meine Zwillingsschwester.

Ich wählte Lyssas Nummer und ging ein paar Schritte davon, wo Johnny mich nicht mehr hören konnte.

„Was geeeeeht?", brüllte Lyssa ins Handy, als sie den Anruf annahm. Ich musste lächeln. „Hast du meine Nachricht bekommen?"

Jetzt, wo Johnny nicht mehr über meine Schulter spähte,

öffnete ich die Nachricht noch einmal. Es war ein Foto von Lyssa, die sich in einem schwarzen Bikini zusammen mit einem sehr heißen Mann im besten Alter auf einer Yacht sonnte.

Ich hob das Handy wieder an mein Ohr. „Ja. Sieht unglaublich aus! Hast du Spaß?"

„So viel Spaß! Der Sultan behandelt mich wie eine Prinzessin. Wie ist es auf der Ranch?"

Ich biss mir auf die Unterlippe und grinste. „Tja, ehrlich gesagt bin ich gar nicht auf der Ranch. Das ist okay, oder? Wenn ich ein paar Tage nicht vor Ort bin?" Die kleine Miss Verantwortung meldete sich genau einen Tag zu spät zu Wort, vermutlich als instinktive Übersprungshandlung auf meine unverantwortliche Zwillingsschwester.

„O absolut. Chapman braucht nicht mal wirklich eine Hausverwalterin. Ich meine, *pffft*. Wen kümmert's, ob seine Post reingeholt und jeden Tag auf seinem Schreibtisch abgelegt wird?"

Chapman. Den kümmerte es vermutlich, doch darüber würde sich Lyssa deutlich weniger Gedanken machen als ich.

„Wo bist du denn, Emmie? Bitte sag mir nicht, dass du zu deinem Job zurückgekrochen bist?"

„Nein. Ich, ähm. Na ja, ich habe diesen Typen kennengelernt." Ich senkte die Stimme.

„Was?", schrie Lyssa förmlich ins Handy. „Wie toll für dich! Her mit den Einzelheiten!"

„Ein heißer Cowboy", wisperte ich. „Er arbeitet auf einer Ranch, etwa zwei Stunden von Chapman entfernt, und da bin ich gerade."

„Ist das dein Ernst? Du lässt dich von einem heißen Cowboy ordentlich flachlegen? Das sind ja die besten Neuigkeiten überhaupt. Ich wusste, dass es eine gute Entscheidung war, deinen Job hinzuschmeißen und nach Montana zu kommen!"

„Stimmt. Im Augenblick fühlen sich Los Angeles und mein alter Job an wie eine Krankheit, von der ich mich immer noch erholen muss."

„Na dann, erhol dich, Schwester. Reite diesen Cowboy, bis L.A. eine entfernte Erinnerung ist!"

Ich lachte. „Das habe ich vor. Apropos ... Ich habe diese Box mit unbenutzten Sexspielzeugen unter deinem Bett gefunden."

„Ach die? Die wurden mir geschickt, damit ich als Vertreterin für so eine Firma arbeite, aber dann habe ich Ralph getroffen, den Tennislehrer aus Scottsdale. Nein, Moment, vielleicht war es Andrew, der Skilehrer. Die bringe ich immer durcheinander. Wie auch immer, tobe dich gern aus damit!"

Sie konnte die Männer nicht mehr auseinanderhalten. Typisch Lyssa.

„Okay, gut. Weil ich die Kiste mit hierhergebracht habe."

„Mhmmm, viel Spaß. Oh – ich muss Schluss machen, der Sultan ruft."

„Warte, warte! Eine Sache noch. Wann kommt Chapman zurück? Weil mein heißer Cowboy mit ihm sprechen muss und ihn ständig nicht erreicht."

„Keine Ahnung ... Ich komme gleich!", rief sie ihrem neusten Lover zu.

„Warte, kannst du es rausfinden? Es ist wichtig. Ruf ihn an und sag mir dann Bescheid, okay?"

„Okay, mache ich. Viel Spaß mit den Sexspielzeugen! Hab dich lieb. Tschüssi!"

Lächelnd legte ich auf. Ausnahmsweise hatte ich genauso viel Spaß – und so viel Sex – wie Lyssa, und das fühlte sich verdammt gut an.

JOHNNY

NACHDEM WIR UNS ANGEZOGEN HATTEN, zog ich los, um nach den Pferden zu suchen und Lyssa etwas Privatsphäre zu geben, während sie mit ihrer Schwester telefonierte. Oder zumindest die Illusion von Privatsphäre.

Hoffentlich konnte ich mit meinem Gestaltwandlerhörsinn ein paar Gesprächsfetzen auffangen, für den Fall, dass sie mich angelogen hatte und in Wirklichkeit mit ihrem Boss telefonierte. Sie hatte sich irgendwie seltsam verhalten, als ich sie erneut nach ihm ausgefragt hatte. Es gefiel mir überhaupt nicht, dass ich so misstrauisch war. Mein Wolf vertraute ihr, allerdings war das vorrangig seiner instinktiven, urtümlichen Reaktion geschuldet. Irgendetwas stimmte einfach nicht. Das sagte mir mein Bauchgefühl.

Warum sollte sie mich anlügen?

Warum sollte sie mich *nicht* anlügen? Ich log sie ja auch an.

Hoffentlich hatte ich mich nicht zu offensichtlich verhalten, als ich sie nach Informationen über Chapman ausgequetscht hatte. Ich kam mir vor wie ein erstklassiges Arschloch, weil ich ihr das antat. Andererseits konnte ich auch schlecht hergehen und sagen, *Hey, ich muss deinen Boss zu einer Verhandlung vor den Rudelrat bringen, und vermutlich wird er anschließend von mir oder einem anderen Vollstrecker der Gestaltwandlergemeinschaft umgebracht werden. Könntest du mir also kurz alles über ihn erzählen, was du weißt?*

Ich hatte ihr nicht erzählt, warum ich überhaupt an der Ranch ihres Chefs vorbeigekommen war. Ich durfte nicht mein ganzes Rudel in Gefahr bringen, indem ich ihr die Wahrheit über uns erzählte, bevor sie nicht in mich verliebt war. Bevor sie mir gehörte. Bevor ich sie markieren konnte.

Doch das war nicht alles.

Fuck, ich konnte nicht glauben, dass ich ihr beinahe verraten hätte, dass ich Frank Archer umgebracht hatte, den Kerl, der Simi vergewaltigt hatte.

Wie würde sie das aufnehmen?

Oh, und übrigens, dein neuer Freund – oder Liebhaber oder wie auch immer sie mich sah – *ist ein Mörder. Ach so, und ich habe ihn mit bloßen Händen umgebracht ... und mit meinen Reißzähnen.*

Ich war nicht mehr nur ein heißblütiger Killer, was früher gestimmt haben mochte. Jetzt war ich zudem auch ein kaltblütiger Mörder.

Verdammt, sie würde die Flucht ergreifen und nicht zurückblicken, bis sie Chapmans Ranch erreicht hatte. Ich konnte ihr nicht zeigen, wer ich wirklich war. Was in mir lauerte.

Mein Wolf knurrte. Er hatte etwas gegen Täuschung. Mochte es nicht, wenn ich unserer Gefährtin etwas vorenthielt.

Mir gefiel es auch nicht, doch ich hatte keine andere Wahl.

Zuerst sagte sie nichts, sondern wandte mir nur den Rücken zu und entfernte sich ein paar Schritte.

Ja, es gab definitiv etwas, was ich nicht hören sollte. Ein Anflug der Vorahnung stieg in mir auf.

Was wusste sie über Chapman?

Ich war mir sicher, dass sie nichts mit seinem Handel mit den Gestaltwandlerinnen zu tun hatte, und doch konnte ich ihre Nervosität riechen, wann immer ich sie nach Chapman fragte. Hatte sie Angst vor ihm?

Wusste sie, dass er gefährlich war?

Wusste sie etwa, dass er ein Gestaltwandler war?

Scheiße, ich musste einen Weg finden, diese Informationen aus ihr herauszubekommen, ohne ihr gleichzeitig so viel Angst einzujagen, dass sie aus meinem Leben flüchtete. Oder ich sie verärgerte.

Wenn sie glaubte, ich hätte sie manipuliert, um an ihren Boss ranzukommen ...

Tja, Mist, ich schätzte, genau das tat ich.

Aber es war nicht so, als ob es meine Angewohnheit wäre, Weibchen zu verführen, die auf irgendeine Weise in meine aktuellen Fälle involviert waren. Lyssa war meine Gefährtin.

Ich schlenderte an die Stelle hinunter, wo wir die Pferde stehengelassen hatten, und pfiff nach ihnen. Chester kam augenblicklich angetrottet. Montague ignorierte mich wie der Pimmel, der er war.

Ich pfiff noch einmal.

Eine leichte Brise trug Lyssas Stimme zu mir, allerdings konnte ich nicht mehr als Gesprächsfetzen ausmachen. „... heißer Cowboy ... Box mit Sexspielzeugen ...“

Kaum erwähnte sie die Box mit den Spielzeugen, wurde mein Schwanz hart. Fuck, die hatte ich ganz vergessen.

Eine Woge der Erleichterung ergriff mich.

Gut. Ich bezweifelte ernsthaft, dass sie diese Unterhaltung

mit Chapman führte. Sie sprach wohl tatsächlich mit ihrer Schwester.

Über mich.

Mein Wolf riss begeistert die Faust in die Luft.

Fuck sei Dank. Mag sein, dass sie mich nicht als ihren Freund betrachtete, doch immerhin benötigte sie meine Cowboy-Dienste.

Jawohl, Ma'am. Selbstverständlich werde ich jedes Spielzeug in dieser Kiste auspacken und an Ihnen ausprobieren. Ich werde Sie in Handschellen legen, Ihnen den Arsch versohlen und alle Ihre Fantasien Wirklichkeit werden lassen.

16

EMMA

IN EIN HANDTUCH GEWICKELT, trat ich aus der Dusche und in Johnnys Schlafzimmer. Und erstarrte.

„Ähm. Was ist das da?", fragte ich belämmert.

Johnny hatte die Zeit gründlich genutzt. *Das da* war jedes einzelne Sexspielzeug aus Lyssas Kiste, die nun ordentlich aufgereiht auf dem Bett lagen.

Johnny stand da und wedelte mit der Hand durch die Luft, als wäre er der Moderator einer Gameshow und die Spielzeuge meine Gewinne.

„Was sind deine Lieblingsspielzeuge?"

Ich schluckte angestrengt. Meine Lieblingsspielzeuge? Der einzige Grund, weshalb ich die Kiste überhaupt unter Lyssas Bett gefunden hatten, war der, dass ich dagegen gelaufen war und mir den großen Zeh angestoßen hatte. Als ich sie hervorgezogen hatte, war ich gleichermaßen beeindruckt und geniert gewesen. Lyssa und ich mochten eineiige Zwillinge sein, doch wir waren uns überhaupt nicht ähnlich. Ich wusste, dass sie Sex hatte. Jede Menge Sex. Allerdings brauchte ich nicht zu wissen, dass sie sich gern fesseln ließ oder Spaß an einem Plug in ihrem Hintern hatte. Also hatte ich die Kiste ganz schnell wieder zurück unters Bett geschoben, denn warum sollte die alte, öde Emma auch nur eins dieser Spielzeuge benutzen, die eine Firma Lyssa geschickt hatte, weil sie im letzten Jahr als Vertreterin gearbeitet hatte?

Johnny gab mir das Gefühl, abenteuerlustig zu sein. Brachte mich dazu, in meine Lyssa-Rolle zu schlüpfen und wild und verrückt zu sein. Aber Sexspielzeuge?

Er wartete geduldig ab und sein Blick wanderte währenddessen genüsslich über meinen nackten Körper in dem Handtuch, während ich verarbeitete, was hier gerade passierte.

„Du ... äh, was?"

Er trat auf die Auslage der Spielzeuge auf seiner dunkelblauen Tagesdecke zu. „Was macht dich heiß, Baby?"

„Du", gestand ich.

„Das höre ich gern." Er grinste und streckte die Hand nach mir aus, öffnete das Handtuch und bewunderte meinen Körper genau. Sein zustimmendes Stöhnen ließ meine Nippel hart werden. Er griff nach den Enden des Handtuchs und zog mich eng an seinen Körper. Die Beule seines steifen Schwanzes drückte sich durch seine Jeans in meinen Bauch. „Heute Abend bekommst du mich *und* dein Lieblingsspielzeug." Seine Stimme klang rau.

Ich warf einen Blick auf das Bett und Johnny ließ mich los, aber nicht, ohne mich erst wieder ins Handtuch einzuwickeln.

Hmmm ... ein Spielzeug *und* Johnny?

Ja, bitte. Das würde ich hinbekommen.

Zögerlich trat ich an die Bettkante und musterte die Auswahl. Johnny schlang seinen Arm um meine Taille und bewegte seinen großen Körper hinter mich, dann beugte er sich hinunter und murmelte in mein Ohr.

„Gefällt dir die Peitsche da?" Mit seiner freien Hand deutete er auf die kleine Peitsche mit den kurzen Lederriemen, die an einem schwarzen Griff befestigt waren.

Ich schüttelte den Kopf.

Johnny bewegte sich, küsste die Haut hinter meinem Ohr, dann wanderten seine Lippen meinen Hals hinunter. Bei seinen Berührungen legte sich Gänsehaut über meinen ganzen Körper. Auch wenn ich noch nass von der Dusche war und nur ein Handtuch trug, war mir alles andere als kalt.

„Wie wäre es mit den Nippelklemmen?"

Waren das diese pinken Dinger, die wie Verschlussclips aussahen? Obwohl sich meine Pussy zusammenzog und meine Nippel bei dem Gedanken, sie einzuklemmen, hart wurden, wisperte ich: „Nein."

Jetzt küsste er meine Schulter. „Entscheide dich, Baby. Ich brauche kein Spielzeug, um dich zum Höhepunkt zu bringen, aber es wird definitiv Spaß machen, zu spielen."

Spaß. *Spaß.*

Wir würden Sex haben. Das stand nicht zur Debatte. Das Spielzeug, das ich aussuchte, sorgte für den zusätzlichen Spaß. Johnny würde mich für meine Wahl nicht verurteilen. Er wollte mich zum Höhepunkt bringen *und* spielen.

Das war es, was Lyssa tun würde. Ein paar Spielzeuge aussuchen und die Sau rauslassen.

Wieder musterte ich die Auswahl. „Keine Peitsche."

„Was ist mit den anderen Spanking-Accessoires?"

Ich leckte mir über die Lippen. „Deine Hand. Wenn du mir ein Spanking verpassen willst, dann will ich deine Hand."

Seine Hand glitt träge über meinen Oberschenkel und über meinen Arsch, wo er beherzt zugriff. Dann verpasste er mir einen kleinen Klaps. „So etwa?"

Ich stieß ein leises Wimmern aus, denn ... Fuck, war das

heiß. „Ja", gestand ich. Er hatte nicht fest zugeschlagen und meine Haut kribbelte bloß.

„Nur meine Hand, Baby. Verstanden. Aber sei ein braves Mädchen und such dir irgendwas anderes aus, oder ich beuge dich über das Bett und versohle dir auf der Stelle den Hintern. Und dann kannst du dir dein Lieblingsspielzeug mit einem roten Arsch aussuchen."

O mein Gott.

Dann flüsterte er noch: „Egal, was du aussuchst, ich werde damit spielen wollen. Was dich heiß macht, macht auch mich heiß. Es gibt keine falschen Antworten."

Ich drehte mich in seinen Armen herum und blickte hinauf in sein Gesicht.

Seine Augen wirkten dunkel und intensiv. Ungezähmt.

„Das ist eine Vertreterauswahl. Ich habe sie noch nie ..."

„Noch nie benutzt?"

Ich nickte.

„Ich weiß, sie sind alle noch eingeschweißt."

Ich schüttelte den Kopf. „Ich meine, ähm, ich habe noch nie Sexspielzeuge benutzt."

Seine Augen wurden groß. „Noch nie?"

Wieder schüttelte ich den Kopf. „Nein."

„Dann wird das jetzt verdammt viel Spaß machen. Und verdammt heiß werden."

Spaß.

Mit Spaß konnte ich klarkommen. Ich war schließlich *Lyssa.* Ich drehte mich wieder zum Bett herum, trat direkt davor und musterte die Spielzeuge eingehend. Nach ein paar Augenblicken griff ich nach den Handschellen, einem sehr kleinen, sehr violetten Buttplug und einem pinken Vibrator, der wie ein Bleistift aussah.

„Fuck, das ist eine gute Wahl."

Johnny beugte sich an mir vorbei und griff nach den

Probepackungen Gleitgel, die wie Ketchuptütchen aussahen. „Die werden wir brauchen."

Dann streckte er die Hand aus, hakte einen Finger unter mein Handtuch und zog daran. Das Handtuch segelte zu meinen Füßen.

Ich war nackt.

„Fuck." Johnny nahm sich den Cowboyhut vom Kopf und warf ihn auf die Kommode. „Ich nehme die schnellste Dusche der Welt, und wenn ich zurückkomme, will ich sehen, wie du auf dem Bett liegst und den Vibrator benutzt. Wehe, du bist nicht feucht und bereit, oder ich versohle dir den Arsch."

Junge, Junge. Diese tiefe Stimme. Der glühende Blick. Dieses Versprechen.

Er war auch früher schon forsch gewesen und hatte mir schmutzige Dinge gesagt, doch das hier war etwas ganz anderes. Johnny war völlig ungehemmt, wenn es um Sex ging. Und wild. Ich liebte es. Doch in diesem Augenblick?

Wow. Ich konnte nichts anderes erwidern als: „Okay."

17

JOHNNY

Als ich aus der Dusche trat, war mein Schwanz so hart, dass ich damit Steine hätte spalten können.

Fuck. Meine Gefährtin wollte, dass ich sie in Handschellen legte, ihr den Arsch versohlte, in dem ein Plug steckte, und sie mit einem Vibrator verwöhnte. Fast glaubte ich, gestorben und im Himmel zu sein.

Besser konnte es nicht werden.

Ah, doch, tatsächlich konnte es das, wie mich mein Wolf erinnerte.

Ich hatte mich selbst geneckt, indem ich ihre Schulter und ihren Hals geküsst und geleckt hatte. Ich könnte sie markieren und sie würde für immer mir gehören.

Heute Nacht. Jetzt, drängte mein Wolf.

Das Licht des beinahe vollen Monds schimmerte durch die Fenster und das Oberlicht der Schlafbaracke und erfüllte mich mit dem Verlangen, sie zu markieren.

Doch sie war noch nicht bereit. Sie hatte mich erst vor

einem Tag kennengelernt. Ich konnte mich verdammt glücklich schätzen, dass sie überhaupt zugestimmt hatte, mit mir zur Wolf Ranch zu kommen und diese Sache zwischen uns weiter zu erforschen, aber sie war noch nicht verliebt. Sie war noch nicht bereit, den Rest ihres Lebens mit mir zu verbringen.

Und ganz sicher war sie noch nicht bereit, zu erfahren, dass ich von einer anderen Art war als sie. Eine Art, die in Tiergestalt daherkam, die lief und den Vollmond anheulte. Selbst wenn sie bereit sein sollte, das zu hören – wie sollte ich ihr je meine neue Position im Rudel erklären? Dass ich ein Vollstrecker war, der vom Rudelrat losgeschickt wurde, um Bedrohungen gegen unsere Existenz auszulöschen? Sollte heißen, ich war ein Mörder.

Nein, darüber wollte ich jetzt nicht nachdenken. Fürs Erste war es genug, gegen meine Natur anzukämpfen und sie nicht zu markieren.

Ich musste vorsichtig sein. Sie mit den Handschellen zu fesseln, würde meinen Wolf völlig durchdrehen lassen, doch ich konnte ihn unter keinen Umständen von der Leine lassen. Durfte mir nicht erlauben, die Kontrolle zu verlieren und meine Zähne in ihr süßes Fleisch zu sinken – meinen Duft dort einzubetten, damit alle riechen konnten, dass sie von nun an mir gehörte.

Das würde später kommen. Hoffentlich noch vor dem nächsten Vollmond, doch ich würde so lange warten wie nötig. Ich würde diesem Weibchen bis ans Ende der Erde folgen, nur um ihr zu beweisen, dass ich ihr Mann war. Dass ich alles tun würde, um sie glücklich zu machen, sie zu beschützen und sie verflucht noch mal zu *befriedigen*.

Heute Abend war es mein Plan, mich mit aller Gründlichkeit diesem letzten Punkt zu widmen.

Ich ging zurück in mein Schlafzimmer.

„O verdammt."

Genau, wie ich mit meinem autoritärsten Tonfall befohlen hatte, lag Lyssa nackt in der Mitte des Bettes, das surrende Spielzeug zwischen den Schenkeln, ihr Gesicht erhitzt und ihre Augen leuchtend. Der Duft ihrer Erregung erfüllte den Raum und um ein Haar wären meine Reißzähne hervorgeschossen, um sie zu markieren.

Ich atmete tief ein und legte meinen Wolf an die Leine.

Lyssa verkörperte eine nervöse Sexualität. Sie war halb Luder, halb verlegen. Sie hatte beinahe beschämt gewirkt, als sie vorhin zugegeben hatte, noch nie ein Sexspielzeug benutzt zu haben. Das veranlasste meinen Wolf, sich noch mehr zu brüsten, weil wir ihr nun ihre erste Erfahrung damit schenken würden. Wir würden zusammen herausfinden, was sie heiß machte.

Allein zu wissen, dass die Handschellen, der Plug und der Vibrator ihre erste Wahl gewesen waren, verriet viel. Sie wollte kontrolliert werden. Sie wollte die Kontrolle abgeben. Wollte mir die Entscheidung darüber überlassen, ob ein Plug in ihrem jungfräulichen Arsch versank oder nicht. Sie wollte es, oder sie hätte ihn nicht ausgewählt. Aber sie wollte auch, dass ich sie dazu brachte, den Plug zu empfangen.

„O Baby, das ist so heiß." Ich war fest entschlossen, sie so lange zu loben, bis sich ihre Scham verflüchtigte. „Sieh nur, wie hart du mich machst." Ich nahm das Handtuch um meine Hüfte nicht ab, senkte jedoch den Blick auf das Zelt, zu dem mein Schwanz den Stoff formte.

Lyssa saugte ihre Unterlippe zwischen ihre Zähne und bewunderte meinen Schritt.

Ich trat ans Bett und blieb am Ende stehen. Sie wartete darauf, dominiert zu werden. Sie hatte mich gebeten, ihr ein Spanking zu verpassen. Sie in Handschellen zu legen. Das bedeutete, dass ich ihr jetzt Anweisungen erteilen konnte.

Ich krümmte meinen Zeigefinger. „Runter vom Bett. Lass mich mal sehen, wie gut du meine Befehle befolgst."

Ich bemerkte das Aufflackern nervöser Aufregung in ihren Augen – gleichermaßen Alarmierung und Nervenkitzel. Sie wollte es immer allen recht machen, schätzte ich, was bedeutete, dass sie auch das hier richtig machen wollte. Sie würde nicht hören wollen, dass sie einen Fehler gemacht hatte, nicht einmal, obwohl sie dieses Spanking wollte.

„Oh, ähm ..." Mit großen Augen fingerte sie am Vibrator herum, um ihn auszustellen, dann kraxelte sie vom Bett und kam eilig zu mir herüber.

Ich nahm ihr das Spielzeug aus der Hand und streichelte dabei mit meinen Fingern über ihre, um den Kontakt zu verlängern und sie zu beruhigen. Ich konnte nicht anders, als ihre Säfte vom Vibrator zu lecken, bevor ich ihn auf das Bett neben die anderen Spielzeuge warf.

Fuck, schmeckte sie gut.

„Heb die Hände über den Kopf."

Ich hörte, wie ihr für eine Sekunde der Atem stockte. Ihr Blick klebte an meinem.

Mehr sagte ich nicht, sondern wartete nur darauf, dass sie meiner Aufforderung nachkam. Ihr Duft verströmte einen Anflug Nervosität, die meinen Wolf in Ekstase versetzte, doch ich ignorierte es. Das war Teil des Nervenkitzels der Unterwerfung. Dieses Element der Gefahr – wenn auch nur vorgespielte –, das die Erregung verstärkte.

Ich bemerkte ihren Puls, der unter der Haut ihres Halses raste, doch ihre großen, braunen Nippel waren steif und das Parfüm ihrer Erregung stieg mir in die Nase.

Zögerlich hob sie die Hände über ihren Kopf. Ihre schweren Brüste hoben und spreizten sich bei dieser Bewegung, wie ein Opfer für meinen Mund, in dem mir bereits das Wasser zusammenlief.

„Braves Mädchen", lobte ich. Ich berührte sie noch nicht, obwohl mir ihr flehender Blick verriet, dass sie das gern wollte. „Und jetzt spreiz deine Beine. Weit."

Ein leises Wimmern des Verlangens drang aus ihren Lippen, und ohne den Blick von meinem zu lösen, spreizte sie die Beine.

„So ist's richtig, Baby. Brav. Und jetzt zeig mir, wie feucht du bist." Ich griff zwischen ihre Beine und glitt mit zwei Fingern durch ihren Schlitz. „Hattest du Spaß mit dem Vibrator?"

Ihr Körper bebte, als könnte sie meine Berührung kaum ertragen. Ihr Bauch flatterte.

„*Oooh!*" Ich ließ diese Silbe wie einen Lustschrei klingen, als ich spürte, wie ihr Honig förmlich über meine Finger tropfte.

Wir waren allein in der Schlafbaracke. Im Augenblick lebte niemand sonst hier, also konnte sie so laut sein, wie sie wollte. Und selbst wenn sie jemand hören sollte, es war mir egal. Sie würden wissen, dass meine Gefährtin gründlich befriedigt wurde.

„Ja, du warst ein braves Mädchen, stimmt's?" Noch immer glitt ich mit meinen Fingern durch ihren feuchten Schlitz und legte gleichzeitig meine andere Hand auf ihre Brust. Meine Daumenkuppe streifte federleicht über ihren steifen Nippel.

Unsicher ließ sie die Hände sinken und auf meine Schultern fallen.

„Mh-mh." Ich verpasste ihrer Brust einen sanften Klaps. „Hände über den Kopf, Schöne."

Lyssa schnappte nach Luft und ihre Hände flogen zurück auf ihre Kopfkrone.

„Ich will, dass dein Körper offen und bereit für meine Erforschung ist."

Ihre Säfte schossen praktisch zwischen ihren Beinen

hervor. Meine Art, ihr schmutzige Dinge zu sagen, gefiel ihr. Es gefiel ihr, dominiert zu werden. Gut zu wissen. Ich hatte mich nie für kontrollierend oder herrisch gehalten, doch ihr Ansagen zu machen, war scheinbar ein Naturtalent von mir. Es war jetzt eine natürliche Sache, mich um die Bedürfnisse meiner Gefährtin zu kümmern, indem ich die Führung übernahm.

Mit einem Finger glitt ich nach oben und fuhr mit der Fingerkuppe über ihren Kitzler. Sie wand sich und bewegte ihre Hüfte von links nach rechts, während sie leise wimmerte. „Was gefällt dir besser, mein Finger oder der Vibrator?"

„Dein Finger", antwortete sie wie aus der Pistole geschossen.

Mein Wolf knurrte zufrieden. Ich wäre ganz und gar nicht beleidigt gewesen, wenn sie „der Vibrator" geantwortet hätte, doch ich liebte es auch, dass sie meine Berührung vorzog.

Mit einer schnellen, vibrierenden Bewegung ließ ich meinen Finger über ihren Kitzler schnellen und Lyssa stieß schluchzend den Atem aus. „Oooh, J."

Fuck, ich liebte es einfach, ihren Spitznamen für mich aus ihrem Mund zu hören. Ich hielt in meiner Berührung inne, hob meinen Finger an den Mund und lutschte daran. „Du schmeckst so gut, Baby", sagte ich und zog den Finger langsam aus meinem Mund.

Dann nahm ich die Handschellen vom Bett. „Dreh dich um, Lyssa."

Sie blinzelte. Ihre Energie kam ins Stottern. Ich konnte nicht sagen, woher ich das wusste, aber ich wusste es. „Du kannst ... du kannst mich *Baby* nennen, wenn wir im Bett sind", erklärte sie.

Hm. Sie mochte es nicht, ihren Namen zu hören. Interessant. Etwas, dem ich nachgehen musste. Später. In diesem

Augenblick musste ich dafür sorgen, dass sie in Stimmung blieb.

Ich ließ meine Lider etwas sinken. „Dreh dich um, Baby."

Sie gehorchte augenblicklich und drehte sich mit ihren Händen auf dem Kopf zum Bett um.

Ich griff nach ihrem Handgelenk, dann nach dem anderen, und zog sie sanft, langsam hinter ihren Rücken. „Gefällt es dir, die Kontrolle abzugeben, Ly... Baby?"

„Ähm ..."

Ich ließ eine Handschelle an ihrem Handgelenk einrasten, dann glitt ich mit dem Finger am Metall entlang, um mich zu vergewissern, dass sie nicht zu eng war. „Hilft dir das dabei, loszulassen und Spaß zu haben?" Ich ließ auch die zweite Handschelle einrasten.

Instinktiv zerrte sie daran und testete, ob sie hielten.

„Ja." Sie stieß das Wort wie eine Art Seufzer der Erleichterung aus, als ob sie erst von mir ein paar gute Gründe hören müsste, bevor sie den Bedürfnissen ihres Körpers zustimmte.

Ich legte meine Hand auf ihre Taille und drehte sie so, dass ihr Körper vor der Mitte meines Bettes stand. Ich hatte das geräumige Zimmer mit großem Doppelbett ausgewählt – der perfekte Ort, um meine Gefährtin zu ficken.

„Beuge dich nach vorn, Baby."

Sie zögerte.

Ich verpasste ihrem Arsch einen Schlag, diesmal ein bisschen fester als der verspielte Klaps vor meiner Dusche, aber dennoch alles andere als grob. „Das war ein Befehl, hübsches Mädchen."

Sie stieß ein gehauchtes Kichern aus und klappte ihren Oberkörper vornüber, bis er über dem Bett schwebte.

Auch ich musste glucksen und drückte ihren Oberkörper hinunter, bis sie auf der Matratze lag. „Gesicht nach unten, Baby." Dann wurde mir bewusst, dass das aufgrund ihrer

Brüste vielleicht nicht die allerbequemste Position war, also schnappte ich mir ein Kissen vom Bett. „Komm noch mal kurz hoch", befahl ich.

Das tat sie, und ich schob das Kissen unter ihren Oberkörper. Jetzt wurde auch ihr Gesicht nicht mehr so sehr in die Matratze gedrückt.

„Braves Mädchen. Hast du es bequem, Baby?"

„Ja."

Fuck, sie war in dieser Position einfach zu schön anzusehen. Noch einmal verpasste ich ihrem Arsch einen Klaps. „So lange du diese Handschellen trägst, heißt es *Ja, Sir*', meine Schöne."

Ich beobachtete, wie sich ihre Arschbacken zusammenzogen. Ihre Finger zuckten. „Ja, Sir", keuchte sie.

„Mhmm." Ich belohnte sie mit einer Liebkosung dieses herrlichen Arsches. Meine wunderschöne Gefährtin war einfach zu prachtvoll. „Du machst das so gut, Baby", ließ ich sie wissen. „Und jetzt spreize deine Beine, schön breit, damit ich mit dieser hübschen Pussy spielen kann."

Sie spreizte die Beine, weit, und ich streichelte sie mit einer Hand zwischen ihren Schenkeln, während meine andere Hand über ihren Rücken glitt, über ihre Seiten, und sie beruhigte und liebkoste. Ich versuchte, ihr zu verstehen zu geben, wie unfassbar herrlich ich ihren Körper fand. Ich schnappte mir den Vibrator und stellte ihn auf der untersten Stufe ein. Anstatt ihn in sie hineinzustecken, schob ich ihn unter ihren Körper, sodass ihr Kitzler ihn ritt.

Stöhnend rieb sie sich daran und frische Säfte sickerten in mein Bettlaken.

Fuck. Ich wollte nicht, dass der Duft ihrer Erregung jemals wieder aus diesem Zimmer wich.

Wieder verpasste ich ihrem Arsch einen Schlag, diesmal fester, und sie schnappte nach Luft. „Zeit für dein Spanking,

Baby. Du warst so ein braves Mädchen, also werde ich mir Zeit mit dir lassen und deinen herrlichen Arsch in aller Ruhe aufwärmen. Wenn du eine Pause brauchst, sag: ‚*Bitte aufhören, Sir*‘, und ich höre auf. Verstanden?“

„Ja, Sir.“

Mit der Hand malte ich einen Kreis über ihren Arsch. „Braves Mädchen.“

18

EMMA

Heilige Handschellen!

Nicht in einer Milliardetrilliarde Jahren hätte ich mir eine Szene wie diese vorgestellt. Ich ... vornübergebeugt auf einem Bett, die Hände mit Handschellen hinter meinem Rücken gefesselt. Wie mir gerade der Arsch versohlt wurde, während ich meine Pussy an einem Vibrator rieb. Es war ... vollkommen irre. Unglaublich.

Köstlich.

Allein mit dem heißen Cowboy im Bett zu landen, der vor meiner Haustür aufgetaucht war, war genug der wahr gewordenen Fantasie gewesen. Und klar, ich wusste, dass Leute Sexspielzeuge benutzten und im Schlafzimmer spielten, aber ... wow.

Ich hatte wirklich etwas verpasst.

Ich hatte keine Ahnung gehabt, dass ich so empfinden konnte. So bebend und erregt sein konnte. Liederlich und geil.

Bereit, in Flammen aufzugehen.

Johnny schlug auf meine eine Arschbacke, dann auf die andere, dann streichelte er das Brennen fort. Er hielt inne, als ob er hören wollte, ob ich mich beschweren oder ihn bitten würde, aufzuhören.

Tat ich nicht. Ich wollte mehr davon und wackelte auffordernd mit dem Hintern, um es ihm zu zeigen.

Er fuhr mit der Wiederholung seines Musters fort – ein Schlag auf jede Arschbacke, dann ein sanftes Verreiben. Nach einem halben Dutzend Runden brannte mein Arsch mit einer kribbelnden Hitze.

Johnny legte eine längere Pause ein und streichelte den Schmerz fort. „Du bist jetzt so hübsch pink, Baby. So verdammt hübsch."

Gott, ich liebte es einfach, wie erregt er von mir war. Noch nie im Leben hatte ich mich so sexy gefühlt. So begehrenswert. So schön.

Es kam mir vor, als ob mein Defizit an Selbstvertrauen, das sich im Laufe meines Lebens als die stille, verhuschte Zwillingsschwester angestaut hatte, mit jedem seiner bewundernden Blicke mehr verschwand. Jedes Mal, wenn Johnny mich lobte, wurde es weniger. Jedes Mal, wenn er mich *braves Mädchen* nannte. Mir war nie klar gewesen, wie ausgehungert nach Aufmerksamkeit ich gewesen sein musste, bevor ich ihn getroffen hatte.

Kein Wunder, dass ich in diesem zermürbenden Job geblieben war, wo ich keine Fetzen Anerkennung erhalten hatte. Ich war daran gewöhnt, übersehen zu werden, wenn es um die Zuteilung von Aufmerksamkeit ging. Sogar jetzt noch zog Lyssa den Fokus unserer Eltern auf sich, weil sie scheinbar keinen festen Job finden konnte und sich permanent in vermeintliche Gefahren begab. Die stille, brave Tochter brauchte keine besondere elterliche Fürsorge.

Ich hörte, wie Plastik aufgerissen wurde, und dann

spreizte Johnny meine Arschbacken. Ein kalter Tropfen Irgendwas landete in meiner Ritze, direkt über meinem Arschloch.

Die kühle Empfindung ließ mich nach Luft schnappen und die Arschbacken zusammenkneifen.

„Zeit für deinen Plug, meine Schöne."

Meinen Plug. Uiuiui! Mein Anus zog sich allein schon bei dem Gedanken zusammen. Warum hatte ich den Buttplug nur ausgesucht?

Johnny gluckste. „Keine Sorge. Das ist nur ein kleiner Plug. Ich reibe ihn schön mit Gleitgel ein, also wird er problemlos reinrutschen. Wir bereiten dich schön vor, damit du später meinen Schwanz dort nehmen kannst wie ein braves Mädchen."

Vorbereiten! Oh!

Oje!

Ich spürte, wie die runde Kuppe des Edelstahlplugs gegen mein Arschloch drängte. Ich schnappte nach Luft und hielt den Atem an.

„Langsam und lang ausatmen, Baby."

Ich liebte es, wie souverän Johnny war. Das war praktisch ein Fähigkeits-Porno. Ein Kerl, der vermitteln konnte, dass er genau wusste, was er tat, ohne dabei arrogant zu wirken, war so heiß.

„Ja, Sir." Es erregte mich, diese Worte auszusprechen. Jedes Mal, wenn sie über meine Lippen kamen, zog sich meine Pussy eng zusammen. Ich befolgte Johnnys Instruktion und atmete langsam durch den Mund aus.

Er übte Druck auf den Plug aus.

Ich zog mein Loch noch enger gegen diesen Eindringling zusammen.

„Drück dagegen, um mich reinzulassen. Als ob du pressen würdest."

Ich saugte einen schnellen Atemzug ein, dann atmete ich erneut langsam aus und drückte gleichzeitig gegen den Plug. Kaum tat ich das, drang die Kuppe des Plugs in meinen Anus ein. Ich presste noch ein wenig und Johnny schob ihn weiter hinein. Es gab einen kurzen „zu viel"-Moment, doch dann saß der Plug an Ort und Stelle.

Es war die seltsamste Empfindung, ihn in meinem Arsch zu haben. Zu spüren, wie sich die festen Muskeln meines Anus' um den Hals des Plugs zusammenzogen.

„Genau so, Baby. Du machst das so gut", lobte Johnny mich und streichelte einmal mehr mit seinen rauen Händen über meinen Arsch. „Fuck, wie schön das ist."

Ich wimmerte, nicht, weil es sich nicht gut anfühlte, sondern weil ich mittlerweile mehr als erregt war. Ich verlor langsam den Verstand vor Empfindungen – dem Surren des Vibrators unter meinem Kitzler, meinen brennenden Arschbacken und jetzt noch diesem Plug, der mich ausfüllte.

„Ich werde dir jetzt den hübschen Arsch mit dem Plug drin versohlen, und dann werde ich dich ficken, Baby."

Gott, seine schmutzigen Versprechen ließen mich beinahe auf der Stelle kommen. Als ob er es spüren würde, fuhr er mit strengerem Tonfall fort. „Noch nicht kommen. Du kommst nicht, bis ich dir die Erlaubnis dazu gegeben habe, Baby. Verstanden?"

Ich nickte in das Bettlaken hinein. „Ja, Sir."

„Braves Mädchen", erwiderte er und verpasste mir im selben Moment einen harten Schlag. Das ließ den Plug in meinem Arsch wackeln und schickte einen Aufruhr von Empfindungen durch meinen Körper hindurch.

Ich schrie auf.

Wie konnte ich nicht kommen?

Ich musste ganz dringend kommen.

So dringend, dass ich es nicht mehr aushielt.

„Noch nicht. Du kommst nicht, bis ich komme, Lyssa", sagte er und hatte vergessen, dass ich im Bett nicht so genannt werden wollte.

Auch wenn es mir außerhalb des Schlafzimmers Selbstvertrauen schenkte, ihren Namen zu hören, hasste ich es, ihren Namen aus seinem Mund zu hören, wenn wir intim waren. Ich wollte, dass er mich lobte. Emma. Nicht Lyssa. Ich wollte nichts vorspielen, wenn wir Sex hatten. Ich wollte echt sein.

Nur wir beide. Ohne Lyssa im Zimmer.

Sein Versprecher war jedoch ein Segen, denn er erlaubte mir, einen Hauch der Kontrolle zurückzugewinnen und nicht zu kommen. Ich konnte wieder abwarten, bis er mir die Erlaubnis erteilte. Wie gesagt: Uiuiui! Wo hatte er überhaupt gelernt, ein so köstlicher Dom zu sein, bei dem ich derart in Verzückung geriet?

Nein, das wollte ich gar nicht wissen. Schon jetzt hasste ich alle seine verflossenen und zukünftigen Freundinnen. Hasste jede und jeden, die seine goldene Aufmerksamkeit von mir, Emma, fortlenkten.

Von der Zwillingsschwester, die in diesem Moment verlorene Zeit aufholte.

Johnny verpasste mir ein Spanking – diesmal schneller und ohne die Unterbrechungen, um das Brennen wegzustreicheln. Seine Schläge klatschten auf meinen Arsch, rechts, links, und immer so weiter, während ich mich wand und aufschrie. Ich fühlte mich regelrecht fiebrig. Mein Kitzler wurde langsam wund vom Vibrator und mein Arsch brannte. Und der wackelnde Plug sorgte für ein zusätzliches Gefühl der Fülle.

Endlich verebbten Johnnys Schläge und er rieb meinen Arsch. Ich hörte das Knistern einer neuen Verpackung – das musste das Kondom sein.

Er zog den Vibrator unter mir hervor und stellte ihn aus. „Zeit für das einzig Wahre, Baby. Bist du bereit für meinen Schwanz?"

Gestern war er nicht so gewesen. So ausgesprochen autoritär und dominant. Lag es daran, dass wir bei ihm zu Hause waren und er sich hier wohler fühlte? Lag es daran, dass wir uns mehr vertrauten und den Sex aufs nächste Level bringen konnten?

„Ja", stöhnte ich. Ich war seit über einer Stunde bereit. Trotz des Plugs, der meinen Arsch ausfüllte – *vor allem* wegen des Plugs, der meinen Arsch ausfüllte – fühlte sich meine Pussy besonders leer an.

Als Johnny die Spitze seines Schwanzes durch meinen Schlitz zog, stieß er ein seltsames, tierartiges Knurren aus.

Verzweifelt – hungrig – nach seinem Schwanz, drückte ich meine Hüfte zurück und er drang in mich ein.

„*Fuck*, Baby. Das ist so heiß. Du bist so feucht für mich."

„Ja", stöhnte ich.

O Gott. Ich musste kommen. Mit einer Verzweiflung, die ich nie zuvor empfunden hatte.

„Bitte."

Seine Finger krallten sich in meine Hüfte und er stieß tief in mich hinein, bis seine Lenden gegen den Griff des Plugs schaukelten und ihn heftiger in mir herumhüpfen ließen, als es das Spanking getan hatte.

Meine Augen rollten mir in den Kopf. Mir war schwindlig vor Lust. Ich brach vor Verlangen beinahe in Tränen aus.

„Bitte!"

Seine Finger zogen sich zusammen. Ich hörte, wie er den Atem langsam durch die Zähne einsog, als würde er versuchen, sich zu zügeln.

Ich wollte nicht, dass er sich zurückhielt.

Ich wollte mehr. Ich wollte alles.

Er glitt langsam aus mir heraus und wieder hinein.

„Jetzt, Johnny. Mehr. Bitte."

Ich bettelte zusammenhangslos. Er hatte mich zu einem plappernden, willenlosen Ding reduziert.

Wieder knurrte Johnny auf und stieß grob in mich hinein.

Als sein Schwanz bis zum Ansatz in mir versank, schrie ich auf. Es war einfach alles zu viel. Mein Arschloch zog sich um den Plug zusammen. Meine Pussy zog sich um seinen Schaft zusammen. Ich schwitzte und keuchte und mein Herz hämmerte vor Anstrengung, obwohl der dominante Liebhaber hinter mir dafür sorgte, dass ich mich nicht bewegen konnte.

„O Gott", schluchzte ich förmlich.

„Fuck, Baby. Fuck. Du bist so heiß, wenn du mich so anflehst." Er hielt meine Hüfte fest und hämmerte in mich hinein.

Ich bog den Rücken durch, um ihn noch tiefer zu nehmen. Stöhnte und schluchzte meine Verzweiflung in die Laken.

„Bitte, bitte, bitte, J. Johnny. J. Ich brauche es. Ich brauche es *jetzt.*" Ich warf einen Blick über die Schulter, und was ich dort erblickte, ergab keinen Sinn.

Andererseits hatte ich vor Lust und Verlangen auch den Verstand verloren.

Johnnys Augen glühten golden, wie die eines Tiers bei Nacht. Und ich hätte schwören können, für eine Sekunde sah es so aus, als hätte er Reißzähne.

„Nimm ihn, Baby", knurrte er. „Nimm meinen Schwanz richtig schön tief. Nimm meinen Schwanz, nachdem ich dir den Arsch hübsch pink versohlt und einen Plug reingeschoben habe."

„Ja, ja!"

Zu spät – ich musste kommen. Auf Johnnys Erlaubnis zu warten, war unmöglich.

Ich schrie auf und verlor die Kontrolle. Meine Pussy zog sich um seinen Schwanz zusammen und krampfte in pulsierenden Wellen.

„O Fuck, Baby!"

Es klang, als würde auch Johnny die Kontrolle verlieren. Als hätte mein Orgasmus seinen Höhepunkt ausgelöst. Er stieß tief in mich hinein und seine Lende klatschte gegen meinen Arsch. Sein Atem ging keuchend und heiser.

„O Schicksal. O Scheiße. Wow. Wow ... verdammt", singsangte er, während er weiter in mir kam.

Ich schluchzte und lachte in das Bettzeug. „O mein Gott", keuchte ich. „Ich glaube, ich bin gerade gestorben."

19

JOHNNY

FUCK. Um ein Haar hätte ich Lyssa markiert.

Mein Wolf war absolut bereit dafür gewesen. Ich hatte meine Zähne von ihr weghalten müssen, um mich davor zu bewahren, etwas zu tun, was ich bereut hätte.

Jetzt, nachdem dieser Moment verstrichen war, senkte ich meinen Oberkörper auf ihren herab und küsste ihren Nacken und ihren Hals. „Du warst unglaublich. Das war absoluter Wahnsinn."

Sie stieß ein träges, summendes Seufzen aus.

Vermutlich erdrückte ich sie. Ich hob den Oberkörper an und zog mich aus ihr heraus. Dann schloss ich die Handschellen auf.

„Ich hole dir was zu trinken. Nach so viel Anstrengung musst du genug trinken." Behutsam zog ich den Plug aus ihrem Arsch, dann hob ich sie in meine Arme und trug sie zum vorderen Ende des Bettes.

„Heb die Decke hoch, Baby", wies ich sie an.

Jetzt, nachdem ich mich daran gewöhnt hatte, ihr Befehle zu erteilen, konnte ich gar nicht mehr damit aufhören. Ich wusste, dass meine Dominanz sie anmachte, also würde ich das bis zum Gehtnichtmehr ausnutzen.

Sie schlug die Decke auf und ich legte meine kostbare Last behutsam ins Bett. „Ich komme gleich wieder", versprach ich.

Ich schnappte mir den Vibrator und den Plug und nahm sie mit ins Badezimmer, um sie später zu reinigen und zu desinfizieren. Jetzt warf ich sie fürs Erste ins Waschbecken, entsorgte das Kondom, wusch meine Hände und hielt einen Waschlappen unter den warmen Wasserstrahl, um Lyssa damit sauberzumachen.

Auf meinem Rückweg bog ich in die Küche ab, wo ich ein großes Glas Wasser eingoss, dann ging ich zurück ins Schlafzimmer.

Lyssa lag still genau dort, wo ich sie zurückgelassen hatte, ausgestreckt auf dem Rücken, und starrte benommen an die Decke.

Ich half ihr, sich aufzusetzen, und reichte ihr das Glas an. Gierig trank sie es in einem Zug halb leer. Ich trank den Rest und stellte das Glas auf dem Nachttisch ab. Dann rollte ich Lyssa zurück auf den Bauch und wusch sie mit dem Waschlappen zwischen den Beinen und ihren Arschbacken.

„Gehts dir gut?", fragte ich, als ich bemerkte, dass ihr Hintern noch immer rot war.

In der Vergangenheit hatte ich bereits groben Sex mit Weibchen gehabt, allerdings waren sie alle Gestaltwandlerinnen gewesen. Ich hoffte inständig, dass ich nicht zu heftig mit Lyssa gewesen war. Ich würde mir ins eigene Gesicht schlagen, sollte ich sie verletzt haben.

„Mir gehts bestens." Sie klang verträumt, als ob sie bereits in den Schlaf abdriftete. Oder einfach so befriedigt war, dass sie sich fühlte, wie im Himmel.

Ich warf den Waschlappen in meinen Wäschekorb und kletterte zu ihr ins Bett. Sie rollte sich an meiner Seite zusammen und ich schlang meinen Arm um ihren Körper. „Glaubst du an Schicksal?"

„Schicksal?"

„Ja. Also, glaubst du, dass manche Dinge vorherbestimmt sind?"

Sie wurde still. Ich konnte hören, wie sie für einen Moment die Luft anhielt. „Was für Dinge?"

„Du und ich, zum Beispiel. Dass wir uns getroffen haben und wie wir uns getroffen haben. Dass wir von Anfang an eine Verbindung gespürt haben. Als ob wir füreinander bestimmt wären. Spürst du das auch? Oder geht es nur mir so?"

Lyssa vergrub ihr Gesicht in meiner Schulter und ich spürte, wie ihr Körper zu zittern begann.

„Lachst du über mich?" Fuck. Ich hätte vor einem Menschen nicht von Schicksal sprechen sollen. Sie konnte das nicht einordnen. Es musste albern klingen.

Doch nein. Ich roch das Salz ihrer Tränen.

„Weinst du?" Mit einem Mal war ich alarmiert. „Baby, was ist los? Habe ich dir wehgetan? Fuck."

„Nein", antwortete sie mit einem verheulten Lachen und hob den Kopf. „Es ist einfach ... ich weiß nicht, was es ist. Es ist einfach die Erleichterung. Es war intensiv."

Richtig. Wir hatten gerade irre intensiven Sex gehabt und dann musste ich ja anfangen, von Schicksal zu reden. Schlechte Idee.

„*Das hier* ist intensiv", fügte sie leise hinzu.

Oh.

Das hier war intensiv. Dieser Moment. Wir beide.

Ich nahm ihr Gesicht in meine Hand und suchte ihren tränenblinden Blick. „Ich werde dich jetzt küssen." Ich rollte unsere Körper, bis sie unter mir lag, und ließ mir jede Menge

Zeit damit, sie innig zu küssen. Ihren Mund zu erforschen. Zu versuchen, ihr mit meiner Zunge und meinen Lippen zu vermitteln, was ich mit Worten und meiner Stimme nicht ausdrücken konnte.

Als ich schließlich fertig war, hob ich den Kopf und starrte auf sie hinunter. Ich wünschte zum Schicksal, ich könnte ihre Gedanken lesen. Könnte wissen, wie nah oder fern sie der Entscheidung war, mich als ihren Gefährten zu akzeptieren.

„Ich glaube ans Schicksal", wisperte sie und überrumpelte mich damit völlig.

Wieder schwammen ihre Augen vor Tränen.

Und einmal mehr stieg Beunruhigung in mir auf. Mein Wolf konnte ihre Tränen nicht ertragen, egal, was der Grund dafür war.

„Warum bringt dich das zum Weinen?"

Sie schüttelte den Kopf. „Ich weiß nicht. Es fühlt sich einfach an, als ... als hätte sich plötzlich eine Tür für mich geöffnet, die bisher immer verschlossen war, und ich kann endlich hindurchtreten."

Meine Brauen runzelten sich, weil ich keinen Schimmer hatte, was sie damit sagen wollte. „Das ist gut, oder?"

Sie lachte und hob meine Hand zu ihrer Wange. „Das ist gut. Das hier ist gut. Du bist so gut. Ich bin ... ich habe die beste Zeit meines Lebens."

Die beste Zeit ihres Lebens. Das klang nach einer verrückten Bettgeschichte, nicht nach Schicksal. Doch für den Augenblick würde ich mich damit zufriedengeben.

Für heute Abend war es genug.

Am *für immer und ewig* konnte ich morgen arbeiten.

20

EMMA

Als wir am nächsten Abend Cody's Saloon betraten, wünschte ich, ich hätte ein Paar Cowboystiefeln von Lyssa von Chapman Ranch mitgenommen. Auf Ibiza hatte sie offensichtlich keine Verwendung dafür. Ich trug einen Jeansrock und eine taillierte Bluse, nur meine Sandalen sahen völlig fehl am Platze aus.

Nach unserer wilden Sex-Nacht gestern wich mir Johnny heute nicht von der Seite.

Obwohl wir zur Wolf Ranch gefahren waren, weil er arbeiten musste, hatte er mir erklärt, dass ihm Rob und Wes, der Vorarbeiter, den ich noch nicht kennengelernt hatte, ein paar Tage freigegeben hatten, damit er Zeit mit mir verbringen konnte.

Ich hatte protestieren wollen – hatte mich zurück in das Mauerblümchen verwandeln und keine Umstände machen wollen – doch dann erinnerte ich mich daran, dass ich hier Lyssa war, und Lyssa würde es lieben, im Mittelpunkt der

Aufmerksamkeit zu stehen. Wellen zu schlagen. Andere Leute ihretwegen Pläne umschmeißen zu lassen.

Also genoss ich es. Genoss Johnnys Aufmerksamkeit, mit der er mich überschüttete.

Es war völlig in Ordnung für mich gewesen, die Schlafbaracke den ganzen Tag nicht zu verlassen. Wir hatten zusammen gegessen – wer hätte gedacht, dass Johnny ein verdammt gutes Omelette zaubern konnte? – Nickerchen gemacht und jede Menge Sex gehabt.

Irgendwann hatte ich den Überblick darüber verloren, wie viele Orgasmen er mittlerweile aus mir herausgewrungen hatte.

Und wo wir es überall getrieben hatten, abgesehen vom Bett. In der Dusche. Auf dem Waschtisch im Badezimmer. Auf der Küchenanrichte. Auf der Couch. Auf der andren Couch. Oh, und an den Wänden. An Wand über Wand über Wand.

Am späten Nachmittag hatte ich mich schließlich ein bisschen durchgenudelt und wund gefühlt. Okay, ziemlich wund, aber auf die beste Art und Weise, die man sich nur vorstellen konnte. Als Colton Johnny schließlich eine Nachricht geschrieben und gesagt hatte, dass alle anderen zum Abendessen und anschließenden Drinks zu einer Bar namens Cody's Saloon fahren würden, hatten wir entschieden, sie zu begleiten. Meine Vagina brauchte eine Pause.

Wir hatten uns ein wenig verspätet, denn als Johnny mich in diesem Rock erblickt hatte, war er auf die Knie gesunken, hatte den Rock hochgeschoben und mich einmal mehr geleckt, bis ich kam.

Ich blickte mich in der belebten Bar um. Wenn es so etwas wie den exemplarischen Stil eines Western Saloons gab, dann verkörperte ihn diese Bar. Countrymusik. Holzvertäfelte Wände. Eine wilde Mischung aus ausgestopften Tierköpfen und Neonschildern, die Bier anpriesen. Ein polierter Tresen, der über die gesamte Länge einer Wand verlief. Und ein mechanischer Bulle. So einen Bullen hatte ich noch nie gesehen, außer in Filmen, und ... wow. Gerade ritt eine Frau darauf, hatte einen Arm hoch über den Kopf gestreckt, lachte und stieß Freudenschreie aus, während sie im Sattel herumgeworfen wurde.

Ich musste grinsen.

Dann entdeckte ich Marina, Colton, Rob und Willow, die in einer Ecke ein paar Hochtische zusammengeschoben hatten und sich mit einer größeren Gruppe anderer Paare unterhielten. Ich lächelte und winkte ihnen zu.

„Das ist die Wolf-Ranch-Truppe." Johnny führte mich zu ihnen herüber, seine Hand auf meinem unteren Rücken. Ging das nur mir so, oder wirkte er tatsächlich ... *stolz* darauf, mich vorstellen zu können?

Er klopfte den anderen Männern auf die Schultern oder gab ihnen Faustchecks. „Hallo in die Runde. Das hier ist Lyssa, meine wunderschöne G... heißes Date."

Ich hob den Kopf und suchte seinen Blick. „Was wolltest du sagen?" Mir fiel keine Beschreibung ein, die mit G begann.

Er warf mir ein schiefes Grinsen zu. „Meine wunderschöne Geliebte. Darf ich dich so nennen?"

Wärme breitete sich in meiner Brust aus. Wieder bemerkte ich das Verlangen in mir, mich zurückzuziehen und seine Aufmerksamkeit zurückzuweisen, doch warum sollte ich das tun? Bereits nach diesen zwei Tagen wusste ich, dass er als Freund taugen würde. Warum konnte ich nicht glauben, dass er über mich genauso empfand? Glaubte ich, ich wäre nicht besonders genug, als dass sich jemand so schnell in mich verlieben konnte?

Drauf geschissen. Lyssa wusste, dass sie etwas Besonderes war. Diese Energie konnte ich ausnahmsweise ebenfalls ausstrahlen.

„Lyssa, das ist Boyd, der Bruder von Rob und Colton und internationaler Rodeo-Champion, und das hier ist seine Frau Audrey. Sie ist Frauenärztin."

Ich gab den beiden die Hand. „Freut mich sehr, euch kennenzulernen."

„Und das ist Clint und seine Frau Becky. Lily, ihre Tochter, ist zu Hause. Sie ist noch ein bisschen klein für einen mechanischen Bullen."

Ich nickte ihnen zu und winkte, da der hohe Tisch dem Händeschütteln im Weg stand.

„Und das ist Levi – er ist der Sheriff hier vor Ort, aber er arbeitet auch auf der Ranch. Seine Frau, Charlie, ist unsere Tierärztin."

Die beiden saßen näher, also gab ich ihnen die Hand, dann wiederholte ich alle Namen. „Levi, Charlie. Clint und Becky ..."

„Später gibts ein Namensquiz", neckte mich Charlie.

Johnny drehte sich zu mir herum. „Und das da sind Rand und Natalie. Natalie gehört die Ranch neben der Wolf Ranch, und Rand ist Inhaber eines Baugeschäfts."

Rand, Natalie. Ich versuchte angestrengt, mir alle Namen einzuprägen, damit ich sie nicht gleich wieder vergaß.

„Und das ist mein Boss, Wes." Johnny stellte mich einem muskulösen, tätowierten, rothaarigen Kerl vor, der mir zwar seine Hand hinstreckte, jedoch kein Wort sagte. Verglichen mit den anderen wirkte er wie ein Miesepeter.

„Ich dachte, Rob wäre dein Boss?" Gott, ich schwor, ich versuchte *wirklich*, mir alle Namen und Jobtitel zu merken, aber ich kam jetzt schon durcheinander.

Johnny beugte sich zu mir hinunter und flüsterte in mein Ohr. „Rob ist der *Boss*-Boss. Und Wes ist der Vorarbeiter. Ich habe einen Haufen Bosse."

„Wir sind wie eine Armee, mit einer sehr langen Befehlskette", unkte Colton.

Johnny deutete mit dem Daumen auf Colton. „Colton war bei den Green Berets, falls du dir das bei seinem Haarschnitt nicht schon gedacht hattest."

Ich musste lachen. Die Wolf-Ranch-Männer waren alle so groß und schön wie ihre Cowboyhüte.

„Setz dich zu uns, damit wir Mädelsgespräche führen können." Becky klopfte auf den leeren Hocker neben sich, während die Männer zur Bar davongingen.

Johnny ging nicht mit, sondern zog mir stattdessen den Hocker heraus wie ein echter Gentleman. „Was möchtest du trinken, Baby?" Wieder lag seine Hand besitzergreifend auf meiner Taille. Es gefiel mir, wie er für alle sichtbar seinen Anspruch auf mich erhob.

Normalerweise trank ich immer das Gleiche – den Drink, den ich bereits seit dem College trank: einen Cosmo. Doch ich wollte dazugehören und fühlte mich abenteuerlustig, also warf ich Johnny ein Lächeln zu. „Überrasche mich."

Er beugte sich hinunter und eroberte meinen Mund. Kein kurzer Kuss, weil wir an einem öffentlichen Ort waren, sondern ein langer, gründlicher Kuss, bei dem die ganze Bar johlte und uns anfeuerte.

Ich stieß ein verdattertes Lachen aus, als Johnny mit einer Arroganz zu den anderen Männern davonschlenderte, die seine absolute Überzeugung darüber verriet, gerade jedem in der Bar unmissverständlich klargemacht zu haben, wem ich gehörte.

„Da ist aber jemand verknallt", bemerkte Marina und zwinkerte mir zu.

„Donnerwetter. Er ist normalerweise immer so still. Mein Verstand kann das gar nicht so schnell verarbeiten", erklärte

Becky, dann beugte sie sich zu mir und wisperte mir ins Ohr – wenn auch nicht besonders leise: „Ist er wild im Bett?"

Ich lächelte. Die beiden erinnerten mich an Lyssa und daran, wie sie mir in der Highschool und im College damit in den Ohren gelegen hatte, ich müsse ihr alle Einzelheiten über meine Dates verraten.

„So gut", erwiderte ich. Wenn Johnny mich mitten in einer überfüllten Bar küssen konnte, als ob er in den Krieg ziehen würde, dann machte ich mir auch nichts daraus, die Wahrheit über seine Sexkünste zu verraten.

„Aber ihr kennt Johnny besser als ich. Raus mit den schmutzigen Details." Ich drehte mich um und warf einen Blick auf Johnnys breiten Rücken, während er an der Bar wartete. Gott, er war einfach zu heiß. Ich könnte mich wirklich in diesen Typen verlieben.

Problemlos.

Nur dass er nicht einmal mein wirkliches Ich kannte. Er glaubte, ich wäre Lyssa. Verliebte sich gerade in Lyssa. Was würde passieren, wenn er von der öden, alten Emma erfuhr? Würde er weiterhin Interesse an mir haben?

„Da bin ich mir nicht sicher. Sieht so aus, als ob du ihn *wirklich* gut kennen würdest", erwiderte Marina mit einem breiten Grinsen und einem Zwinkern.

Ich lachte und spürte, wie meine Wangen und mein Hals rot wurden. „Das meine ich nicht. Ich meine ... wenn er angezogen ist."

„Er ist ein guter Kerl. Definitiv vertrauenswürdig", erklärte Becky. „Und wie alle Männer auf der Wolf Ranch hat er einen ausgeprägten Beschützerinstinkt."

„Süß."

„Stark."

„Heftig."

„Rücksichtsvoll."

Sie gingen reihum um den Tisch und listeten Qualitäten auf, die alle haargenau auf Johnny passten. Angezogen oder nicht.

„Er wirkt entspannt, aber er hat auch eine dunklere Seite. Na gut, ich meine nicht dunkel – einfach ernster", fügte Becky hinzu. Ihr Handy lag mit dem Bildschirm nach oben auf dem Tisch und das Hintergrundbild war ein Foto von ihr und Clint mit ihrer kleinen Tochter, die Beckys großen blauen Augen hatte.

Johnnys ernstere Seite war mir gestern schon aufgefallen, als er mir davon erzählt hatte, was seiner Schwester zugestoßen war. Doch jetzt wollte ich wissen, ob es da noch mehr gab. „Oh? Inwiefern?"

Ein neuer Song startete und Natalie stieß ein lautes Jubeln aus, genau wie alle anderen Gäste in der Bar.

„Er und Clint sind eng befreundet", erzählte Becky und hob die Stimme, um die Musik zu übertönen. „Sie sind Freunde, seit Johnny hierhergekommen ist. Was ihm zugestoßen ist, bevor er hergezogen ist, muss Johnny dir selbst erzählen, aber ich glaube, es hat ihn wirklich gezeichnet. Unter diesen definierten Muskeln und dem unerhörten Lächeln, bei dem dein Höschen Feuer fängt, ist er sehr vorsichtig."

Johnny? Vorsichtig? Er wirkte so spontan.

„Er hat mir gestern ein bisschen davon erzählt, was mit seiner Schwester passiert ist", bot ich an und fragte mich, ob sie davon sprach.

Becky nickte und meinte diese Geschichte offensichtlich auch. Die anderen sahen ein wenig verloren aus, sagten jedoch nichts.

„Ja, das hat ihn mitgenommen. Er hat einen extrem ausgeprägten Gerechtigkeitssinn. Er schätzt Ehrlichkeit. Und er hat definitiv keine Geduld für Idioten."

„Wer tut das schon?", murmelte Willow und hob ihre Hand mit dem leeren Bierkrug darin, um die Aufmerksamkeit der Kellnerin zu erregen.

Er schätzt Ehrlichkeit. Was würde er davon halten, wenn er herausfand, dass ich mich als Lyssa ausgegeben hatte? Vorgeben hatte, spontan zu sein? Kein Problem mit ihrer Sexualität zu haben? Wild und frei zu sein?

Würde er noch immer interessiert an mir sein?

Eine Kellnerin kam mit einem vollen Bierkrug und einem Bierglas mit einer hellgelben Flüssigkeit darin an unsere Tische geflitzt. „Ananas-Cidre für Lyssa?"

Ich hob die Hand. „Ist für mich. Danke."

„Mal Johnny nicht so schwarz, Becky." Audrey legte die Hand auf den Unterarm ihrer Freundin. „Er beschützt diejenigen, die ihm wichtig sind, das ist alles. Und wie es aussieht, hat er entschieden, dass Lyssa ihm wichtig ist."

Wie auf Kommando drehten wir uns alle gleichzeitig um und starrten zu Johnny. Er stand noch immer mit den anderen Männern an der Bar. Die Männer suchten die Blicke ihrer Frauen. Und Johnny? Hatte nur Augen für mich.

Mich.

Ich spürte die Hitze, das Verlangen, das seinen Bogen zwischen uns spannte und den ganzen Raum durchquerte.

„Meine Güte, ist das heiß", bemerkte Willow.

„Gut, dass die Schlafbaracke gerade leer steht", fügte Marina kichernd hinzu.

Und ob das gut war. Denn wenn ich Johnny die Wahrheit über mich erzählte – dass ich gar nicht wirklich Lyssa hieß und den ganzen traurigen Rest – dann wollte ich nicht, dass irgendjemand anderes in der Nähe war.

„Ooh!", quietschte Becky. „Kommt! Wir sind an der Reihe mit Bullenreiten. Ich habe uns auf die Liste geschrieben, schließlich ist keine von uns schwanger. Lyssa, du kommst auf jeden Fall mit!"

Die Frauen sprangen von ihren Hockern, als ob der Tisch in Flammen stünde, und stürmten zum mechanischen Bullen im hinteren Bereich der Bar davon.

Nein. Keine Chance. Nie im Leben würde ich auf dieses Ding steigen!

Die anderen schienen meine Bedenken nicht zu teilen. Ihrer Begeisterung nach zu urteilen, hielten sie das allesamt für eine megaspaßige Idee.

Spaß. Wieder dieses Wort.

Hatte ich nur Schiss oder hegte ich echte Ängste? Es war doch kein *echter* Bulle, und rings um das Ding waren dicke Matten ausgelegt. Bisher war niemand verletzt worden.

Lyssa würde es tun. Sie würde als Allererste auf diesem Bullen sitzen und sich voller Begeisterung auf diese Herausforderung werfen wie ein echtes Cowgirl.

Na toll. Jetzt musste ich wohl auf einem Bullen reiten, und dann auch noch in einem Rock! Ich atmete tief durch, folgte meinen neuen Freundinnen und nahm allen Mut für diesen *Spaß* zusammen.

21

JOHNNY

„SIE SCHEINT GUT HIERHER zu passen." Colton griff sich ein Bier aus der langen Reihe von Flaschen, die Cody – der Inhaber der Bar und ebenfalls Gestaltwandler – vor uns auf dem Tresen aufgebaut hatte. Colton hob sein Bier an die Lippen und trank einen großen Schluck.

Ich grunzte unverbindlich, denn mir gefiel es überhaupt nicht, dass sie einen ganzen Gastraum entfernt von mir war. Vor allem nicht nach diesem Kuss. Ich wollte dicht neben ihr stehen. Oder besser noch, sie auf meinem Schoß haben oder auf irgendeine andere Weise an meinen Körper gepresst. Doch Colton hatte mir verraten, Marina hätte ihm erklärt, dass es für Menschenfrauen ein wichtiger Bestandteil des Datings wäre, den jeweiligen Auserwählten von anderen Frauen beurteilen und für gut befinden zu lassen. Also hielt ich fürs Erste Abstand und hoffte inständig, die Wolf-Ranch-Frauen da drüben würden ein gutes Wort für mich einlegen.

Trotzdem, es brachte mich um. Die Tatsache, dass wir nur

noch eine Nacht vom Vollmond entfernt waren, machte es umso schlimmer.

Ich konnte meine Aggression und mein überwältigendes Bedürfnis, meine Gefährtin zu markieren, dadurch in Schach halten, indem ich sie den ganzen Tag nackt unter mir hatte. Doch jetzt war sie von anderen Männern umringt. Mein Wolf wollte jeden von ihnen vernichten, der es auch nur wagte, einen Blick in ihre Richtung zu werfen.

Jeder Kerl in dieser Bar hatte ein Auge auf sie geworfen. In diesem Rock und mit diesen Titten und dem süßen Lächeln? Bitte. Ich musste jedem Wichser hier unmissverständlich klarmachen, dass sie mir gehörte.

„Ja." Ich versuchte, meinen Wolf zu beschwichtigen. Und meinen Schwanz.

„Was ist los?" Boyd schlug mir auf die Schulter. „Du benimmst dich ja wie Wes hier." Er nickte in Richtung des Vorarbeiters, der mir einen finsteren Blick zuwarf, was nichts Neues war.

Niemand machte sich mehr etwas aus seinen mürrischen Blicken, schließlich war das sein Standardausdruck. Der Kerl hatte ein beeindruckendes Resting-Bitch-Face – außer, wenn es um seine Tochter Remy ging.

„Nichts. Alles in Ordnung."

„Konntest du von Lyssa mehr über Chapman herausfinden?", fragte Rob.

Ich runzelte die Stirn. „Nein, nichts."

„Nichts?", wiederholte Clint skeptisch. „Hast du es überhaupt versucht?"

„Habe ich, aber ich wollte sie nicht verschrecken. Sie wird jedes Mal nervös, wenn ich sie nach ihrer Arbeit frage." Ich verstummte und war mir nicht sicher, ob ich noch mehr sagen sollte. Doch Rob war mein Alpha. Ich musste es erzählen. „Irgendetwas stimmt nicht."

„Was meinst du damit?", fragte Rob stirnrunzelnd.

Ich zuckte mit den Schultern. „Ich weiß es nicht. Ich glaube einfach, dass irgendetwas nicht ganz stimmt. Ich wiederhole mich, ich weiß, aber anders kann ich es einfach nicht beschreiben. Ist so ein Bauchgefühl."

Clint und Rob verfielen augenblicklich in Alarmbereitschaft und ihre Blicke wanderten zu Lyssa und den anderen Frauen am mechanischen Bullen. Marina war als Erste an der Reihe und der Bulle bewegte sich gerade mit der niedrigsten Geschwindigkeit. Nie im Leben würde sie sich abwerfen lassen.

„Sollten wir uns sie genauer ansehen? Wir könnten einen Datendetektiv aus dem Rudel Nachforschungen anstellen lassen", schlug Colton vor.

Nein, fauchte mein Wolf.

Ich konnte den Blick nicht von meiner Gefährtin abwenden, die mit einem Lächeln auf dem Gesicht Marina zuschaute. Wollte ich, dass Nachforschungen über sie angestellt wurden? Dass ein Gestaltwandler-Hacker, der irgendwo in Arizona saß, durch ihre Vergangenheit wühlte? Ich trank einen großen Schluck Bier.

„Ja", antwortete Rob.

Fuck.

Ich wollte das wirklich nicht. Ich hatte gehofft, dass sie mir und der Beziehung, die wir gerade aufbauten, genug vertraute, um sich mir zu öffnen. Um alles mit mir zu teilen. Das Gute und das Schlechte. Und ich hatte gehofft, auch mein Gutes und mein Schlechtes mit ihr teilen zu können. Andererseits war mein Schlechtes womöglich zu viel, um es mit ihr zu teilen.

Aber wenn Rob *Ja* sagte, dann hieß es auch *Ja*.

„Ich kümmere mich drum", erwiderte Clint. Aus dem Augenwinkel sah ich, wie er sein Handy aus der Hosentasche fischte und zu tippen begann. Als Vollstrecker im Ruhestand hatte er die Kontaktinformationen des Kerls praktisch augenblicklich parat. „Ich bitte ihn um Hintergrundchecks für alle Angestellten von Chapmans Ranch, nicht nur über Lyssa."

„Gut", erwiderte Rob.

Mein Wolf knurrte. Es gefiel mir nicht, dass überhaupt irgendwer Nachforschungen über sie anstellte. Nicht meine eigenen Rudelkameraden. Und definitiv nicht irgendein willkürlicher Gestaltwandler aus Arizona. Aber sie hatten recht. Lyssas Boss sorgte für Ärger. Wir mussten alles über Lyssa wissen und über jeden anderen, der oder die für Chapman arbeitete. Vor allem, wenn ich ihn aufspüren und ihn vor den Rudelrat bringen sollte.

„Sie weiß nicht, dass ich Vollstrecker bin", sagte ich zu niemandem im Bestimmten.

Fuck. Was würde passieren, wenn sie herausfand, dass es mein Job war, zu jagen und zu töten? Könnte jemand so Süßes wie Lyssa mit jemandem zusammen sein, der so viel Finsternis in sich trug?

Auch wenn ich ihretwegen den Job aufgab, würde es nicht ungeschehen machen, was ich bereits getan hatte.

Die Gewalt in mir, die hervorbrach, wenn ich einen anderen Menschen verteidigte. Oder einen abtrünnig gewordenen Vollstrecker jagte, wie den Frauenmörder von vor ein paar Wochen.

Es würde nichts daran ändern, was ich war – ein Mörder.

Marina konnte sich ganze dreißig Sekunden auf dem Bullen halten, dann rutschte sie herunter und schlug mit Becky ein, die als nächste dran war.

„Natürlich weiß sie es nicht. Bis du sie markierst, behältst du es für dich."

Robs Worte ließen meinen Blick zu ihm wandern. Ich schluckte.

Scheiße. Er glaubte auch nicht, dass sie es gut aufnehmen würde. „Sollte ich es ihr nicht dann erzählen, wenn ich ihr erkläre, was Gestaltwandler sind?"

Er schüttelte den Kopf. „Nein. *Nachdem* du sie markiert hast. Sie muss über unsere Art Bescheid wissen, damit sie begreift, dass du sie beißen wirst und warum. Aber die Sache mit dem Vollstrecker muss später kommen."

„Was, wenn ..." Ich schluckte meine Frage hinunter.

Was, wenn sie nicht mit mir zusammen sein will, wenn sie es herausfindet?

Was, wenn sie mich genau wie mein altes Rudel und meine Familie nicht mehr so ansieht wie früher?

Was, wenn sie mich zurückweist? Mich verbannt?

Rob zog fragend eine Augenbraue hoch.

„Passt schon." Ich schüttelte den Kopf, doch sein Ratschlag kam mir unsinnig vor. Es ihr zu verraten, nachdem ich sie bereits markiert hatte, würde bedeuten, sie zu überlisten, meine Gefährtin zu werden. Ich wäre nicht ehrlich mit ihr. Und das verstieß gegen alles, woran ich glaubte.

Becky konnte sich nicht lange auf dem Bullen halten, denn mittlerweile bäumte er sich mit schnellerem Tempo auf. Sie flog vom Bullen und landete in einem lachenden Haufen auf der Matte. Obwohl er wusste, dass ihr nichts passiert war, blieb Clint nicht länger bei uns – er bahnte sich bereits seinen Weg durch die Menge der Gäste, um sich um sie zu kümmern.

Lyssa war als Nächste dran. Wie gebannt sah ich zu, während sie auf den Bullen zutrat und ihn mit demselben Ausdruck musterte, wie es Männer taten, bevor sie auf einen echten, lebendigen Bullen stiegen. Angst und Vorsicht.

Die anderen Frauen standen in einer langen Reihe an der niedrigen Wand, die den Bullenbereich vom Rest der Bar abtrennte. Sie lachten und feuerten Lyssa an. Sie stieg auf den Bullen.

Scheiße. Ihr Rock rutschte augenblicklich ihre verdammt ansehnlichen Oberschenkel hinauf.

Der Bulle begann, sich zu bewegen. Er rotierte so langsam, dass es wirkte, als wäre er defekt. Doch dann wurde er nach und nach schneller und Lyssa versuchte, sich seinen Bewegungen anzupassen, wirkte dabei jedoch so unbeholfen wie gestern, als sie auf Chester geritten war.

Von einer Sekunde zur nächsten breitete sich ein strahlendes Lächeln auf ihrem Gesicht aus. Ihre Augen leuchteten vor Begeisterung. Der Bulle wurde noch schneller und Lyssa riss einen Arm in die Luft, um nicht die Balance zu verlieren.

„Sie macht das nicht schlecht", bemerkte Boyd in mein Ohr. Er war ehemaliger Rodeo-Champion, also musste er es wissen.

Lyssa war ganz und gar nicht schlecht. Tatsächlich wirkte sie wie ein Naturtalent, während sie ihren Körper hob und wieder auf den Sattel herabsenkte und ihre Oberschenkel fest um den Bullenkörper presste. Mit jedem Rollen der Maschine hüpften ihre Titten auf und ab. Lyssa war unfassbar sexy.

Mein Wolf fauchte und schnappte, weil die Frauen der Wolf Ranch nicht die einzigen waren, die ihr zusahen. Rings herum glotzten auch die Männer Lyssa an. Sie konnten sich bildlich vorstellen, wie sie als Cowgirl aussehen würde, das auf ihrem Schwanz ritt.

Eine Gruppe Männer am Ende der Bar sprach über sie. Sie zeigten, grinsten, geiferten. Und einer von ihnen machte Fickbewegungen mit der Hüfte, während er mit seinem Kumpel sprach. Dann gaben sie sich High Fives.

Ich knurrte. Ich würde sie umbringen. *Alle.*

Das mussten Menschen sein. Ich kannte sie nicht. Sie hatten noch nie an einem der Rudelläufe teilgenommen, auf dem ich dabei war. Wären sie dabei gewesen, dann hätten sie auf diese Entfernung längst Willow erkannt, wüssten über ihren Rang im Rudel Bescheid und hätten sich auch den anderen Weibchen gegenüber deutlich respektvoller verhalten.

Der Bulle wurde langsamer, dann stoppte er gänzlich und Lyssa ließ sich auf die Bodenmatte gleiten. Sie ging neben dem Bullen in Position und Audrey schoss ein Foto mit ihrem Handy.

Der Mann, der meine Gefährtin ficken wollte, trat auf den Durchgang in der Trennwand zu, durch den Lyssa nun hindurchkommen würde. Er stand da und wartete auf sie.

„Wird verdammt noch mal nicht passieren", murmelte ich und stürmte in seine Richtung davon. Meine Hände ballten sich zu Fäusten. Meine Augen wurden zu schmalen Schlitzen und glühten mittlerweile vermutlich schon bernsteinfarben. Grob stieß ich die anderen Gäste aus dem Weg, um zu ihr zu kommen.

Der Arsch griff jetzt nach ihrem Arm und drängte sie gegen die Seitenwand. Lyssa wehrte sich und plötzlich kam es mir vor, als ob sich die Situation mit Simi wiederholte. Mein Blickfeld fokussierte sich und ich sah nun durch meine Wolfsaugen. Meine Ohren rauschten.

Dieser Typ würde ihr wehtun.

Er würde meiner Gefährtin wehtun.

Ich musste ihn aufhalten.

„Lass mich los!" Lyssa versuchte, den Kerl fortzuschubsen.

„*Hey.*" Willow griff nach seiner Schulter. Sie war Halbgestaltwandlerin und könnte den Typ quer durch den Raum schleudern, wenn sie wollte, doch dazu ließ ich ihr keine Gelegenheit.

Ich stieß einen Hochtisch aus dem Weg, stützte mich mit einer Hand auf der Sitzfläche eines Hockers ab und katapultierte meinen Körper durch die Luft.

„Fass sie verfickt noch mal nicht an", fauchte ich, als ich

vor ihnen landete und den Wichser von meiner Gefährtin herunterriss. Meine Faust krachte in seinen Kiefer und er ging nicht einfach nur zu Boden, er flog förmlich durch die Luft.

Ich hatte meine Gestaltwandlerkraft gegen einen Menschen eingesetzt – ein enormer Regelbruch für meine Art – doch ich konnte mich einfach nicht zurückhalten.

Es war genau wie damals, als Simi angegriffen worden war, nur noch schlimmer. Bilder davon, wie meine Schwester hilflos auf der Erde lag, ihre Sachen zerrissen, während sie mit einem Kerl rang, der zweimal so kräftig war wie sie, blitzten in meiner Erinnerung auf.

Nur dass es dieses Mal Lyssa war, die ich auf dem Waldboden sah.

Lyssas Oberteil, das heruntergerissen war.

Dieser Wichser versuchte, sie zu vergewaltigen.

Es reichte nicht, dass ich den Kerl von ihr heruntergerissen hatte. Ich musste die Bedrohung gänzlich zerstören.

Sein schlagendes Herz stoppen.

Ich würde ihn *vernichten*.

22

EMMA

Ich wusste, dass er mich retten würde.

Nie zuvor hatte ein Mann je meine Ehre verteidigt, doch in der Sekunde, als dieser betrunkene Typ mir den Weg versperrte, wusste ich, dass Johnny auftauchen und es in Ordnung bringen würde.

Was ich nicht gewusst hatte – aber vielleicht hätte ich es mir denken sollen – war, wie furchteinflößend er währenddessen wirkte. Er war völlig durchgedreht. Seine Augen schimmerten mit einem irren Glühen, er bleckte buchstäblich die Zähne und er hatte nicht innegehalten, um sich zu vergewissern, dass es mir gut ging, nachdem er den Kerl von mir heruntergerissen hatte.

„Du fasst sie verdammt noch mal nicht an", knurrte er, obwohl der Kerl nun drei Meter von mir entfernt auf dem Fußboden lag. *Drei Meter!*

Ich stand wie angewurzelt da. War völlig perplex. Ein bisschen am Ausrasten. Ich versuchte, zu ordnen, was ich hier gerade beobachtete. Johnny, der total verrückt geworden war.

Er marschierte hinter dem Kerl her, der hinter der Wand zum mechanischen Bullen auf der Erde lag und versuchte, sich aufzurappeln.

„Johnny, nein! *Haltet ihn auf!*", hörte ich einen der Männer von der Ranch rufen.

Das war mein Stichwort. Es erinnerte mich an die Geschichte über seine Schwester – wie er mir erzählt hatte, dass er zu weit gegangen war. Und ich erinnerte mich auch an die Trauer, die er darüber in sich trug, was er getan hatte.

Ich musste ihn aufhalten, bevor er wieder etwas tat, das er bereute. Es gefiel mir ganz und gar nicht, dass mich ein betrunkener Typ angegrapscht hatte, mich bedrängt hatte und scheinbar nicht begriff, was das Wort *Nein* bedeutete, doch das hier war ein öffentlicher Ort. Die anderen Frauen waren hier, genauso wie die Männer von der Wolf Ranch. Und auch Cody, der Barbesitzer. Ein ganzer Raum voller nicht betrunkener Nicht-Arschlöcher, die helfen würden. Ich hätte um Hilfe schreien können. Ich war ein wenig wütend und ein wenig verängstigt, aber ich hatte nicht in wirklicher Gefahr geschwebt.

Allerdings schien es nicht so, als ob Johnny das genauso sehen würde.

Clint bahnte sich seinen Weg durch die Menge. Auch die anderen Männer von der Ranch drängten zu uns.

„Geht es dir gut? Bist du verletzt?" Willow kam zu mir und musterte mich eingehend.

Ich schüttelte den Kopf, dann versuchte ich ebenfalls, mir meinen Weg durch die dicht gedrängten Körper zu bahnen und hinter Johnny herzulaufen.

Würde es zu einer Prügelei kommen? Die Freunde des

betrunkenen Kerls riefen lauthals durcheinander und einer von ihnen schwang mit seiner Faust nach Johnny. Ich schwöre, die Faust prallte einfach von den Muskeln seines Waschbrettbauches ab, als würde er es überhaupt nicht spüren. Er marschierte einfach weiter auf meinen Angreifer zu. Der Kerl hatte sich mittlerweile aufgerappelt, strauchelte jedoch noch immer, als ob er nicht wirklich begriff, was hier vor sich ging.

Johnny sprang durch die Luft – *mehr als anderthalb Meter!* – und riss den Kerl erneut zu Boden. Verknotet landeten sie auf dem Boden und rollten über die Erde.

Endlich kamen Colt und Clint bei ihnen an. Johnny riss den Arm nach hinten, um dem Kerl erneut einen Haken zu verpassen, doch bevor er zuschlagen konnte, zogen ihn seine Freunde zurück.

„Fort mit ihm. Bringt ihn hier raus", blaffte Rob. Er stand direkt hinter den beiden.

Es gefiel mir nicht, wie brutal sie Johnny herumzerrten. Ich wusste, dass sie Freunde waren und es zu seinem Besten taten, doch es gefiel mir ganz und gar nicht, wie er sich gegen ihre Griffe wehrte.

„Er hat ihr wehgetan", fauchte Johnny. „Er wollte ..."

Ich warf mich ihm in den Weg und legte meine Hände auf seine harte Brust. „Mir geht es gut." Ich blickte suchend in seine Augen. Sie flogen ungezähmt herum und glühten beinahe golden und er hatte die Zähne zusammengebissen.

„Johnny", sagte ich erneut und mit mehr Nachdruck.

Seine Augen flogen zu mir.

Ich hob die Hände und legte sie sanft auf seine Wangen. Seine Haut war heiß. Verschwitzt. „Johnny. Ich bin nicht verletzt. Du hast ihn aufgehalten. Es ist alles in Ordnung."

Er wurde still. „Lyssa?"

Nie zuvor hatte ich es mehr gehasst als in diesem Moment,

den Namen meiner Schwester aus seinem Mund zu hören. Ich wollte wirklich, dass *ich* es war, die er mit dieser Mischung aus Verzweiflung und Erleichterung ansah.

„Du hast den Verstand verloren, Junge. Du hast eine Welt voller Probleme heraufbeschworen", bemerkte Rob schneidend. „Anstatt dich um deine Ge... Frau zu kümmern, wolltest du Blut sehen."

Ich wollte Rob sagen, dass er den Mund halten sollte. Dass er Johnny keinen Vortrag halten sollte.

Doch es war okay, denn Johnny hatte nur Augen für mich. „Fuck, Lyssa. Es tut mir leid."

Seine Freunde ließen ihn los, denn sie hatten zweifelsohne bemerkt, dass er sich wieder unter Kontrolle hatte. Jenseits des engen Kreises, den sie bildeten, versuchten mein betrunkener Angreifer und seine Kumpels noch immer, einen Streit vom Zaun zu brechen, doch die Wolf-Ranch-Truppe ignorierte sie.

Johnny hob mich in seine Arme und hielt mich wie eine Braut, die er jetzt über die Schwelle tragen würde.

„Ja, bring sie hier raus", stimmte Rob zu.

Johnny war schon unterwegs, als ob er mich hier fortbringen wollte, bevor der Laden in die Luft flog. „Lyssa ... ich habe wieder die Kontrolle verloren. Ich habe dich einfach allein da stehengelassen."

„Jetzt bist du ja bei mir", murmelte ich.

Die Menge teilte sich für uns. Die anderen Gäste wisperten und ihre Blicke folgten uns. Manche von ihnen klopften Johnny auf den Rücken, andere schimpften ihn *Arschloch* und Schlimmeres. Er ignorierte sie alle und trug mich hinaus bis zu seinem Truck. Dort angekommen, stellte er mich neben der Beifahrertür auf die Füße. „Lyssa ..." Seine Hände strichen über meine Arme, dann hob er den Arm hoch, nach dem der Kerl in der Bar gegriffen hatte, und inspizierte die Fingerabdrücke, die er hinterlassen hatte.

Wieder breitete sich ein mörderischer Ausdruck auf Johnnys Gesicht aus und ein unheimliches Knurren drang aus seiner Kehle.

„Mir geht es gut", sagte ich nachdrücklich.

Ein paar Freunde des betrunkenen Typen kamen aus der Bar und riefen in unsere Richtung. „Dafür bringen wir dich um!", brüllte einer von ihnen.

Mein Herz hämmerte, doch ich achtete darauf, keine Angst zu zeigen. Ich wollte nicht, dass Johnny sich meinetwegen in eine erneute Prügelei stürzte. „Bring mich nach Hause", bat ich ihn, denn ich wollte nichts mehr, als endlich hier zu verschwinden.

Mit gerunzelten Augenbrauen warf Johnny einen Blick über seine Schulter zu den Arschlöchern, die in unserer Richtung kamen.

Auch Willow und die Wolf-Ranch-Männer kamen nun aus der Bar und beschwichtigten die andere Gang. „Das reicht, Jungs. Zeit für alle, nach Hause zu gehen", sagte Willow mit ruhigem, autoritärem Tonfall.

Johnny wandte seinen Blick wieder mir zu. Sein Ausdruck war schmerzerfüllt. Seine Augen wirkten heimgesucht. „Du meinst aber nicht *nach Hause*-nach Hause, oder?"

O Gott. Ich erinnerte mich daran, dass er zu Hause rausgeschmissen worden war, nachdem er seine Schwester verteidigt hatte. Glaubte er, auch ich würde ihn verlassen? Dass ich Schluss mit ihm machen wollte?

Und – wow – hielt das hier wirklich schon für eine Beziehung, die beendet werden konnte?

Ja, ich schätzte, das tat ich. Irgendwann in den letzten vierundzwanzig Stunden hatten wir die Grenze von *Affäre* zu *für immer* überschritten.

Hinter uns erhoben sich laute Stimmen. Ich wollte hier nichts wie verschwinden, bevor noch mehr passierte. Wir mussten die Situation deeskalieren. Johnny beruhigen. Ihn begreifen lassen, dass es mir gut ging. Dass das nichts weiter als ein dummer, betrunkener Typ gewesen war, der sich dumm und betrunken verhalten hatte. Mehr nicht.

„Ich meine nach Hause zur Wolf Ranch. Mit dir", stellte ich klar und versuchte, aufrichtig zu klingen, damit er wusste, dass es die Wahrheit war. Nach all den Lügen und Unwahrheiten sprach ich nun das aus, was ich zutiefst glaubte ... von ganzem Herzen. „Ich will mit dir zusammen sein."

Er stand wie eingefroren da, während die lauten Stimmen näherkamen. Dann stieß er einen langen Atem aus. Sein Gesicht verzog sich und harsche Linien zeichneten sich in seine Züge. „Wirklich?"

Ich nickte.

Sein Blick wanderte über meinen Körper, allerdings nicht auf diese erhitzte Art und Weise wie sonst. „Geht es dir wirklich gut? Ich meine ... nicht wegen dem, was der Typ getan hat, sondern ..."

Willow und Rob standen mittlerweile wie ein Bollwerk zwischen uns und den wütenden Freunden des betrunkenen Kerls.

„Lass uns in den Truck steigen, Johnny", drängte ich.

Er blinzelte und schien endlich zu begreifen, was hinter ihm vor sich ging. „Ja. Okay." Er zog die Beifahrertür auf, half mir auf den Sitz und nahm sich noch die Zeit, meinen Sicherheitsgurt anzulegen.

Als er die Tür zudrückte und um das Auto herumging, machte ich mich auf Ärger gefasst, doch er warf den Unruhestiftern nicht einmal einen Blick zu. Im Rückspiegel sah ich, wie er mit gesenktem Blick und gerunzelter Stirn um den Wagen ging, als ob er tief in Gedanken versunken wäre.

Er ließ sich auf den Fahrersitz sinken und zog die Tür zu, dann startete er den Motor. Als wir auf den einspurigen Highway gebogen waren, kam er erneut darauf zu sprechen. „Ist es okay für dich, was ... du gesehen hast? Was ich getan habe?"

Ich streckte den Arm aus, nahm seine Hand in meine und legte sie auf meinen Oberschenkel. „Ich habe keine Angst vor dir", versicherte ich ihm.

Stirnrunzelnd blickte er auf die Straße vor uns und wirkte noch immer aufgewühlt. „Ich wäre heute Abend beinahe wieder zu weit gegangen. Fuck!" Er schlug mit der Faust auf das Armaturenbrett.

Ich zuckte zusammen, blieb aber ruhig. Er würde mir nicht wehtun. „Bist du aber nicht. Es ist alles in Ordnung."

Er warf mir einen schnellen Blick zu, dann starrte er wieder auf die Straße. „Du bist nicht ... fertig mit mir?" Seine Stimme brach ein wenig, als er *fertig* sagte.

„Ich bin nicht fertig mit dir." Meine Stimme klang leise und ruhig. Wie ein heiliger Schwur. Wieder griff ich nach seiner Hand und drückte sie, um ihn an unsere Verbindung zu erinnern. Ich konnte während der Fahrt schlecht auf seinen Schoß klettern, um ihn zu beruhigen, also war diese Geste alles, was ich ihm anbieten konnte.

Johnny blinzelte ein paarmal eilig und atmete ruckhaft ein, dann hielt er die Luft einen Moment lang an, bevor er ihn ganz langsam wieder ausstieß. „Fuck, Lyssa. Tut mir leid, dass ich unseren Abend ruiniert habe."

War es falsch, dass ich nicht fand, dass der Abend ruiniert war? Ich wollte ihn nicht dafür loben oder ihm dafür danken, gewalttätig geworden zu sein, denn er schien offensichtlich ein Problem damit zu haben, doch ich wollte diesen Augenblick für nichts in der Welt hergeben.

Diese Nähe. Diese pure Verbindung zwischen zwei Herzen.

Ich musste ihn fragen. „Johnny. Als du gesagt hast, du wärst das letzte Mal zu weit gegangen ...“

Die grellen Scheinwerfer eines entgegenkommenden Wagens warfen ihren Lichtstrahl über sein Gesicht, und in dem kurzen Blick, den er mir zuwarf, konnte ich erneut Sorge erkennen. O Mist.

Er hatte die Person verletzt, die seine Schwester angegriffen hatte. So wie er mich ansah, womöglich noch Schlimmeres.

Mein Herz sank. Es war so schlimm, wie ich befürchtet hatte. Könnte ich damit leben? Mit einem Mann, der seine eigene Kraft nicht einschätzen konnte, wenn er einen geliebten Menschen verteidigte?

Ja, konnte ich.

Wegen dieses Bedauerns. Weil er zeigte, dass er dazu in der Lage war, sich zu ändern, und das Bedürfnis empfand, zu heilen.

„Ist er gestorben?“ Ich zwang mich, die Frage zu stellen. Denn vielleicht würde es ihm helfen, sein Trauma zu heilen, wenn er es laut aussprach. Sich nicht hinter einer Tür versteckte wie ein Monster.

„Ja.“ Johnnys Stimme klang rau. „Er hätte meine Schwester um ein Haar vergewaltigt. Er hat sie angegriffen. Ihr die Kleider vom Leib gerissen, bevor ich es zu ihr geschafft hatte. Ich wollte ihn nicht umbringen, aber er hat sich brutal gewehrt und ich habe mich nicht zurückgehalten. Nach allem, was er ihr angetan hatte, wollte ich ihn nicht entkommen lassen, und es wurde zu einem Kampf auf Leben und Tod.“

Ich nickte und drückte seine Hand. Ich konnte mir nicht vorstellen, wie schrecklich das gewesen sein musste.

„Ich liebe dich.“

Das hatte ich nicht sagen wollen. Es war in diesem Moment nicht einmal angebracht. Und doch waren mir diese Worte herausgerutscht. Das einzige Angebot, das mir einfiel, das der Ungeheuerlichkeit dessen gewachsen waren, was er mit mir teilte.

Was ich hatte sagen wollen, war: *Ich bin für dich da.*

Ich sehe dich.

Ich verurteile dich nicht.

Ich werde dich nicht zurückweisen.

„Wirklich?" Das Wort explodierte förmlich aus Johnny heraus, und als er zu mir sah, leuchteten seine Augen erneut und schimmerten mit gelb-goldenem Glühen in der Dunkelheit.

„Ich meinte ... ich meinte nicht ..."

„Nimm es bloß nicht wieder zurück."

Ich stieß ein erleichtertes Lachen aus. „Okay, dann eben nicht." Gott, mein Herz war so voll, es brach um ein Haar aus meiner Brust hervor. „Es ist nur ... schnell. Vielleicht zu schnell."

„Nimm es nicht zurück. Ich weiß, es wirkt schnell, genau, wie du gesagt hast, aber Lyssa, schon in dem Augenblick, als wir uns getroffen haben, habe ich etwas Besonderes gespürt. Ich wusste, dass du die Richtige bist. Kannst du das glauben?"

Ich schnappte nach Luft. Meine Augen wurden feucht.

Nie im Leben hatte ich damit gerechnet, für jemanden *die Richtige* zu sein.

Gott, mein ganzes Leben lang war ich immer nur *die Andere* gewesen.

Johnny wollte mich. Emma.

Zumindest glaubte ich, dass er mich wollte.

Was, wenn er in Wirklichkeit die Lyssa-Version von mir wollte? Und gar nicht mein echtes Ich? Was, wenn er enttäuscht war, sobald er herausfand, dass ich nur die öde, alte Emma war? Alles andere als interessant?

Ich verbannte diese Gedanken und suchte Johnnys Blick. „Ich glaube es", wisperte ich, denn das war beinahe die Wahrheit.

Ich wollte, dass es die Wahrheit war.

Das war genug, oder?

23

JOHNNY

HEILIGE SCHEIßE. Vor Lyssa hatte ich in meinem Leben so viel verpasst. Bevor sie gesagt hatte, dass sie mich liebte. Jetzt fühlte ich mich ... erfüllt. Mein Wolf war glücklich. Nur dass mein Wolf und ich kaum noch Kontrolle über uns hatten. Was mit diesem Arschloch im Cody's passiert war, war Beweis genug. Ich wollte sie beißen. Sie markieren. Wollte, dass sie endlich mein war.

Nachdem wir zur Schlafbaracke zurückgekommen waren, hatte ich Lyssa nicht einmal vom Truck ins Haus gebracht, bevor ich wieder in ihr war. Ich hatte ihren Gurt gelöst, sie aus dem Auto gezerrt, herumgewirbelt, ihren Rock hochgeschoben und sie gefickt.

Grob. Heftig. Tief.

Ich hatte sie vergessen lassen, dass dieser Typ überhaupt existierte. Hatte sie wissen lassen, dass sie mir gehörte. Ich war vorübergehend beschwichtigt gewesen, nachdem ich – und zwar erst, nachdem ich – mich aus ihr herausgezogen, meine Wichse über ihren perfekten Pfirsicharsch verspritzt und dann in ihre Haut gerieben hatte. Ich hatte ihr nicht erlaubt, zu duschen oder mein Sperma abzuwischen. Ich hatte mich auf ihr riechen können.

Das hatte meinen Wolf beruhigt, der sie noch immer ganz verzweifelt markieren wollte.

Heute Morgen hatten wir ausgeschlafen und dann hatten wir eine spektakuläre Wanderung zu einem Bergsee gemacht, wo wir gepicknickt hatten. Nachdem wir zurückgekommen waren, hatten wir ausgiebig geduscht und wollten gerade zurück ins Bett krabbeln, um ein Nickerchen zu halten, schließlich hatte ich sie gestern Nacht unerhört lange vom Schlafen abgehalten und sie stattdessen meinen Namen schreien lassen.

Lyssas Handy klingelte. Ich warf einen verstohlenen Blick auf den Bildschirm, um herauszufinden, ob Chapman womöglich anrief, doch auf dem Display stand: *Stan*.

Als er den Namen dieses Mannes entdeckte, knurrte mein Wolf auf. Fuck, der Vollmond ließ mich verdammt besitzergreifend werden.

„Das ist mein alter Boss." Sie sah mich an, als ob sie sich einen Rat von mir erhoffte oder so. Als ob sie hin- und hergerissen wäre.

„Was will er?"

„Ich glaube, er will mich zurück." Sie schluckte und wischte nach rechts, um den Anruf anzunehmen. Gleichzeitig klopfte es an der Tür zur Schlafbaracke.

Scheiße. *Er wollte sie zurück?*

Ich zog die Tür auf und erblickte Rob.

Ich wusste, was nun kommen würde. Hatte nur darauf gewartet, und je mehr Zeit verstrichen war, ohne dass ich von ihm gehört hatte, umso mehr hatte ich mich vor diesem Moment gefürchtet.

„Können wir kurz sprechen?" Rob hatte die Daumen in die Taschen seiner Jeans gehakt, und auch wenn er entspannt wirkte, wusste ich, dass das nicht der Fall war. Und seine Frage war auch keine Frage.

Er wollte mit mir sprechen, und zwar jetzt.

Ich drehte mich zu Lyssa um, die am Telefonieren war.

„Klar", erwiderte ich. „Lass mich kurz was überziehen."

Nach unserer Dusche trug ich nur eine Jeans. Ich hatte sie nicht mal zugemacht.

Sobald ich angezogen war, trat ich aus dem Haus und zog die Tür hinter mir zu.

Rob und ich gingen schweigsam zur Scheune, fort von der Baracke, wo Lyssa uns möglicherweise hören konnte.

„Tut mir leid, was gestern Abend passiert ist, Alpha. Ich weiß, dass ich die Kontrolle verloren habe." Ich blieb mitten auf dem Hof stehen. Auch Rob blieb stehen und drehte sich zu mir um.

„Das hast du allerdings. Du hättest den Kerl mit deinem ersten Hieb umbringen können."

„Ich weiß."

„Du hattest Glück, dass du ihm nicht den Hals gebrochen hast." Es lag ein Alphabefehl in seiner Stimme, der mich erwischte wie ein Schlag gegen die Brust und mich praktisch erstarren ließ. Das war viel schlimmer, als wenn er mich einfach angebrüllt hätte.

Ich rieb mir mit der Hand über das Gesicht und spürte, wie Scham in mir aufstieg. Fuck. Was, wenn Rob entschied, dass ich ein Risiko für das Rudel darstellte? Was, wenn ich aus dem Wolf-Ranch-Rudel ausgestoßen wurde, so wie aus meinem Heimatrudel?

Ein Gefühl der Angst ergriff mich und krallte sich mit eisigen Fingern in mein Herz. „Ich weiß, Alpha. Es tut mir leid."

Wie durch ein Wunder lenkte Rob ein. Vielleicht bemerkte er die Panik in meinem Ausdruck, denn er legte mir seine Hand auf die Schulter und sein Tonfall änderte sich. „Ist in Ordnung, Junge. Der Mond war fast voll und der Kerl hat deine unmarkierte Gefährtin angefasst. Dein Wolf musste sie verteidigen."

Dem Schicksal sei Dank. Er schmiss mich nicht raus.

„Das hätte jedem von uns passieren können."

Erleichterung rauschte durch mich hindurch und ich ließ den Kopf hängen. „Fuck. Danke, dass du das sagst. Ich möchte wirklich ein Zugewinn für dieses Rudel sein. Ich ..."

„Das bist du auch." Er drückte meine Schulter, dann ließ er seine Hand sinken. „Wie läuft es mit Lyssa – abgesehen von dem Zwischenfall gestern Abend?"

„Super. Sie ist nicht weggerannt. Und so verrückt das auch klingt, ich glaube, die Sache hat uns tatsächlich enger zusammengeschweißt."

„Gut. Dann markiere sie."

Ich schüttelte den Kopf. „Noch nicht. Sie ist noch nicht bereit. Wir kennen uns noch nicht einmal zwei Tage", erinnerte ich ihn.

Er nickte und dachte nach. „Unser Hacker in Arizona hat sich gemeldet. Lyssa ist sauber. Der Bericht liegt auf meinem Schreibtisch. Alter, Vergangenheit, Foto – das passt alles. Es geht alles mit rechten Dingen zu."

Ich hatte gewusst, dass sie echt war, war aber trotzdem erleichtert. Vielleicht, weil diese Information Rob davon überzeugen würde, dass Lyssa keine Bedrohung darstellte. Aber das sprach ich nicht laut aus.

Rob musterte mich eingehend. „Was hat sie dir über Chapman erzählt?"

Ich stieß einen Seufzer aus. „Nicht Neues. Was nichts zu bedeuten hat."

„Hat sie ihn angerufen?"

„Ja, gestern. Er ist nicht rangegangen."

Gestern hatte ich geglaubt, ich wäre erleichtert gewesen. Aber jetzt? Mist. Rob mochte mir zwei Tage Zeit gegeben haben, doch ich hatte das Gefühl, die Last der Welt auf meinen Schultern zu tragen. Chapman war nicht weniger schuldig, nur weil ich meine Gefährtin gefunden hatte. Dass ich gerade ein paar Tage freihatte, half nicht im Geringsten dabei, ihn zu schnappen und seinem Menschenhandel ein Ende zu setzen.

Der Druck, gleichzeitig bei meiner Gefährtin zu sein und meinen Job zu erfüllen, war groß. Und genauso groß war der Druck, eine Menschenfrau zu markieren, die zwar sagte, dass sie mich liebte, allerdings auch ... nervös war. Wie sollte ich ihr von Gestaltwandlern, vom Markieren und davon erzählen, für immer mir zu gehören, wenn sie noch immer verschwinden konnte?

„Du musst mehr aus ihr herausbekommen."

„Was soll ich sie deiner Meinung nach fragen? Sie hat ihn seit Wochen nicht gesehen. Sie weiß nicht einmal, wo er sich gerade aufhält."

„Lass sie ihn noch einmal anrufen."

„Wir haben darüber gesprochen. Ich muss gestehen, ich habe sie abgelenkt."

„Sie soll ihm eine Nachricht hinterlassen und sagen, es gäbe ein Problem mit dem Abfluss in der Küche oder dass die Eismaschine leckt und den Parkettboden ruiniert hätte. Irgendwas. Ist mir scheißegal. Sieh zu, dass er mit ihr spricht, und lass Lyssa fragen, wo er ist und wann er zu seiner Ranch zurückkehrt."

Ich wollte Lyssa nicht in diese Sache mit Chapman hineinziehen. Allein bei der Vorstellung, dass sie seine Angestellte war und allein in seinem Ranchhaus gewohnt hatte, wollte ich ausrasten. Ich fing an, unruhig auf und ab zugehen. Ich fuhr mir mit der Hand durch die Haare.

„Hör zu. Du musst heute Nacht vorsichtig mit ihr sein. Vermutlich wäre es am besten, wenn du mit uns auf den Vollmondlauf kommst und ein bisschen Dampf ablässt. Ansonsten wird dein Wolf noch versuchen, sie zu markieren, ohne dass du das willst. So wie du dich gestern Abend verhalten hast, bin ich mir nicht sicher, ob du dich im Griff haben wirst."

Ich nickte respektvoll, doch nie im Leben würde ich Lyssa heute Nacht allein hier lassen – nicht mal mit den anderen Frauen. Wir hatten uns gerade erst kennengelernt. Sie würde nicht hierbleiben und auf mich blöden Cowboy warten, wenn ich sie heute Abend allein ließ. Und ganz sicher wollte ich nicht, dass sie zu Chapmans Ranch zurückkehrte und sich in Gefahr begab, während ich mit meinen Rudelkameraden herumrannte.

Trotzdem murmelte ich „Ja, Alpha", damit er mir nicht länger im Nacken saß.

Rob tippte sich an den Hut und ging in Richtung Scheune davon. Ich machte auf dem Absatz kehrt und ging zurück in die Schlafbaracke.

Lyssa war gerade in der Küche und kochte eine Kanne Kaffee. Eigentlich müsste ich ein schlechtes Gewissen haben, weil sie um diese Uhrzeit noch einen Kaffee brauchte, um wach zu bleiben, doch andererseits ließ die Erinnerung daran, wie ich sie die ganze Nacht unablässig gefickt hatte – die Frau, die gesagt hatte, dass sie mich liebte – meinen Schwanz erneut steif werden.

„Hey, Baby", murmelte ich. „Du brauchst keinen Kaffee. Wir wollten doch ein Nickerchen machen, oder?"

Sie hielt im Abmessen des Kaffeepulvers inne und warf

mir einen Blick über die Schulter zu. Ihre langen Haare hingen zerzaust ihren Rücken hinunter.

Ich liebte sie.

„Oh, stimmt. Das klingt gut."

„Worum gings bei dem Anruf?"

Sie rollte ihren Nacken aus. „Er hat mir eine neue Stelle angeboten. Das hatte er mir gestern schon geschrieben."

Ich versuchte, ruhig zu bleiben, doch mein Wolf war alles andere als glücklich darüber.

„Dieser Job in Hollywood, wo du Special Effects gebastelt hast? Den du gekündigt hast?"

Sie zögerte, nur für den Bruchteil einer Sekunde.

Was wollte sie mir nicht erzählen?

„Ja. Es war ... verrückt." Sie ließ den Kaffee links liegen und wirbelte zu mir herum. Nach unserer Dusche hatte sie sich angezogen, wenn auch spärlich. Sie trug eins meiner T-Shirts und darunter definitiv keinen BH. Oder Shorts.

Ihre harten kleinen Nippel und die Frage, ob sie einen Slip trug oder nicht, lenkten mich völlig ab.

Ich krümmte meinen Finger und Lyssa – braves Mädchen, das sie war – kam zu mir. Ich schlang die Arme um sie und legte meine Hände auf ihren Arsch.

Fuck, ja. Kein Slip.

„Was war verrückt, Baby?", fragte ich und versuchte, mich zu konzentrieren. Ihr Duft in Verbindung mit ihrem nackten Arsch bedeuteten für mich, dass mein Schwanz noch steifer wurde.

Ich hob sie in die Arme. Mit einem Aufschrei schlang sie die Arme um meinen Hals. Wir setzten uns auf die Couch, um zu reden, und sie saß seitwärts auf meinem Schoß.

„Erzähl mir von deinem Boss. Warum der Job verrückt war."

Sie seufzte. „Ich habe achtzig Stunden in der Woche gearbeitet, und was auch immer ich produziert habe, es war nie gut genug. Ich hatte kein Privatleben mehr, was in Ordnung gewesen wäre, denn als ich dort angefangen habe, habe ich den Job tatsächlich geliebt. Aber irgendwann habe ich ihn gehasst."

„Warum?"

Wieder seufzte sie schwer und schüttelte den Kopf. „Hollywood ist verrückt. Es ist ein toxisches Arbeitsumfeld, so viel ist sicher. Alles dort läuft über Komitees, und es haben viel zu viele Leute ihre Finger mit im Spiel. Produzenten, Regisseure, Manager, Schauspieler, Ausstatter. Und jeder von ihnen hat andere Ansichten. Sie fragen nach etwas, aber oft wissen sie gar nicht, was sie wirklich wollen, also sind sie nie zufrieden mit dem, was ich liefere. Und mein Boss hat mir immer das Gefühl vermittelt, als ob das meine Schuld wäre."

Ich zog meine Arme enger um sie zusammen. Ich wollte Namen hören. Ich wollte mir jeden, der meiner Gefährtin das Gefühl gegeben hatte, nicht gut genug zu sein, vorknöpfen und ein ernstes Wörtchen mit ihm reden. „Klingt höllisch."

Sie nickte. „War es auch. Also habe ich gekündigt. Ich bin einfach aus dem Büro spaziert – was überhaupt nicht meine Art ist. Und so bin ich hier oben in Montana gelandet."

„Als Chapmans Angestellte. Wie bist du an den Job gekommen?"

„Ähm ...“

Warum hielt sie die Luft an?

„Meine Schwester hat ihn mir ehrlich gesagt besorgt. Gott weiß, woher sie Chapman kennt. Sie ist die Sorte Mensch, die die unwahrscheinlichsten Menschen kennenlernt und überall, wo sie ist, Kontakte knüpft."

Ich lächelte. „Klingt, als wäre sie ziemlich spaßig."

Aus irgendeinem Grund antwortete Lyssa nicht. Ihr Geruch wurde ein wenig sauer.

„Aber längst nicht so spaßig wie du", fügte ich hinzu und hoffte, kitten zu können, was auch immer ich gerade vermasselt hatte.

Sie stieß ein trockenes Lachen aus und senkte den Blick. „Ich bin nicht die Spaßige von uns beiden."

„Was?" Ich hob ihre Taille an und setzte sie rittlings auf meinen Schoß, damit ich ihr direkt in die Augen sehen konnte.

Sie starrte auf mein Schlüsselbein.

„Glaubst du, du wärst nicht spaßig?"

Sie zuckte mit den Schultern. „Nicht, verglichen mit meiner Schwester."

Ich musste glucksen. „Glaub mir, Lyssa, Baby. Du bist sehr unterhaltsam. Ich hatte in den letzten zwei Tagen mehr Spaß mit dir, als ich in meinem ganzen Leben je hatte."

Das entlockte ihr ein Lächeln und ihre dunklen Augen flatterten hinauf zu meinen. „Ja, ich auch."

„Also, hast du deinem Boss gesagt, dass er sich diesen Job sonst wo hinstecken kann? Was hatte er zu sagen?"

„Er wurde angeheuert, um die Effekte für einen neuen Film zu machen, und er will, dass ich mit dabei bin. Ich habe abgelehnt. Er hat gesagt, ich solle es mir überlegen, und hat mir das Dreifache meines früheren Gehalts angeboten."

Für eine Sekunde blieb mir das Herz stehen. Ja, ich war verdammt stolz darauf, dass sie so begehrt war, *doch ich begehrte sie mehr*. Womöglich würde meine Gefährtin Montana wieder verlassen.

„Wow. Denkst du darüber nach?" Ich versuchte, neutral zu klingen. Ich wollte ein *Was ist mit deinem Job auf der Ranch?* raushauen, hielt mich allerdings zurück. Dieser Job war längst vorbei. Die Chancen standen gut, dass Chapman nicht mehr lange leben würde, und Lyssa würde hierherziehen.

Nur dass sie jetzt dieses Wahnsinnsangebot erhalten hatte ...

Fuck. Ich wollte nicht, dass sie zurück nach L.A. zog. Aber ein guter Freund würde sie in ihrer Karrierewahl unterstützen. Ein guter Gefährte würde töten oder sterben, um sie glücklich zu machen. Was bedeutete, dass ich womöglich einen Job in Hollywood finden musste. Vielleicht als Stuntman? Schließlich war ich praktisch unzerstörbar.

Für einen Moment zögerte sie. „Nicht wirklich. Gutes Geld ändert nichts daran, dass es ein schreckliches Arbeitsumfeld ist."

Ich stieß den Atem aus, den ich angehalten hatte. „Gut. Denn du wirst für die absehbare Zukunft hier ziemlich eingespannt sein." Ich knabberte an ihrem Hals. „Oder zumindest in Handschellen gelegt."

„Ach ja?" Ihr sinnlicher, sexy Tonfall schoss mir direkt in den Schwanz.

Das war mein Stichwort. Es war offiziell Zeit für das Nickerchen. Oder zumindest Zeit für uns, uns wieder auszuziehen und in die Horizontale zu begeben.

Ich hob sie in meine Arme und ging mit ihr ins Schlafzimmer davon.

24

EMMA

ICH TRÄUMTE VON JOHNNY. Er kämpfte für mich mit einer Gestalt – Stan, möglicherweise. Doch als ich seinen Namen rief, hielt er inne, drehte sich zu mir herum und kniete sich in einem goldenen Feld auf ein Knie und hielt um meine Hand an.

Aus diesem seligen Nickerchen wachte ich zum herrlichen Gefühl auf, wie sich sein harter Körper um meinen schlang.

„Du bist wach."

Ich blinzelte die Augen auf, dann warf ich einen Blick über die Schulter. Johnny lag auf einem Ellbogen abgestützt auf dem Bett und musterte mich eingehend. Das Zimmer war dunkel, bis auf das Mondlicht, das durch die Fenster hereinschien. Wie lange hatten wir geschlafen? Scheinbar den ganzen Nachmittag.

Ich stieß ein beschämtes Lachen aus. „Hast du mich beim Schlafen beobachtet?"

„Habe einfach gestaunt."

„Worüber?"

„Darüber, wie unfassbar schön du bist." Wie aufs Stichwort stupste sein Schwanz gegen meinen Arsch, bereit für mehr, obwohl wir uns erst vor unserem Nickerchen geliebt hatten. Er war unersättlich. Genau wie ich.

„Deine vielen Komplimente steigen mir langsam zu Kopf." Ich nahm seine Hand von meiner Taille, zog sie über meine Brust und gab ihm grünes Licht für die nächste Runde.

„Ich will, dass sie dir zu Kopf steigen." Sanft schob er mich auf den Rücken, dann rollte er sich über mich. „Und in deine Pussy schießen." Er wackelte vielsagend mit den Augenbrauen.

Ich musste lachen und schaukelte ihm mit meiner Hüfte entgegen. „Oh, so ziemlich alles, was du sagst und tust, schießt mir in die Pussy", gestand ich. „Du machst mich schon an, einfach, indem du existierst."

„Verdammt." Johnnys Hüfte schnellte vor und sein voll erigierter Schwanz stieß in die Lücke zwischen meinen Beinen. Ich konnte nichts gegen das Stöhnen ausrichten, das aus meinen Lippen drang.

Ich war feucht und bereit für ihn – es war keine Lüge gewesen, was ich über meine permanente Erregung gesagt hatte. Auch früher hatte ich Bedürfnisse empfunden, klar. War sogar richtig scharf gewesen. Doch das hier war etwas anderes. Es war ... Verlangen. Ich hatte ein unendliches Verlangen nach Johnny und nach der Lust, die wir teilten.

„Du bringst mich noch zum Höhepunkt, bevor ich überhaupt in dir bin, Baby", knurrte er.

Ich küsste seinen Kiefer und er senkte das Gesicht zu meinem und ließ unsere Lippen verschmelzen. Als ich meine Zunge zwischen seine Lippen gleiten ließ und ausnahmsweise die Führung übernahm, stöhnte er auf. „Wie soll ich mich heute Nacht nur zurückhalten?" Sein Blick wanderte aus dem

Fenster. „Der Mond ist voll. Du liegst nackt unter mir. Deine Pussy ist feucht und einladend. Es wird mich fast umbringen, nicht – nicht zu weit zu gehen."

„Was meinst du damit, nicht *zu weit gehen*? Ich liebe alles, was du mit mir anstellst." Ich schaukelte mit dem Becken, denn ich wollte ihn endlich in mir spüren. Es war ja nicht so, als wären wir Teenager, die noch nie Sex gehabt hätten. Seine Worte ergaben keinen Sinn. Vor allem nicht, nachdem ich bereits Spielzeuge aus dieser Kiste ausgewählt hatte und wir sie ausprobiert hatten.

„Ich meine ... nicht zu aggressiv zu werden. Zu grob zu sein. Ich bin so heiß, ich könnte dich ins Jenseits nageln."

Ein breites Grinsen legte sich auf meine Lippen. *Ja, bitte doch.* „Versuchen wir das mal."

Johnnys Augenbrauen schossen nach oben und er grinste ebenso breit zurück. „Du bringst mich um." Er rollte sich von mir herunter. „Nicht bewegen. Ich hole ein Kondom."

„Nein. Wir, ähm, waren nicht gerade konsequent damit."

Er lächelte mich belämmert an, doch da war auch ein ungezähmtes Funkeln in seinen Augen. Als ob ihm die Konsequenzen egal wären oder er es sogar darauf anlegte.

„Ich nehme die Pille, also ist es für mich in Ordnung. Wenn es auch für dich okay ist."

Für einen Moment musterte er mich schweigend, dann knurrte er leise.

Gott, ich fühlte mich so sexy in dem Wissen, dass er mich so sehr wollte. Dass er mich so unwiderstehlich fand, dass er fürchtete, die Kontrolle zu verlieren.

Doch was, wenn nichts von alldem echt war? Ich war mir sicher, dass der körperliche Teil echt war, aber vielleicht hatte er es in Gedanken zu einer riesigen Sache aufgebauscht – irgendeine Fantasie, die mit meinem echten Ich nicht schritthalten konnte.

Genau so, wie ich ihn als meinen „Heißen Cowboy" objektiviert hatte, bevor ich ihn kennengelernt hatte.

Was, wenn all das hier in ein paar Wochen oder Monaten verpuffte und ich nur noch die alte, öde Emma war? Dieses konservative, brave Mädchen, das nie irgendein Risiko einging, flirtete oder mit gepackter Reisetasche in den Truck eines heißen Cowboys sprang, den sie erst wenige Stunden zuvor kennengelernt – und gefickt – hatte?

Ich war nicht die Frau, die eine Kiste voller Sexspielzeuge unter dem Bett hatte.

Ich war nicht die Frau, die sich augenblicklich mit einer Gruppe Frauen in einem Saloon anfreundete.

Vielleicht ging das alles wirklich zu schnell. Vielleicht würde ich in einer Woche oder einem Monat aufwachen und feststellen, dass ich verschaukelt worden war – und zwar nicht nur auf dem Rücken eines mechanischen Bullen.

Gott, was, wenn Johnny einfach richtig gut darin war, Frauen zu verführen? Ein Mann von der Sorte „lieben und weiterziehen".

Was, wenn das hier Catfishing war? Oder er sonst irgendein Betrüger war?

Doch bevor meine Gedanken außer Rand und Band geraten konnten, schob Johnny meine Knie mit seinen auseinander. „Willst du diesen Schwanz, Baby?"

In dem Moment, als er mir wieder so nah war, vergaß ich meine Paranoia, steckte die Hand zwischen uns und führte ihn an meine Öffnung. „Ja."

Er versank in mir. „Wo willst du ihn?" Er stieß in mich hinein und hob gleichzeitig sein Becken an, sodass sein Schwanz gegen meinen G-Punkt stieß. „Hier?"

„Ja", keuchte ich und war bereits verloren in dieser Empfindung.

Er fühlte sich so gut an. Es war, als ob unsere Körper nur

füreinander gemacht wären. Vielleicht war an dieser Sache mit dem Schicksal tatsächlich etwas dran.

Andererseits war es vielleicht auch einfach nur ein Spruch, den Johnny gern benutzte.

Nein. Das war doch albern. Das hier war echt. Ich wollte unbedingt, dass es echt war. Ich hatte ihm gesagt, dass ich ihn liebte. Jetzt biss ich mir auf die Unterlippe, weil sich seine Stöße einfach zu gut anfühlten, und damit ich nicht wieder damit herausplatzte. Hatte ich Mist gebaut, indem ich das gesagt hatte?

Eine kleine Stimme in meinem Kopf fragte: *Bist du denn ehrlich mit ihm? Du hast einen Anruf mit deinem falschen Boss vorgetäuscht!*

Halt die Klappe, Stimme! In diesem Moment war ich Lyssa. Und Lyssa konnte heißen, bedeutungslosen Sex haben, wann immer sie wollte. Sie hielt sich nicht an der Frage auf, ob der Kerl einen Spruch bei ihr benutzt hatte oder nicht. Sie hatte einfach Spaß. Und zwar mit diesem magischen Schwanz.

Das war es, was ich jetzt tun musste. Ich durfte nicht überstürzen, nur weil ich mit einem *Ich liebe dich* herausgeplatzt war.

„Alles okay?" Johnny musterte mein Gesicht, während er unablässig in mich hineinstieß.

„Ja!" Verdammt, ich musste endlich mit diesen Zweifeln aufhören. „Alles bestens. Richtig gut."

Er zog sich ganz aus mir heraus. „Nur richtig gut? Vielleicht brauchst du ein bisschen mehr." Er rollte mich auf den Bauch und verpasste meinem Arsch einen Schlag.

Ich strampelte mit den Füßen. „Nein! Ich brauche dich. Deinen Schwanz. Das ist alles, was ich brauche."

„Tja, du kriegst jetzt einen Plug in den Arsch gesteckt.

Fuck, ja. Ich will, dass ein Plug in diesem herrlichen Arsch steckt, während ich dich heute Nacht ficke."

„O mein Gott." Mehr brauchte es nicht. Alle anderen Gedanken verflüchtigten sich, als ich mich Johnnys schmutzigen Worten und seiner geübten Dominanz hingab. Keuchend lag ich da, während er Gleitgel auf meinem Anus und dem Plug verrieb und ihn dann behutsam eingeführt.

„Na sieh mal einer an, wie gut dieser Plug in deinen Arsch gleitet. Mein unartiges Mädchen", sagte er, dann drehte er mich wieder auf den Bauch.

Meine Augen rollten bereits in meinen Kopf, als er diesmal in mich eindrang. Ich war durchdrungen von den köstlichsten Empfindungen – der Plug in meinem Arsch, sein Schwanz, der in meine Pussy hinein- und hinausglitt. So eng. So voll. So ... unartig.

Die Zeit schien stillzustehen – ich wusste nicht mehr, ob wir uns seit ein paar Minuten oder einer Stunde liebten. Ich schwebte schwerelos in meiner Lust. Johnny wurde grober. Mit einer Hand stützte er sich am Kopfteil ab und das Bett schaukelte und knarrte und knallte mit Johnnys immer schneller werdenden Rhythmus gegen die Wand.

Als sein Atem immer abgehackter ging, öffnete ich die Augen. Seine Augen schimmerten im Mondlicht und er hatte die Zähne zusammengebissen, als ob er angestrengt versuchte, sich zurückzuhalten. Noch immer.

Wow. Womöglich konnte er *tatsächlich* zu weit gehen. Das hier war so heftig, wie ich es nur aushalten konnte. Doch der ungezogene Teil in mir – die Möchtegern-Lyssa – wollte herausfinden, was Johnny gemeint hatte. Wie grob er werden konnte. Ich wusste, dass er ungehemmt war, aber das hier?

Ich klammerte mich an ihm fest, bis meine Fingernägel die Haut an seinen Schultern aufkratzten, und trieb ihn noch weiter an. „Ich brauche es, Johnny", bettelte ich und kam jedem seiner Stöße mit meinen schaukelnden Hüften entgegen. „Ich brauche alles. Besorg es mir.“

„Fuuuuuuck“, stöhnte er. „Fuck, Lyssa!“

Es machte mir nicht einmal mehr etwas aus, dass er mich so nannte, denn schließlich war das die Rolle, die ich spielte. Diese Version von mir mochte es, einen Plug im Arsch zu haben. Liebte es, heftig gefickt zu werden. Ungehemmt. Geil.

„Ja, Johnny. Mehr. Besorg es mir.“

„Fuck!“, brüllte er, ließ die Hüfte vorschnellen und hämmerte in mich hinein.

Ich schwöre, wir waren so verbunden, dass ich die Hitze seiner Wichse in mir spüren konnte. Er ließ den Kopf auf meine Schulter fallen und dann ...

„Aua!“, schrie ich, als er in meine Haut biss – viel zu fest. Es fühlte sich an, als ob seine Zähne meine Haut durchbohrt hätten. Ich bog den Rücken durch und mein Kopf zuckte zurück.

„O Fuck!“, rief er. „O Fuck, Lyssa. Tut mir leid!“

Blitzschnell – schneller, als ich je für menschenmöglich gehalten hätte – war Johnny aus dem Bett gesprungen und stand an der Tür. „FUCK.“ Dieses Mal klang ein animalisches Knurren in seiner Stimme mit.

Seine Augen glühten golden in der Dunkelheit – wie die eines Tieres.

Und dann, urplötzlich, war er ... *ein Wolf!*

Ein verdammter, riesiger, schwarzer Wolf, der in der Tür zum Schlafzimmer stand.

25

JOHNNY

Lyssa schrie auf.

O Fuck. Ich hatte ihr wehgetan. Ich hatte angefangen, sie zu markieren, trotz Robs Warnung.

Als sie mich angebettelt hatte, *es ihr zu besorgen*, hatte ich völlig den Verstand verloren. Mein Wolf war verwirrt gewesen und hatte geglaubt, sie meinte damit, dass er sie markieren sollte. Und nicht etwa den guten, heftigen Fick mit meinem Schwanz, während sie zudem noch einen Plug im Arsch hatte.

Dann hatte sie aufgeschrien, und als ich begriffen hatte, dass sie verletzt war, hatte ich mich instinktiv in einen Wolf verwandelt, um sie zu verteidigen.

Gegen ... mich selbst!

Fuck, *Fuck*.

Ich ging zur Schlafzimmertür hinein und hinaus, auf und ab. Ich war völlig außer Kontrolle. Ich musste hier verschwinden, bevor ich noch mehr Schaden anrichtete.

Ich hatte Scheiße gebaut.

Wieder einmal.

Ich war zu weit gegangen, und jetzt wollte mein Wolf Rache üben, weil er das Blut unserer Gefährtin und den metallenen Gestank ihrer Angst roch.

Ich sollte besser hier verschwinden. Lyssa sich beruhigen lassen. Den Geruch von Blut und Sex verwehen lassen. Ich musste diese Energie rauslaufen, wie Rob mir bereits geraten hatte, bevor ich die Sache tausendmal schlimmer gemacht hatte.

Ich hatte nicht auf meinen Alpha gehört. Hatte seine Warnung nicht ernst genug genommen. Und jetzt konnte man ja sehen, was mir das gebracht hatte. Eine Gefährtin, die Todesangst vor mir hatte. Die blutete.

Ich wirbelte herum, krachte mit meinen riesigen Hinterläufen gegen den Türrahmen und rannte davon.

„Johnny?" Lyssas Stimme war voller Panik. Das ließ meinen Wolf nur noch mehr durchdrehen.

Scheiße, kam sie mir etwa hinterher? Nackt, mit triefender Pussy, einem Plug im Arsch und meinem Duft auf ihrer Haut?

„Johnny, warte!"

Hatte sie denn keine Angst?

Sie sollte Angst haben. Ich konnte nicht bleiben und mich jetzt erklären. Ich war mir nicht einmal sicher, ob ich mich schon zurückverwandeln konnte. Ich musste etwas Abstand zwischen uns bringen, bis ich mich wieder unter Kontrolle hatte. Ich rannte auf die Wolfsklappe in der Küche zu und stürzte hinaus in die Nacht. Raste den Hang hinauf. Fort von meiner Gefährtin. Zu ihrem eigenen Schutz.

Irgendwo in der Ferne hörte ich das Heulen meiner Brüder, die sich bereits auf ihrem Vollmondlauf befanden.

Selbst aus dieser Entfernung konnte ich Marinas Stimme hören, die vom Ranchhaus zur Schlafbaracke hinüberrief. „Lyssa? Bist du das?"

Hörte das Geräusch rennender Füße. Marinas. Lyssas.

Gut. Marina würde sich um meine Gefährtin kümmern. Ihr die Sache vielleicht erklären können. Sie möglicherweise verarzten, falls nötig. Audrey war sicherlich auch bei ihrer Schwester und konnte helfen.

Diese Vorstellung ließ meinen Wolf laut auffauchen. Unsere Gefährtin war verletzt. Er wollte jemanden umbringen.

Doch dieser jemand wäre ich. Wie hatte ich sie nur verletzen und ihr Angst einjagen können? Wie hatte ich so etwas tun können?

Mein Wolf war verwirrt.

Außer Kontrolle.

Ich rannte weiter den Hang hinauf, schlitterte mit den Pfoten über Steine und Felsen, um weiter hinaufzusteigen, doch dann blieb ich stehen, hob meine Schnauze dem Vollmond entgegen und heulte über all das, was ich getan hatte.

Ich konnte nicht umhin, mich zu fragen, ob Lyssa überhaupt noch da sein würde, wenn der Mond unterging.

26

EMMA

„JOHNNY? Johnny, komm zurück!" In nichts als ein Bettlaken gehüllt, stand ich in der Eingangstür der Schlafbaracke. Die Luft war kühl und die ganze Nacht schien seltsam lebendig. Und mein Freund – war ein Werwolf.

Scheiße. HEILIGE SCHEISSE.

Ich wusste nicht, wie ich das verarbeiten sollte. Wie ich es überhaupt begreifen sollte. Im einen Moment hatten wir unglaublichen Sex – im nächsten Moment hatte er mich gebissen!

O Gott. Hatte er mich mit irgendwas infiziert? Wenn ja, womit? Würde ich mich jetzt auch in eine pelzige Kreatur mit großen Zähnen verwandeln?

Ich war mir sicher, dass meiner Schwester so etwas noch nie passiert war, wenn sie loszog und ihre verrückten Dinge machte. Definitiv nicht. Womöglich hatte ich gerade unerwarteterweise den Preis für die vollkommen irrste Schwester gewonnen.

Ich hatte einen Werwolf gefickt. Und ich hatte ihm gesagt, er solle zurückkommen.

Was hatte ich mir nur dabei gedacht? Ich konnte nicht hierbleiben. Konnte nicht warten, bis ein Wolf zurückkam und ... und was? Mich fraß? Mich in Fetzen riss? Mich noch einmal *biss*?

Mit den Fingerspitzen tastete ich nach der Stelle, wo er seine Zähne in meine Schulter geschlagen hatte. Ein paar Tropfen Blut klebten auf meiner Haut und die Wunde brannte, allerdings nur ein wenig.

Ich konnte wirklich nicht hierbleiben. Zumindest konnte ich nicht allein hier in der Schlafbaracke bleiben, also ging ich den Hang hinauf zum Haupthaus. Marina würde da sein. Und auch die anderen.

Bevor ich mir überhaupt zurechtgelegt hatte, was ich sagen sollte, wenn ich am Haus ankam, rief Marina bereits nach mir. Gott sei Dank.

„Lyssa?" Sie kam mir auf der Schottereinfahrt entgegengelaufen, Audrey, Natalie und Becky im Schlepptau. „Geht es dir gut? Was ist passiert?" Die Frauen umringten mich und umarmten meinen zitternden Körper.

„J-j-j-johnny." Meine Zähne klapperten.

„Was ist passiert?"

Ich hob die Hand und berührte zaghaft meine Schulter. Es fiel mir schwer, zu Atem zu kommen.

„Er hat sie gebissen", erklärte Audrey mit ihrer ruhigen Ärztinnenstimme. Dann legte sie den Kopf zur Seite und untersuchte die Wunde, obwohl es hier draußen zu dunkel war, als dass sie viel erkennen konnte. „Komm mit ins Haus, damit ich es mir richtig ansehen kann."

Die vier Frauen führten mich die Einfahrt hinauf zum Ranchhaus. Sie wirkten gar nicht überrascht. Wirkten nicht erschrocken.

„Er-er ist ..." Wie sollte ich es nur sagen? Wie sollte ich erklären, was ich gerade gesehen hatte? Dass sich mein Freund bei Vollmond in eine Bestie verwandelt hatte?

Ich hatte *Harry Potter* gelesen. Ich wusste, wie es funktionierte. Johnny hatte erwähnt, dass Vollmond ist, allerdings hatte ich mir nichts weiter dabei gedacht. In der Geschichte von Harry Potter war der Lehrer Remus Lupin ein wundervoller Mann, der nichts dagegen tun konnte, dass er sich bei Vollmond verwandelte. Genau das musste es auch sein, was mit Johnny passiert war. Warum er manchmal die Kontrolle verlor, wie gestern Abend in der Bar. Warum er heute Abend Angst gehabt hatte, mit mir „zu weit" zu gehen.

Das konnte ich ihm nicht zum Vorwurf machen, oder?

Ich wusste, dass Johnny niemandem etwas zuleide tun wollte. Dass ihm die Menschen in seinem Umfeld zutiefst wichtig waren, mich eingeschlossen.

Ich empfand großes Mitgefühl für seine Last. Es musste schrecklich sein, bei jedem Vollmond mit dieser anderen Seite in sich konfrontiert zu werden.

Dafür würde ich ihn nicht zurückweisen. Ich liebte den Kerl. Reißzähne und Fell zum Trotz.

Und ich wollte definitiv nicht, dass die anderen Jagd auf ihn machten. Sollte ich es also besser für mich behalten?

„Johnny ..."

„Hat er dich wirklich gebissen?", fragte Becky freundlich. Ruhig. Viel zu ruhig.

Ich starrte sie aus großen Augen an. Wie konnte sie so sachlich bleiben? Wusste sie etwa Bescheid?

Wieder wanderten meine Finger zu der Stelle an meinem Hals, wo er mich gebissen hatte. Ich hatte ihnen nicht erzählt, dass er mich gebissen hatte. Soviel sie wussten, hätte ich mich auch sonst wie verletzen können.

Was hieß, dass *sie es definitiv wussten*.

„Er ist ein Wolf." Es war eine Feststellung, keine Frage.

„Ja, Süße", bestätigte Becky mit demselben Tonfall, den Eltern benutzen, wenn sie eingestehen müssen, dass der Weihnachtsmann nicht existiert.

Mittlerweile waren wir am Ranchhaus angekommen und die Frauen schoben mich in die Küche. Audrey schnappte sich die Küchenrolle, faltete ein Blatt zusammen und drückte es auf meine Wunde, um die Blutung zu stoppen. „Hol bitte meinen Verbandskasten", bat sie Marina.

Sie wussten also über Johnny Bescheid und akzeptierten ihn dennoch. Ich hatte gewusst, dass sie nette Menschen waren. Ich war unglaublich froh, dass sie auf seiner Seite standen.

Aber – o Gott – was bedeutete das für mich?

„Bin ich jetzt infiziert?", fragte ich panisch.

Natalie schob mich auf einen der Küchenstühle und setzte sich mir gegenüber. Sie hielt meine freie Hand, die, mit der ich nicht das Bettlaken um meinen Körper zusammenzog.

Ihre Augen bohrten sich in mich. „Du bist nicht infiziert. Es ist keine Krankheit. Sie sind eine andere Art als wir."

Mein Mund war plötzlich staubtrocken und ich schluckte angestrengt. „*Sie?*"

Hieß das etwa …

Wolf Ranch! Der Name allein war schon ein verräterisches Zeichen.

„Alle Männer hier sind Werwölfe?"

„Wolfswandler." Mit dem Verbandskasten in der Hand kam Marina zurück in die Küche, stellte ihn auf dem Küchentisch ab und klappte ihn auf. „Nicht Werwölfe."

Becky griff sich einen Alkoholtupfer, riss ihn auf und reichte ihn Audrey an.

„Was ist der Unterschied?", fragte ich, während mein Blick zwischen ihnen hin- und herflog.

„Werwölfe gibt es nicht. Das sind Kreaturen aus Horrorfilmen. Überlieferte Schauergeschichten, die im Laufe der Menschheitsgeschichte weitergegeben wurden, nachdem Leute Wolfswandler gesehen und versucht haben, es irgendwie zu erklären. Deshalb halten wir ihre Existenz geheim. Ansonsten würden sie gejagt und getötet werden."

Audrey säuberte meine Wunde und inspizierte sie, auch wenn die Verletzung vor allem vom Alkohol des Tupfers brannte, ansonsten aber nicht besonders wehtat. „Die Wunde ist nicht sehr tief. Und es sieht aus, als wäre es nur ein Zahn gewesen." Sie warf ihrer Schwester über meinen Kopf einen Blick zu, den ich nicht deuten konnte.

Allerdings kam ich nicht dazu, nachzufragen, denn plötzlich hörte ich Johnny vor dem Haus rufen. „Lyssa? Fuck, Lyssa?"

Die Tür flog auf und dort stand mein Freund – splitternackt – und seine gehetzten Augen suchten meinen Blick. Er war dreckig, verschwitzt und in seinen Haaren hingen Grashalme.

„Es tut mir so leid, Baby." Er kam auf mich zu, zuerst stürmisch, doch dann blieb er in sicherer Distanz stehen, als ob er sichergehen wollte, dass ich genügend Abstand zu ihm hatte. „Ich musste verschwinden, aber dann habe ich es einfach nicht geschafft. Sag mir, dass ich hier sein soll. Oder sag mir, dass ich wieder verschwinden soll."

„Bedeck dich, Johnny." Becky schnappte sich ein Geschirrtuch und warf es ihm mit einem Lachen zu. Er fing es auf und hielt es vor seinen Schritt.

„Wir lassen euch allein", sagte Marina, klopfte auf meine Hand und dann verschwanden die Frauen. Sie würden mich nicht allein hier lassen, wenn ich in Gefahr wäre, oder?

Ich blieb regungslos auf dem Hocker sitzen. Ich stand

noch immer unter Schock und versuchte, das alles zu verarbeiten.

Johnnys Blick wanderte über meinen Körper, als ob er alles zu katalogisieren versuchte, was er sah. „Ich wollte dich nicht beißen, Baby. Es tut mir so leid. Es war ein Unfall – ich war zu mitgerissen. Und dann ist mein Wolf vollkommen ausgerastet, weil du verletzt warst, also bin ich gelaufen, um mich wieder unter Kontrolle zu bekommen. Ich sollte mich von dir fernhalten, aber ich kann verdammt noch mal einfach nicht. Geht es dir wirklich gut?"

Ich nickte und stand auf. War ich verrückt, dass mir diese Sache nicht mehr ausmachte? Was auch immer *diese Sache* war? War das wirklich ich, Emma, die Johnny wollte, oder war es meine verrückte Lyssa-Seite? Würde Lyssa mit einem Gestaltwandler zusammen sein wollen? Mit einem nackten Kerl, der sich in einen Wolf verwandelte und bei Vollmond rannte?

Ich würde es wollen. Ich wollte es.

„Es geht mir gut."

„Fuck sei Dank." Johnny stürmte auf mich zu, nur um erneut wie angewurzelt stehenzubleiben. „Darf ich dich berühren? Darf ich dich auf den Arm nehmen?"

Ich liebte es einfach, dass er um meine Erlaubnis bat. Dass er mich beschützte, sogar vor sich selbst.

Ich war so verwirrt. So überfordert. Und doch warf ich ihm die Arme um den verschwitzten Hals, ohne auch nur eine Sekunde nachzudenken. „Nimm mich auf den Arm", sagte ich.

Er hob mich hoch, Bettlaken und alles drum und dran, und trug mich aus dem Ranchhaus Richtung Schlafbaracke. Hinter uns knallte die Fliegengittertür zu. „Geht es dir gut? Hast du keine Angst vor mir?" Seine Augenbrauen waren gerunzelt und er marschierte zügig über den Hof, als ob er es nicht erwarten könnte, mich wieder in unserem Bett in Sicherheit zu wissen.

„Mir ... mir geht es gut", erklärte ich noch einmal.

„Nein, tut es nicht." Er klang so aufgewühlt. „Lyssa, ich wollte dir niemals wehtun. Es ist nur ... jemanden zu beißen ist etwas, das Wölfe mit ihren Gefährtinnen machen. Aber du bist ein Mensch, also wusstest du das natürlich nicht. Du heilst nicht so schnell wie eine Wölfin, also hat es wehgetan und du hast noch immer eine kleine Wunde. Es tut mir so leid. Rob hat mich gewarnt, dass ich heute Nacht nicht bei dir sein soll, weil Vollmond ist, aber ich konnte den Gedanken nicht ertragen, von dir getrennt zu sein. Ich habe Scheiße gebaut. Schon wieder."

Ich lehnte meine Stirn an seine. „Ehrlich. Es geht mir gut. Es war eine ziemliche Überraschung und sehr viel zu verarbeiten. Also verwandelst du dich bei Vollmond *wirklich* in einen Wolf?" Ich hatte so viele Fragen. „Sie haben gesagt, du wärst ein Wolfswandler, kein Werwolf."

Er schien nicht einmal außer Atem zu sein, obwohl er mich in diesem Tempo herumtrug. „Das stimmt. Der Mond hat definitiv eine Wirkung auf uns. Er bringt unsere Wolfsseite zum Vorschein. Normalerweise laufen wir bei Vollmond als Rudel, um Dampf abzulassen. Heute Abend habe ich den Lauf sausen lassen, um bei dir zu sein, aber das war ein Fehler." Seine Augen waren ein Meer aus Schmerzen.

Ich küsste seine Schläfe. „Ich bin okay", wiederholte ich leise. „Wir sind okay."

Sein Blick schoss zu meinem. Wir waren an der Schlafbaracke angekommen und standen nun im Schlafzimmer, wo er mich behutsam in der Mitte des Betts ablegte. „Sind wir das?" Hoffnung blitzte in seinen Augen auf.

Ich nickte. „Wir sind okay", murmelte ich.

Mit einem Seufzer der Erleichterung ließ sich Johnny

neben mich aufs Bett fallen. „O Baby." Er zog mich in seine Arme. „Das sind die besten Neuigkeiten, die ich je gehört habe."

Ich schwöre, für eine Sekunde glaubte ich, dieser große, toughe Cowboy – dieser Wolfswandler – würde in Tränen ausbrechen. Auch ich schlang meine Arme um ihn und hielt ihn fest.

„Wir sind okay", wiederholte ich ein drittes Mal, dann schloss ich die Augen und lauschte den Grillen und dem leisen, entfernten Schnauben der Pferde im Stall.

Unserem Atem, der sich verband.

Unseren Herzen, die im selben Takt schlugen.

Gut möglich, dass ich sogar noch verrückter war als Lyssa.

27

JOHNNY

WER BRAUCHTE SCHON EINE DECKE, wenn die eigene Gefährtin ausgestreckt über seinem Körper lag? Ich nicht. Irgendwann in der Nacht musste sie sich zu mir herumgedreht haben und ich hatte sie unbewusst über mich gezogen. Ihr Kopf ruhte auf meiner Brust und eines ihrer Beine lag in der Kuhle zwischen meinen. Ihre heiße Pussy drückte sich gegen meinen nackten Oberschenkel.

Zu dem beruhigenden Gefühl ihres Körpers auf meinem war ich eingeschlafen. Zum sanften Streicheln ihrer Finger, zum gleichmäßigen Schlagen ihres Herzens, zu ihren Worten. Jetzt würde ich sie beruhigen, sie halten und sie in meinen Armen weiterschlafen lassen. Mit einer Hand strich ich über ihren nackten Rücken, mit den Fingern der anderen Hand spielte ich mit einer ihrer langen Haarsträhnen.

Sie war in Sicherheit. Sie liebte mich. Ich atmete ihren Duft ein. Ja – da war er – mein Duft, der sich nun mit ihrem verband.

Der kleine Kratzer, den ich ihr gestern Nacht zugefügt hatte, hatte ausgereicht, um sie zu markieren.

Sie war meine markierte Gefährtin.

Scheiße. Es war nicht meine Absicht gewesen, sie zu markieren.

Es hätte perfekt sein sollen, diese Verbindung, die wir jetzt teilten. Vor allem, weil sie jetzt wusste, dass ich ein Gestaltwandler war. Aber es war nicht perfekt.

Mein Blick fiel auf die Wunde an ihrem Hals. Den Schorf. Ich hatte sie ohne ihre Zustimmung markiert. Ohne ihr Wissen darüber, was es bedeutete, meinen Duft in sich einzuschließen. Verdammt, als es passiert war, hatte sie nicht einmal gewusst, dass ich ein Gestaltwandler war.

Ich musste ihr alles erklären, doch war sie bereit dafür, zu erfahren, dass diese Markierung für den Rest ihres Lebens Bestand haben würde? Dass mein Wolf seinen Anspruch auf sie erhoben hatte und sie nie wieder gehen lassen würde?

Lyssa war ein Mensch. Sie würde nicht verstehen, wie tief diese Sache in uns verwurzelt war. Wenn sie noch nicht bereit war, sich für immer zu binden, könnte sich das für sie erstickend anfühlen.

Sie regte sich in meinen Armen und seufzte leise.

Ich wurde still.

„Morgen“, murmelte sie, dann erstarrte auch sie.

Fuck. Die Ruhe und der Frieden, die sich mit unserer neuen Existenz einstellen sollten, waren schlagartig verpufft.

Sie erinnerte sich wieder.

Ich ließ nicht locker, nicht, dass sie versuchen würde, sich zu bewegen. Wieder begannen meine Hände, ihren Rücken zu liebkosen.

„Morgen, Baby.“

„Gestern Abend war … ähm, ziemlich krass.“ Sie rieb ihre Wange über meine Brust.

Mein Schwanz regte sich, weil sie wach war, aber ich ignorierte es. Das hier war nicht der richtige Zeitpunkt zum Ficken. Na schön, jeder Moment war der richtige Zeitpunkt, um meine Gefährtin zu ficken, insbesondere jetzt, nachdem ich sie markiert hatte, allerdings gab es Dinge, über die wir zuerst sprechen mussten.

„Du hast Fragen", vermutete ich.

Sie versuchte, sich aufzurichten, doch aus Angst, sie würde verschwinden, schob ich sie einfach von mir herunter, bis wir beide auf der Seite lagen und uns ansahen. Ich streckte die Hand nach dem Laken aus und zog es über uns.

Ihre Augen blickten schläfrig, doch als sich unsere Blicke trafen, funkelten sie aufmerksam.

„Du bist also ein *Wolf*."

„Ja."

„Wurdest du so geboren?"

„Nur so funktioniert es", erklärte ich. „Meine Eltern sind Gestaltwandler in einem Rudel in Nebraska. Ich habe dir von meiner Schwester erzählt. Sie ist natürlich auch eine Gestaltwandlerin, genau wie ihre Welpen."

„Welpen?"

„Kinder."

„Und der Typ, der sie angegriffen hat?"

Ich nickte zustimmend.

„Und jeder hier auf der Wolf Ranch?"

„Die Männer. Und Willow. Die anderen sind Menschen, genau wie du."

„Ja, das hatte ich mir schon gedacht." Sie leckte sich über die trockenen Lippen und schluckte. „Wann hattest du vor, mir das zu erzählen?"

Ich seufzte schwer, streckte die Hand aus und streichelte ihre Haare. Ich konnte einfach nicht widerstehen. „Ich weiß. Es tut mir leid. Ich wollte auf ... den richtigen Moment warten." Ich schob sie auf den Rücken und rutschte zu ihr hinüber, bis sich mein Körper an ihren schmiegte. „Jeder Moment wäre der richtige gewesen, denn, Fuck, Baby, diese Sache hier zwischen uns ist perfekt. Aber wie hätte ich dir etwas so Großes erzählen sollen? Wie sollte ich mich aus diesem Loch befreien, in das mich ein derart ungeheuerliches Geheimnis verbannt hatte?"

Sie sah zu mir auf und biss sich auf die Unterlippe.

„Es ist Menschen verboten, von unserer Art zu erfahren."

„Ich werde es niemandem verraten."

„Danke." Wieder streichelte ich behutsam über ihren nackten Rücken. „Hast du Angst vor mir? Drehst du durch?"

Sie schüttelte den Kopf. „Ich habe dir letzte Nacht schon gesagt, dass wir okay sind. Das gilt noch immer."

Ich stieß den Atem aus und schloss für einen Moment die Augen, so erleichtert war ich darüber, dass sie es sich nicht anders überlegt hatte. Sollte ich ihr davon erzählen, dass sie meine markierte Gefährtin war? Davon, dass ich ein Vollstrecker war?

Ich wollte reinen Tisch machen – mit allem. Es war an der Zeit.

„Ich muss viel erklären."

Ein langsames Lächeln breitete sich auf ihrem Gesicht aus. „Äh, ja, was du nicht sagst."

Das ließ mich glucksen und ich beugte mich hinunter und küsste sie. „Ich arbeite hier auf der Wolf Ranch als einer der angeheuerten Rancharbeiter. Das weißt du. Ich wohne in der Schlafbaracke. Ich bin mit achtzehn hierhergekommen, auch das habe ich dir erzählt. Und abgesehen davon bin ich auch Vollstrecker."

Sie blinzelte. „Wie in der Mafia?"

„So ähnlich. Der Vertreter des Rudelrats, der eine Strafe zuteilwerden lässt."

„Ich verstehe nicht, was das bedeutet."

„Der Rudelrat ist wie eine Versammlung von Wolfswandlerrichtern. Jegliche Vergehen werden vor diesen Rat gebracht und sie verhängen Strafen gegen die Gestaltwandler, die diese Verstöße begangen haben."

„Warum können die Leute, die diese Verbrechen begehen, nicht einfach ins Gefängnis?"

„Weil Gestaltwandler problemlos ausbrechen könnten. Wir besitzen übermenschliche Kräfte. Eine Gefängniszelle kann einen Gestaltwandler nicht einsperren – und außerdem würde es unser Geheimnis verraten, sollte einer von uns ausbrechen. Wie gesagt, die Menschen dürfen nicht über uns Bescheid wissen."

„Und was für Strafen verhängt der Rudelrat? Musst du sie als Vollstrecker zusammenschlagen? Zertrümmerst du ihnen die Kniescheiben?" Bei ihrem angewiderten Ausdruck drehte sich mir der Magen um.

Mein Herz hämmerte gegen meinen Brustkorb. Ich würde sie wegen dieser Sache verlieren. Genau wie mein altes Rudel und meine Familie.

Vielleicht hätte ich doch noch damit warten sollen, es ihr zu erzählen. Nein – besser, jetzt herauszufinden, dass wir nicht funktionieren wird, als irgendwann später.

„Es, äh … es handelt sich üblicherweise um eine Art Blutstrafe."

Lyssa schnappte nach Luft. „Ein Vollstrecker ist also ein Henker?" Das letzte Wort war nur ein Wispern.

Ich zwang mich, den Blick nicht von ihrem Gesicht abzuwenden. Eine enge Fessel zog sich um meine Kehle zusammen, als ich mich auf ihre Reaktion gefasst machte. „Ja. Ich wurde wegen dem, was ich mit Simis Angreifer getan habe, ausgewählt. Was ich in mir habe. Und … das war auch der Grund, weshalb ich zu Chapmans Ranch gekommen bin."

Verwirrung flatterte über ihr Gesicht, dann breitete sich Begreifen in ihren Augen aus. „Du warst dort, um ihn umzubringen."

„Nein. Ich war da, um ihn zu seiner Verhandlung vor den Rat zu bringen. Mitch Chapman handelt mit Gestaltwandlerinnen. Er lockt sie an, um sie dann zu verkaufen."

„O mein Gott. Er ist auch ein Gestaltwandler?" Ihre Augen wurden groß und jetzt sah sie wirklich verängstigt aus.

„Ja. Du bist hier in Sicherheit, Baby."

28

EMMA

MITCH CHAPMAN WAR EIN GESTALTWANDLER? Ein Typ, der Frauen kidnappte und verkaufte? Himmel, wo war Lyssa da nur hineingeraten?

Das war alles zu viel, um es zu verarbeiten. Zuerst herauszufinden, dass Johnny ein Wolf war. Dann zu hören, dass er ein Vollstrecker war. War Johnny also eine Art Kopfgeldjäger? Einer, der abtrünnige Gestaltwandler jagte, sie vor den Rudelrat brachte und sie dann, wenn sie verurteilt wurden, umbrachte, anstatt sie zur Polizei zu bringen, die sie ins Gefängnis schmeißen würden?

„Moment." Ich presste meine Hand auf die Brust. Etwas Kaltes breitete sich dort aus. Ließ mein Herz härter werden. Ließ meinen Atem flacher gehen. Ich versuchte, die Quelle meiner Unruhe zu lokalisieren. Als ich mich aufrichtete, fielen mir meine langen Haare über die Schultern.

Ich wusste, dass Johnny Probleme damit hatte, seinen Zorn zu zügeln. Das hatte ich in Cody's Saloon aus nächster

Nähe gesehen. Er hatte mir davon erzählt, wie er den Angreifer seiner Schwester umgebracht hatte. Das wusste ich, er hatte es mir an dem Abend in seinem Truck erzählt, und ich hatte ihm gesagt, dass ich ihn liebe.

Und das tat ich. Scheinbar kümmerte es mich nicht sehr, dass es sein Job war, Leute umzubringen. Es kümmerte mich nicht einmal, dass er ein verdammter Wolf war.

Doch irgendetwas saß mir bei dieser Sache quer.

Und dann begriff ich. Es fühlte sich an wie Verrat. „Du hast also diese ganze Zeit über an einem Fall gearbeitet?"

Was mich so unruhig machte, war die Tatsache, dass er mich benutzt hatte. Dass ich nur hier in seinem Bett lag, weil er darauf wartete, dass ich endlich von Chapman hörte. Weil ich ihm helfen sollte, diesen Typen zu finden. Nein, er hatte mich bereits benutzt, damit ich ihm half. Er hatte mich gebeten, Chapman anzurufen, und ich hatte so getan, als ob.

Verwirrt runzelte Johnny die Augenbrauen. „Na ja, ja. Was meinst du damit?"

„Ich meine, ich war nur ein Teil deines Jobs. War das zwischen uns nur ein Vorwand, um an Mitch Chapman ranzukommen?"

Seine Augen wurden groß, als er begriff. „Nein, nein, nein, Baby. So ist das nicht."

„Wenn er auf seiner Ranch gewesen wäre, hättest du ihn dann umgebracht?", fragte ich.

„Nur, wenn er sich gewehrt hätte. Der Rat hat im ganzen Land Vollstrecker losgeschickt, die zu seinen diversen Häusern und Geschäften gefahren sind, um ihn zu finden. Wenn er auf seiner Ranch gewesen wäre, hätte ich ihn für seine Verhandlung vor dem Rat mitgenommen."

Das war mir nicht wirklich wichtig. Doch ich geriet in einen Gedankenstrudel, weil ich geglaubt hatte, die Sache zwischen uns wäre echt. Dass das, was wir hatten, was wir teilten, *tatsächlich* etwas bedeutete.

Ich blickte in seine dunklen Augen. „Gleich nach dem Zwischenfall mit dem Rauchalarm hast du mich gefragt, ob er auf der Ranch ist, und ich habe nein gesagt."

Er nickte und schenkte mir ein versicherndes Lächeln. „Richtig. Siehst du, du warst in Sicherheit."

In Sicherheit? Vielleicht vor einem Frauenhändler. Aber mein Herz?

„Du hast mich verführt, um in meiner Nähe bleiben zu können. Um Chapman im Auge behalten zu können. Du hast mich benutzt." Ich wedelte mit der Hand über meinen Körper. „Deshalb hast du dein Geheimnis für dich behalten und mir nichts von den Gestaltwandlern erzählt. Du warst erst gezwungen, dich zu erklären, nachdem du mich gebissen hattest."

Entsetzen breitete sich auf seinem Gesicht aus und seine Augen wurden groß. Ganz richtig. Ich hatte begriffen.

„Nein, Baby. Nein."

Ich hörte nicht auf ihn. Ich wollte nichts mehr davon hören, was er mir zu sagen hatte.

„Deshalb hast du die Nacht mit mir verbracht, weil du gehofft hast, er würde zurückkommen. Hattest deinen Spaß mit der Verwalterin, während du wartest."

„Lyssa." Es klang wie eine Warnung.

Ich zeigte mit dem Finger auf ihn. „Komm mir nicht mit Lyssa." Denn ich war nicht Lyssa. War ich nie gewesen. Wie machte sie das nur? Mit irgendeinem Typen eine Affäre anfangen, ohne ihr Herz mit ins Spiel zu bringen? Gott, ich hatte ihm sogar gesagt, dass ich ihn liebte!

Wenn ich doch nur wie Lyssa gewesen wäre und es beim Spaß belassen hätte, dann wäre das alles jetzt völlig egal. Was würde es dann schon ausmachen, dass er mich benutzte, um an Chapman ranzukommen? Ich benutzte ihn für wilden, hemmungslosen Spaß.

Aber die dumme, dumme Emma musste ja hergehen und ihr Herz mit ins Spiel bringen. Und es sich brechen lassen.

Denn während Johnny irgendwelche Sprüche darüber gemacht hatte, ich wäre die Richtige, die Einzige, dass ich ihm gehören würde, und mir zu allem Übel auch noch unzählige Höhepunkte beschert hatte, hatte er mich nur benutzt. Hatte versucht, Informationen aus mir herauszuquetschen. Hatte geglaubt, ich wäre die echte Lyssa, und hatte versucht, meine Verbindungen und Kontakte zu nutzen, um an den Mann ranzukommen, hinter dem er her war. Er hatte dafür gesorgt, dass ich bei ihm blieb, weil ich seine „Quelle" war.

Und er hatte es nicht erwidert, als ich „Ich liebe dich" gesagt hatte.

„Du hast mich benutzt."

„Was? Nein."

„Du wolltest Informationen über Mitch Chapman herausbekommen. Deshalb hast du ständig nach ihm gefragt, während ich hier war."

„Na ja, klar, wir müssen ihn finden. Er handelt mit Gestaltwandlerinnen, Baby."

„Mehr war das hier also nicht. Du wolltest nur diese dumme Menschenfrau in deiner Nähe behalten, damit ich dich zu deiner ... deiner Beute führen würde. Deiner Zielperson. Oder wie auch immer du es verdammt noch mal nennst."

Ich sprang aus dem Bett und auf die Füße. Fing an, im Zimmer auf und abzugehen. Als mir bewusst wurde, dass ich nackt war, blieb ich stehen und fing an, meine Sachen vom Boden aufzuheben, wo sie gestern Abend gelandet waren, und mich anzuziehen. „Ich war Teil deines Jobs. Das alles hier" – ich wedelte so wild mit der Hand im Zimmer herum, dass meine Haare flogen – „war einfach nur dein Job."

Seine Augen wurden schmal und seine Stimme tiefer. „Mein Job ist nicht der Grund, weshalb du in meinem Bett liegst."

„Dein Job ist der Grund, weshalb ich hier auf der Wolf Ranch bin. Dass du auf Chapmans Ranch in meinem Bett gelandet bist, war Teil deines Jobs. *Ich* war nur ein Job für dich."

Tränen rollten über meine Wangen.

„Ich dachte ... ich dachte ... Ich war *so* dumm."

Ich ergriff die Flucht.

„Lyssa, Baby, warte!"

Er nahm die Verfolgung auf. Natürlich tat er das. Das war es, was Wölfe taten.

Ich hatte meine kleine Reisetasche nicht dabei. Meine Sachen waren mir egal. Auf dem Tisch im Eingangsbereich lag meine Handtasche und daneben Johnnys Autoschlüssel. Ich schnappte mir beides und stürmte aus dem Haus.

Barfuß. Ohne BH.

Ich schoss zu Johnnys Truck und setzte mich hinters Steuer. Startete den Motor. Scheiße, war sein Sitz weit zurück!

„Lyssa. Stopp. Warte!"

Ich schüttelte nur den Kopf. Ich rutschte mit dem Hintern so weit auf dem Sitz nach vorn, wie nur irgend möglich, legte den Gang ein und fuhr davon, dass der Schotter spritzte.

Nichts von all dem war echt gewesen. Es war ein Zeitvertreib gewesen. Eine Bettgeschichte, während er darauf gewartet hatte, dass mein Boss mich anrief. Nein, nicht mein Boss. Lyssas Boss. Mich würde Chapman niemals anrufen, denn ich war nicht Lyssa.

Ich war Emma. Die Schwester, die niemand lieben wollte.

29

JOHNNY

I CH BLICKTE LYSSA HINTERHER, als sie mit dem Truck aus der Einfahrt schoss.

„Lyssa!", brüllte ich ihr vergeblich hinterher. „Was zur Hölle?"

Was war gerade passiert? Ich musste sie einholen und es herausfinden. Ich rannte Richtung Scheune davon, dem nächstgelegenen Gebäude. So früh am Morgen ... ja! Boyds Truck parkte vor der Scheune.

Ich stürmte in den Stall.

„Ich brauche deinen Autoschlüssel."

Boyd stand vor Chestnuts Box und drehte sich herum, als er mich hörte. Augenblicklich riss er alarmiert die Augen auf.

„Verdammt? Was ist los? Hast du dich verwandelt?"

Ich war regelrecht panisch und hätte um ein Haar in seine Jeanstasche gegriffen und seinen verfluchten Autoschlüssel herausgezerrt.

„Lyssa ist abgehauen. Wir hatten einen Streit. Sie ist durchgedreht und weggefahren.“

„Sie schwebt nicht in Gefahr?“

Ich schüttelte den Kopf. „Nein. Gib mir deinen Autoschlüssel!“

„Alter, du bist splitterfasernackt.“

In diesem Moment wanderte mein Blick an mir hinunter. „FUCK!“, brüllte ich und schreckte die Pferde auf.

Boyd griff nach meiner Schulter, schob mich aus der Scheune und marschierte mit mir am Schlafittchen zurück zur Schlafbaracke.

„Erkläre mir, was hier verdammt noch mal los ist.“ Seine für gewöhnlich so unbekümmerte Art war verschwunden und er strahlte nichts als Ernst aus.

Ich fuhr mir mit den Fingern durch die Haare. „Wir sind aufgewacht und ich habe ihr erzählt, dass ich Vollstrecker bin.“

„Fuck. Das ist viel für einen Menschen. Kein Wunder, dass sie überfordert war.“

„Sie wusste schon darüber Bescheid, was ich mit dem Typen angestellt hatte, der meine Schwester angegriffen hatte, und das war okay für sie gewesen. Das Problem ist, dass ich ihr auch erzählt habe, dass ich hinter ihrem Boss her bin, Chapman. Das hat sie stinksauer gemacht.“

„Du suchst nach Chapman?“

Ich nickte.

Boyd schob mich durch die sperrangelweit offen stehende Eingangstür der Schlafbaracke und in den Wohnbereich hinein. „Zieh dir was über.“

„Ich brauche deinen Truck, um ihr hinterherzufahren.“

„Ganz sicher nicht ohne Unterhose.“

Schnaubend verschwand ich in meinem Zimmer. Dort roch es noch immer nach Lyssa. Ich zog mir eine Jeans an und ging zurück ins Wohnzimmer, während ich mein Holzfällerhemd zuknöpfte.

„Gib mir deinen Autoschlüssel."

Er schüttelte den Kopf. „Wo willst du denn nach ihr suchen?", drängte er. „Frauen brauchen Zeit, um sich zu beruhigen."

Ich stieß ein Knurren aus.

„Sie ist keine Gestaltwandlerin, Johnny. Mit einem Truck davonzufahren, ist für Menschen dasselbe, wie für uns zu laufen. Sie kommt wieder zurück."

Wieder fuhr ich mir mit den Fingern durch die Haare. „Sie ist meine Gefährtin. Meine markierte Gefährtin."

Boyd grinste mich an. „Glückwunsch."

Ich warf ihm einen finsteren Blick zu. Seine Glückwünsche gingen mir am Arsch vorbei, denn meine Gefährtin war nicht hier. „Ich bin nicht mehr dazu gekommen, ihr zu erklären, was es bedeutet, eine markierte Gefährtin zu sein. Sie ist irgendwo da draußen" – ich gestikulierte zur Eingangstür – „und glaubt, ich hätte sie ausgenutzt."

„Hast du das?"

Ich warf die Arme in die Luft. „Nein! Ich habe ihren Duft aufgegriffen, und ab da gab es kein Zurück mehr für mich."

„Aber du suchst immer noch nach Chapman."

„Ja, natürlich."

„Lass mich raten. Mein Bruder hat dir eingebläut, sie nach Informationen über Chapman auszuquetschen."

Meine Augen wurden groß. „Ja."

Boyd seufzte. „Bis sie sich beruhigt hat, bist du am Arsch, Alter."

30

EMMA

Ich ließ das Cooper Valley hinter mir und hielt schließlich an einem Parkplatz mit Aussicht an.

Gott sei Dank war mein Handy in meiner Handtasche gewesen, als ich geflüchtet bin.

Ich wischte mir die Tränen vom Gesicht. Schniefte.

Rief Lyssa an.

„Emmie!"

Als ich die Stimme meiner Schwester hörte, stiegen mir prompt frische Tränen in die Augen.

„Wo bist du?", fragte ich.

„Zurück auf der Ranch. Wo bist du denn? Ich dachte, du würdest eine Weile hierbleiben?"

„Ist Mitch Chapman da?" Ich kam direkt zur Sache. Wenn Johnny sagte, Chapman wäre ein gefährlicher Mann ... Gestaltwandler, dann glaubte ich ihm.

„Was? Nein. Ich bin gestern Abend erst aus Ibiza zurückgekommen."

„Ist der Sultan bei dir?", fragte ich. Ich wollte nicht das fünfte Rad am Wagen zwischen ihr und ihrem Mann sein.

„Raj? Nein, Dummerchen. Wir hatten unseren Spaß und jetzt ist er auf dem Weg zu irgendeiner Pferdeshow in Dubai oder so."

Richtig. Raj war das aktuelle Tagesmenü gewesen und jetzt hatte sie sich satt gegessen.

„Also ist niemand bei dir?"

„Alles ruhig. Natürlich könnten wir Schokokekse essen und über Jungs quatschen, wenn du hier wärst."

Das klang fantastisch. Ich vermisste meine Zwillingsschwester wie verrückt. Vor allem jetzt, nachdem ich ein paar Tage lang versucht hatte, genau wie sie zu sein.

„Er hat dich nicht angerufen?", fragte ich besorgt.

„Mitch? Warum sollte er mich anrufen?"

„Weil du seine Verwalterin bist."

„Von seiner Ranch in *Montana*", erwiderte sie und ihr Tonfall verriet mir, dass sie mich weiterhin für ein Dummerchen hielt. „Nur eines seiner vielen Anwesen. Vermutlich hat er völlig vergessen, dass er hier eine Ranch hat. So sind sie alle."

Bisher hatte ich noch keinen einzigen ihrer wohlhabenden Arbeitgeber kennengelernt.

„Was ist denn eigentlich los?", fragte sie nun.

„Ich ... ich bin in ein paar Stunden an der Ranch. Dann erzähle ich dir alles."

Sie schrie mit ihrer üblichen Begeisterung auf. „Super! Ich kann es nicht erwarten, dich zu sehen. Du wirst nicht glauben, was der Sultan und ich in seinem Privatjet gemacht haben."

Damit brachte sie mich zum Lächeln, so, wie sie es immer schaffte. Lyssa die Sorglose. Die Zwillingsschwester, die einen Sultan aus einem fernen Land traf, von dem ich noch nie im Leben gehört hatte, mit ihm nach Ibiza flog und mit ihm zusammen irgendetwas unerhört Ungezogenes in seinem Privatjet machte. Seinem *Privatjet*. Und sie lachte nur darüber.

Und dann gab es da mich. Ich hatte versucht, genau wie sie zu sein, und das Ende vom Lied war, dass ich in einem gestohlenen Truck abgehauen war. Ohne BH. Mit gebrochenem Herzen.

31

JOHNNY

Zu aufgewühlt, um irgendetwas anderes zu tun, verwandelte ich mich in meine Wolfsgestalt und lief. Fuck!

Fuck, Fuck, Fuck.

Ich hätte keine größere Scheiße bauen können.

Lyssa glaubte, ich hätte sie benutzt. Glaubte, dass sie mir nichts bedeutete. Sicher, ich konnte absolut nachvollziehen, warum sie das denken würde. Nur ... was sie nicht wusste – womit ich zuerst hätte herausrücken sollen, verdammt noch mal – war die Tatsache, dass sie meine Gefährtin war.

Das Schicksal hatte uns zusammengebracht. Wir hätten uns überall und unter allen Umständen treffen können, und nichts hätte mich davon abgehalten, sie zu verführen. Sie war für mich bestimmt, ganz egal, was um uns herum passierte.

Hätte mir ein anderes Weibchen die Tür auf Chapmans Ranch geöffnet, hätte ich es nicht verführt und mit nach Hause gebracht.

Das musste ich Lyssa erklären. Oder besser noch – denn Worte waren billig – ich musste es ihr irgendwie beweisen.

Doch wie?

Ich lief, bis meine Pfoten aufgeschürft und blutig waren, nur um in der bangen Hoffnung zur Ranch zurückzukehren, dass Lyssa mittlerweile zurückgekommen war.

Sie war nicht zurückgekommen.

Fuck! Ich verwandelte mich zurück in meine Menschengestalt und ging nackt in der Schlafbaracke auf und ab.

Ich würde sie ja anrufen, doch ich wusste noch nicht einmal die Handynummer meiner eigenen Gefährtin. Wir waren umgehend im Bett gelandet und hatten seitdem jede Sekunde miteinander verbracht, also hatte kein Grund bestanden, Nummern auszutauschen.

Wie blöd konnte ich eigentlich sein?

Vielleicht hatte dieser Hacker in Arizona ihre Nummer. Ja, das war einen Versuch wert. Ich zog mir eine Jeans an und joggte hinüber zum Ranchhaus.

„Rob!" Mit der Faust hämmerte ich gegen die Tür, dann marschierte ich ungebeten herein und in die Küche.

„Er ist in seinem Büro", informierte mich Willow von ihrem Platz am Küchentisch aus. „Wie ist es mit Lyssa gelau–"

Ich unterbrach sie mit einem wütenden Kopfschütteln.

„Oh. Tut mir leid."

„Rob!" Ich stürmte ins Büro meines Alphas. Normalerweise zeigte ich mehr Respekt, doch in diesem Moment hatte ich praktisch den Verstand verloren – ich war zu aufgewühlt, um mich an meine Manieren zu erinnern. „Ich brauche ..."

Rob telefonierte. Er hob eine Hand und ließ mich verstummen. „Verstanden. Johnny wird sich jetzt zur Ranch aufmachen. Genau."

Wird sich jetzt zur Ranch aufmachen.

Scheiße! Das hieß, dass Chapman zurück war.

Was, wenn meine Gefährtin ebenfalls dort war?

Die Angst um meine Gefährtin rauschte so mächtig durch meine Adern, dass ich mich beinahe an Ort und Stelle verwandelte, um sie zu verteidigen. Bei der Vorstellung, dass sie womöglich allein mit diesem gefährlichen Kriminellen war, wollte ich das Zimmer in Kleinholz verwandeln.

Rob beendete sein Telefonat. Ich starrte ihn wortlos an und machte mich auf das Schlimmste gefasst. „Ich wurde gerade darüber informiert, dass sich Chapman auf dem Weg zu seiner Ranch befindet. Vollstrecker aus dem Two-Marks-Rudel sind ebenfalls auf dem Weg und treffen dich dort, damit du ihn nicht allein dingfest machen musst. Ich will, dass du wartest, bis sie da sind, bevor du irgendetwas unternimmst.“

„Ich brauche Lyssas Nummer“, platzte ich heraus.

Rob runzelte die Stirn. „Hast du gehört, was ich gerade gesagt habe? Zeit für den Zugriff auf Chapman.“

„Ich habe dich gehört. Aber ich glaube auch, dass meine Gefährtin bereits auf dem Weg zu seiner Ranch ist. Vielleicht ist sie schon da. Es ist ein paar Stunden her, seit sie gefahren ist. Sie ist völlig ausgerastet, als ich ihr erzählt habe, dass ich Vollstrecker und gerade auf der Suche nach ihrem Boss bin.“ Ich warf ihm einen Blick zu, der ihm irgendwie vermitteln sollte, es wäre nur seine Schuld, dass ich Lyssa die Wahrheit hatte verraten müssen. Doch in Wirklichkeit lastete die Schuld allein auf mir. Ich hatte totale Scheiße gebaut. Hatte ihr Angst gemacht. Hatte sie dazu gebracht, schlecht von sich zu denken und infrage zu stellen, was wir teilten.

Das musste ich in Ordnung bringen, viel dringender noch, als Chapman zu finden.

Rob schnaubte.

„Alpha, ich muss sie warnen“, knurrte ich und versuchte erfolglos, respektvoll zu klingen. „Sie ist so wütend auf mich.

In Montana gibt es keinen anderen Ort, an den sie unterwegs sein könnte. Boyd glaubt, sie müsste sich nur beruhigen und dann würde sie schon zurückkommen. Aber was, wenn es deine Gefährtin wäre, die sich in Gefahr begibt? Könntest du tatenlos herumsitzen und abwarten?"

„Nein, verdammt."

„Kannst du diesen Hacker in Arizona nach ihrer Handynummer fragen? Ich weiß nicht einmal, wie ich sie warnen soll. Falls sie zu Chapmans Ranch unterwegs ist."

Wilde Entschlossenheit blitzte in seinen Augen auf. „Natürlich. Ich finde ihre Nummer heraus. Fahr du schon mal los. Ich schreibe dir eine Nachricht, wenn ich ihre Nummer habe, zusammen mit den Kontaktinformationen der Two-Marks-Vollstrecker."

Ich war schon durch die Tür und rannte los, bevor er seinen Satz zu Ende gebracht hatte. Jetzt musste ich nur noch Boyds Autoschlüssel besorgen und dann konnte ich meine Gefährtin vor der drohenden Gefahr erretten.

Halte durch, Lyssa. Ich komme.

Und ich werde mich von nichts aufhalten lassen, um dir zu beweisen, was du mir bedeutest.

32

EMMA

ALS ICH AN CHAPMANS RANCH ANKAM, fing es an zu regnen. Lyssa kam in irgendeinem seidigen, wehenden Kleid aus dem Haus gestürmt. „Emmie!"

Ich brach in Tränen aus, kaum hatte ich die Autotür aufgedrückt.

„O nein! Was ist los?" Sie zog mich in eine feste Umarmung. „Wo ist der heiße Cowboy? Hast du ihn abserviert?"

Ich schluchzte so sehr, dass ich kein Wort herausbrachte. Ich war so erleichtert, Lyssa zu sehen. Lyssa, die mein wahres Ich kannte. Die mich so liebte, wie ich war. Doch mein Herz fühlte sich in diesem Augenblick an, als wäre es unheilbar gebrochen. Ich sehnte mich nach Johnny. Ich vermisste ihn so sehr, es war, als ob mir bei meiner Flucht ein Teil meines Herzens herausgerissen worden wäre.

Trotzdem, er hatte mich benutzt. Und schlimmer noch, ich hatte zugelassen, dass mein Herz in diese Sache hineingeriet.

Ich war mir nicht sicher, ob ich auf ihn oder auf mich selbst wütend war.

„Komm erst mal ins Haus." Lyssa zog mich zur Haustür. „Bevor wir noch völlig durchnässt werden."

Arm in Arm rannten wir ins Haus und der Regen vermischte sich mit den Tränen, die über meinen Wangen kullerten.

„Hier, komm ans Feuer." Sie stellte mich vor einem großen Gaskamin ab und betätigte einen Knopf, der die Flammen höher flackern ließ. Dabei war das hier nur der Kamin in einer kleinen Wohnstube, nicht der enorme Holzkamin im großen Wohnzimmer, der in einen zweigeschossigen Schornstein aus Flusssteinen mündete. Lyssa legte mir eine Decke um die Schultern. „Ich mache uns einen Tee und dann erzählst du mir alles darüber, was mit dem heißen Cowboy passiert ist und ob ich ihn jagen und umbringen soll."

Als sie Johnny – meinen heißen Cowboy-*Wolf* – erwähnte, brach mein Herz aufs Neue. Gott, ich vermisste ihn so sehr. Der Schmerz darüber, benutzt worden zu sein, erfüllte mich mit Scham und Demütigung.

Mein Handy vibrierte ihn meiner Handtasche und ich warf einen Blick auf die Nummer, erkannte sie jedoch nicht, also schaltete ich mein Handy aus. In diesem Moment wollte ich einfach ungestört Zeit mit meiner Schwester verbringen. Möglicherweise war es Stan, der von seiner neuen Arbeitsstelle aus anrief, und er war der Letzte, mit dem ich jetzt sprechen wollte.

„Also, was ist passiert?", fragte Lyssa, als sie mit zwei Bechern Pfefferminztee zurückkkam. Sie kuschelte sich neben mich auf die Couch und stupste mich mitfühlend mit der Schulter an.

Ich wischte mir die Tränen vom Gesicht und trank einen

Schluck Tee. „O mein Gott. Das ist eine total verrückte Geschichte. So verrückt, dass du sie mir nicht glauben wirst."

„Mein letzter Stand war, dass ihr mit meiner Kiste Sexspielzeugen euren Spaß hattet", grinste sie und wackelte vielsagend mit den Augenbrauen.

Bei der Erinnerung an diese extrem heiße Nacht zog sich mein Magen vor Kummer zusammen. Das war es, was ich aufgab – den unglaublichsten Liebhaber, den ich jemals gehabt hatte. „Ja", schniefte ich. „Das war fantastisch. Überhaupt war alles wirklich fantastisch, bis heute Morgen."

„Was ist passiert?"

„Wie sich herausstellte, hat er mich nur benutzt, um an Mitch Chapman ranzukommen."

Verwirrt runzelte Lyssa die Stirn. „Was?"

Ich trank noch einen Schluck heißen Tee. Das half mir, mich zu beruhigen und klare Gedanken zu fassen. Es gab so viel, was ich ihr erklären musste. „Okay, also, was ich dir nicht erzählt habe, ist, dass ich … so getan habe, als wäre ich du."

Plötzlich schämte ich mich ganz schrecklich und wandte den Blick ab.

„Was meinst du damit?"

„Ich meine … als ich die Haustür aufgemacht habe und dieser heiße Cowboy vor mir stand und mit mir geflirtet hat, wollte ich mich wild und draufgängerisch fühlen. Ich wollte mehr wie du sein – Risiken eingehen und Sex haben, mit wem ich wollte. Also habe ich gesagt, ich wäre du."

Lyssa starrte mich perplex an. „Du redest wirres Zeug."

„Ich habe gesagt, ich wäre Lyssa, die Verwalterin der Ranch. Nicht Emma."

„Ooooh. Verstehe. Wie damals im Algebraunterricht. Und dieser Cowboy war also nur an dir interessiert, weil er nach einem Weg gesucht hat, an meinen Boss ranzukommen, ist es das? Er hat dich also benutzt?"

Ein frischer Schluchzer stieg in meiner Brust auf und ich ließ ihn hervorbrechen. „Ja."

Sie legte ihren Arm um meine Schultern und klopfte mir auf den Rücken. „Na und? Du hast ihn doch auch benutzt, oder etwa nicht? Du wolltest mit einem heißen Cowboy ausreiten, und das hast du getan. Ihr habt beide einen Nutzen aus der Situation gezogen."

Natürlich betrachtete Lyssa die Situation als rein geschäftlich – eine Transaktion. Sie verliebte sich offensichtlich nie. Nicht einmal in den Sultan, der sie für einen Strandurlaub um die halbe Welt geflogen hatte. Sie war mit unversehrtem Herzen und einer unverschämten Sonnenbräune zurückgekommen. Ich war der Einfaltspinsel, der sein Herz verlor.

„Hör zu. Nur weil er dich zu irgendeinem Zeitpunkt als Möglichkeit gesehen hat, um an Chapman ranzukommen, heißt das nicht, dass er nicht auch etwas für dich empfindet. Jeder Mensch hat etwas an sich, was ihn besonders attraktiv macht. Du hast seinen Cowboy-Vibe und seinen heißen Körper geliebt. Er hat auf dich gestanden, und dein zusätzlicher Vorteil war, dass du ihm einen Weg zu Mitch ermöglicht hast." Sie zuckte mit den Schultern. „Damit will ich nur sagen, dass es ja nicht gleich heißen muss, dass er dich deswegen *weniger* mag."

Ich dachte über ihre Worte nach, dann ließ ich mich in die Couch zurücksacken. „Vielleicht. Aber er kennt nicht einmal mein wahres Ich. Ich habe so getan, als wäre ich du."

Einmal mehr runzelte Lyssa verwirrt die Stirn. „Was meinst du damit?"

„Ich meine, ich habe dir sozusagen nachgeeifert. Ich habe immerzu gedacht, ‚Was würde Lyssa tun?' Und dann habe ich genau das getan."

Lyssas Augen wurden groß und sie lachte prustend. „Was?

Ist das dein Ernst? Warum solltest du so tun wollen, als wärst du ich? Wie denn zum Beispiel?"

„Na ja, zum Beispiel habe ich keine zehn Minuten, nachdem ich ihm die Tür aufgemacht habe, schon mit ihm rumgeknutscht. Oder dass ich dann mit ihm zu seiner Ranch gefahren bin. Mit ihm Nacktbaden war. Reiten. Auf einem mechanischen Bullen geritten bin. Mit Sexspielzeugen gespielt habe."

Lyssas Ausdruck wurde weicher. „Wow. Du warst ja ordentlich beschäftigt! Ich fühle mich sehr geehrt, dass ich deine Inspirationsquelle war, um in einer Beziehung ein paar Risiken einzugehen. Aber Himmelherrgott, Em, ich bin die verkorkste Zwillingsschwester." Sie presste eine Hand auf ihr Herz. „Ich bin diejenige, die das College geschmissen hat und keinen festen Job landen kann und auf die man sich nicht verlassen kann. *Du* bist diejenige, der *ich* nacheifere, wenn ich versuche, vernünftige, gute Entscheidungen für mein Leben zu treffen."

Ich stieß ein verheultes Lachen aus. Ich traute meinen Ohren nicht. „Ich? Warum solltest du das tun? Deine Jobs zahlen so viel besser und sind viel glamouröser. Und du hast keinen Arschlochchef wie Stan."

„Aber meine glamourösen Jobs enden immer mit einem Knall."

„Stimmt. Apropos ..." Ich wischte mir die frischen Tränen aus den Augen. „Wie sich herausgestellt hat, ist Mitch Chapman ein Wolf und Menschenhändler. Ich meine, Gestaltwandlerhändler."

Lyssa blinzelte mich an. „Wie bitte?"

Ich wedelte mit der Hand durch die Luft. „Das ist der verrückteste Teil der Geschichte. Wie sich herausgestellt hat, ist Heißer Cowboy – er heißt übrigens Johnny – in Wirklich-keit ein Wolf. Kein Werwolf, sondern eine andere Art, die sich von Menschengestalt in Wolfsgestalt verwandeln kann. Und Mitch ist einer von ihnen. Und obendrein auch noch ein Superbösewicht."

„Ähm. Okay. Das klingt wirklich verrückt. Hast du zufällig auch noch Drogen genommen, während du mir nachgeeifert hast?"

Ich schüttelte den Kopf. „Nein, du Dummkopf." Mein Blick schweifte durch Chapmans wunderschöne Mega-Villa. „Du musst hier kündigen. Wir sollten verschwinden, bevor er zurückkommt."

„Er handelt mit Frauen?"

Ich nickte.

„Fuck. Wo sollen wir hin? Der Sultan ist keine Option. Hast du noch deine Wohnung in L.A.?"

„Ja." Die Vorstellung, nach Los Angeles zurückzukehren, lag schwer wie ein Wackerstein auf meiner Brust. „Und Stan hat mir eine neue Stelle mit dem dreifachen Gehalt von vorher angeboten."

Lyssa warf mir einen skeptischen Blick zu. „Bist du dir sicher, dass du wieder für diesen Arsch arbeiten willst?"

„Na ja, eine von uns beiden muss schließlich eine feste Stelle annehmen, während wir unsere nächsten Optionen überdenken", erklärte ich niedergeschlagen.

Ihr Gesicht erstrahlte, auch wenn die Situation alles andere als heiter war. „Siehst du? Das meine ich. Da ist sie wieder, die kleine Miss Verantwortlich. Die versuche ich immer zu sein, aber ich schaffe es einfach nie richtig."

Ich lachte. „Lass das lieber. Sie ist schrecklich öde und hat nie Spaß."

„Hattest du nicht von einem mechanischen Bullen gesprochen? Klingt nach einer Menge Spaß. Und nicht vergessen, Miss Wild & Unbekümmert hier hat nur Spaß, aber da ist nichts dahinter. Ich kann buchstäblich nichts vorweisen, was ich in meinem Leben erreicht habe. Ich glaube, ich habe gerade mal zweihundert Dollar auf dem Konto."

„Du kannst Jahre voller Abenteuer vorweisen!"

„Aber auf dem Papier bin ich nichts." Sie schüttelte den Kopf. „Keinen Uniabschluss. Keinen echten Beruf. Ich denke mir meinen Lebenslauf jedes Mal neu aus, je nachdem, auf was für einen Job ich mich bewerbe."

„Wen kümmert es, was auf dem Papier steht? Das Einzige, was wirklich zählt, ist das Herz." Noch während ich die Worte aussprach, wurde mir bewusst, wie klar mein eigenes Herz in diesem Moment sprach.

Lyssa musterte mich, als hätte auch sie die Veränderung in mir bemerkt. Ihre Stimme wurde weich und sie nahm meine Hand in ihre. „Was will dein Herz, Emmie?"

Ich blinzelte die Tränen zurück. „Mein Herz will Johnny."

Als ich das zugab, blitzten Erinnerungen an all die Zärtlichkeit auf, die er mir gezeigt hatte, an all seine Aufmerksamkeit und seine Rücksicht auf mich. An die Art und Weise, wie er mich heute Morgen im Arm gehalten hatte. Sein Entsetzen darüber, mich gestern Abend gebissen zu haben. Wie er mich aus dem Saloon getragen und wie sehr er darunter gelitten hatte, nicht zu wissen, wie ich darauf reagieren würde, dass er meinetwegen in einen Streit geraten war.

Es war nicht ausschließlich heißer Sex gewesen – auch wenn der Sex mich förmlich in Flammen gesetzt hatte. Was wir teilten, war echt. Doch ich hatte zugelassen, dass meine eigene Unsicherheit mir einredet, es wäre nur Schein.

Wenn sogar Lyssa manchmal versuchte, wie ich zu sein, dann machte ich vielleicht gar nicht alles falsch.

Bei Johnny hatte ich einfach überreagiert.

Lyssa fischte mein Handy aus meiner Handtasche und hielt es mir hin. „Ruf ihn an."

Ein freudloses Lachen platzte aus mir hervor. „Ich habe

nicht mal seine Nummer. Ich habe seinen Truck gestohlen, also schätze ich, ich könnte zurückfahren."

Sie nickte. „Ja, fahr zurück. Ich meine, für mich ist das schade, weil ich mit dir Schokokekse essen und eine Folge *Gilmore Girls* nach der anderen schauen wollte, aber du solltest fahren."

Plötzlich wurde mir das ganze Ausmaß der Situation klar.

„Nein, du musst auch mitkommen." Ich sprang auf. Wenn Johnny Mitch Chapman für so gefährlich hielt, dann sollten wir nicht einmal hier sein. „Komm, pack deine Sachen. Hier sind wir beide nicht sicher."

Lyssa sah nicht gerade angemessen besorgt aus. Ich griff nach ihrem Handgelenk und riss sie auf die Füße. „Ich meine es ernst. Mitch Chapman ist ein Frauenhändler oder sowas. Wir könnten in Gefahr schweben. Komm, beweg dich."

Das Knirschen von Kies draußen vor dem Haus ließ uns beide zum Fenster stürzen.

„O Scheiße", sagte Lyssa und ihr unendlich vertrauter Blick suchte meinen.

Ein wunderschöner schwarzer Jaguar SUV hielt vor dem Haus, direkt vor der Eingangstür und hinter Johnnys Truck.

„Ist er das?", wisperte ich mit hämmerndem Herzen.

Sie nickte. „Ja. Mitch ist zurück."

33

JOHNNY

Ich trat das Gaspedal durch. Ich war fast an Chapmans Ranch.

Immer wieder hatte ich versucht, Lyssa anzurufen, war aber jedes Mal sofort zur Mailbox umgeleitet worden, als ob sie das Handy ausgeschaltet hätte.

Fuck! Meine Gefährtin schwebte in Gefahr, und jede Sekunde, in der ich nicht bei ihr war, konnte ihr etwas zustoßen. Mein Wolf heulte vor Kummer.

Tatsächlich wusste ich nicht einmal mit absoluter Sicherheit, ob sie überhaupt dort war, doch mein Bauchgefühl sagte mir, dass es richtig wäre, zu Chapmans Ranch zu fahren. Es war mein Instinkt gewesen, der mich dazu gebracht hatte, meinen Alpha anzublaffen und mehr oder weniger Boyds Truck zu klauen. Lyssa war auf der Running-Waters-Ranch. Mein Wolf wusste es verdammt noch mal.

Mein Handy klingelte und ich tastete hektisch danach, um den Anruf anzunehmen.

„Johnny? Hier ist Knox." Knox war einer der Vollstrecker aus dem Two-Marks-Rudel in Wyoming. Sie waren wegen einer anderen Angelegenheit in der Gegend gewesen und von unserem Rudel um Hilfe gebeten worden, als wir erfahren hatten, dass Chapman auf dem Weg nach Montana war. „Travis und ich befinden uns gerade an der Grenze von Chapmans Anwesen."

„Wartet auf mich. Nein – Fuck." Ich konnte keinen klaren Gedanken fassen. „Ich glaube, meine Gefährtin, Lyssa, ist auf der Ranch. Sie ist Chapmans Verwalterin. Wir hatten einen Streit und ich bin mir ziemlich sicher, dass sie dorthin zurückgefahren ist. Ich will nicht, dass sie in Gefahr gerät."

„Scheiße", murmelte Travis. „Das könnte zum Problem werden."

„Was soll das heißen?", brüllte ich förmlich in die Leitung.

„Du, Mann", erklärte Knox. „Dein Wolf wird nur ein einziges Ziel haben – deine Gefährtin zu beschützen. Was völlig normal ist. Und da wir es jetzt wissen, können Travis und ich uns um den Rest kümmern. Wie weit bist du noch entfernt?"

„Fünfzehn, zwanzig Minuten."

„Fährst du einen blauen Pick-up?"

„Ja." Ich gab ihm Marke und Modell durch.

„Den haben wir in der Einfahrt bemerkt. Sie ist hier."

Ich war gleichermaßen erleichtert und panisch. Gab Vollgas und ließ den Motor von Boyds Truck aufheulen.

„Okay, hör zu. Wir verwandeln uns und rücken in Wolfsgestalt auf Chapmans Anwesen zu. Schnüffeln ein bisschen herum und bringen uns in der Nähe des Hauses in Position. Du fährst direkt bis vors Haus und klingelst. Wir geben dir Rückendeckung."

„Verstanden."

Ich beendete den Anruf und meine Finger zogen sich um das Lenkrad zusammen. Später würde ich mich bei Boyd für die Fingerabdrücke entschuldigen müssen, die ich gerade ins Steuer hineindrückte.

34

LYSSA

„Ich komme mit Mitch schon klar", versicherte ich Emma. „Geh du in mein Schlafzimmer. Solang es nicht sein muss, braucht er nicht zu wissen, dass es zwei von uns gibt."

Emma schien nicht zu begeistert von der Vorstellung zu sein, sich von mir zu trennen, vor allem, weil sie wusste, wozu Mitch in der Lage war. Dieser Widerling.

„Bist du sicher?"

Ich nickte. „Ja – geh." Ich schob sie sanft in Richtung meines Zimmers davon, dann schlenderte ich zur Haustür, um meinen Arbeitgeber zu begrüßen.

Wir hatten uns auf einer Vernissage in Santa Fe kennengelernt – ich vögelte zu der Zeit mit dem Künstler, einem megaheißen Bildhauer, den ich in Aspen kennengelernt hatte. Mitch hatte mit mir geflirtet. Ich hatte zurückgeflirtet, weil – hallo? – Milliardär.

Er hatte mich gefragt, was ich beruflich mache. „Von allem ein bisschen, von Modeln bis hin zu Eventplanung", war meine Antwort gewesen. Ich hatte ihm erklärt, dass ich nach Jobs Ausschau hielte, die es mir erlaubten, mich mit dem Lifestyle zu umgeben und mich in den Kreisen zu bewegen, in denen ich mich gern bewegte, und ob er etwas Bestimmtes im Sinn hätte?

Scheinbar hatte ihm meine Antwort gefallen, denn er hatte mir auf der Stelle diesen Job angeboten.

Rückblickend muss ich zugeben, dass das alles ein bisschen zu einfach gewesen war. Ein sechsstelliges Gehalt dafür, im Endeffekt nichts zu tun. Das übertrieben großzügige Angebot, mich auf seiner wunderschönen, allerdings entlegenen Ranch wohnen zu lassen.

Ich hatte geglaubt, er wäre womöglich auf Sex aus. Aus irgendeinem Grund hatte ich kein Interesse gehabt, war jedoch zuversichtlich gewesen, seine Avancen abwehren zu können, sollte er irgendetwas versuchen.

Aber jetzt zu erfahren, dass er mit Frauen handelte!

Und möglicherweise war ich sein nächstes Opfer. Mit etwas Weitsicht musste ich eingestehen, dass ich sehr naiv gewesen war. Leichtsinnig. Warum konnte ich nicht ein Quäntchen von Emmas Skepsis dem Leben gegenüber haben? Vielleicht säßen wir dann nicht beide im Haus eines Menschenhändlers fest.

Er hatte mich buchstäblich mit einem hervorragend bezahlten, allerdings fingierten Job hierhergelockt.

Auch früher schon hatte ich mich hin und wieder in brenzligen Situationen wiedergefunden, hatte es allerdings immer geschafft, mich irgendwie daraus zu retten. Dieses Mal würde es nicht anders sein. Nur dass ich diesmal auch Emma beschützen musste.

Ich riss die Eingangstür auf. „Mitch! Sie haben mir gar nicht gesagt, dass Sie zurückkommen." Ich warf ihm mein strahlendstes Lächeln zu.

Er warf mir einen ausgesprochen finsteren Blick zu und marschierte an mir vorbei ins Haus.

Keine Spur mehr des charmanten Weltmanns, der mich angeheuert hatte.

Mal im Ernst, hätte ich wirklich einen Job mit dazugehöriger Unterkunft bei einem Mann annehmen sollen, den ich erst einmal getroffen hatte? Ich schämte mich regelrecht.

„Ich muss mich nicht anmelden", schnauzte er. „Du solltest jederzeit bereit für mich sein."

„Oh, das bin ich." Wenn ich etwas wirklich gut konnte, dann, gelassen zu bleiben.

„Gut. Hol meine Taschen aus dem Auto."

Seine ... *Taschen*? War ich sein Portier oder was? Ja, okay, vielleicht war ich das.

Na schön. Kein Grund, jetzt noch Grenzen in einem Job aufzuzeigen, den ich heute hinschmeißen würde. In diesem Moment gab es für mich nur eine Grenze, die ich nicht überschreiten würde, und die verlief entschieden zwischen mir und einem Arbeitgeber, der mit Frauen handelte.

Ich stapfte nach draußen und öffnete den Kofferraum des Jaguars, dann wuchtete ich einen riesigen Koffer heraus, der mir schmerzhaft gegen die Schienbeine stieß, als er herauspurzelte. Anschließend zerrte ich auch die zweite Reisetasche aus dem Kofferraum und stellte sie kurz neben dem Koffer ab, um die Kofferraumklappe zuzuschlagen. Schließlich zog ich die Teleskopgriffe der Gepäckstücke heraus und rollte sie hinter mir her zum Haus. Der Größe und dem Gewicht seines Gepäcks nach zu urteilen, plante Mitch, länger hierzubleiben.

Ich fand ihn im riesigen Wohnzimmer. Er hatte sich bereits die Schuhe von den Füßen getreten und knöpfte gerade mitten im Raum sein Hemd auf. „Ich habe schlechte

Laune und hatte eine lange Reise", sagte er. „Zieh dich aus, damit ich etwas Dampf ablassen kann."

Wow. Wut stieg in mir auf und meine Wangen wurden heiß, aber ich zeigte es nicht. Ich hatte Sex. Jede Menge sogar, mit Männern, die ich kaum kannte. Trotzdem war ich nicht völlig wahllos. Es war meine Entscheidung. Immer.

Das hier? Ganz genau, eklig.

Ich warf mir die Haare über die Schulter. „Klingt, als ob Sie glauben, mein Job als Verwalterin beinhaltet Sex mit meinem Arbeitgeber. Stimmt das?"

Er prustete, während er seinen Gürtel öffnete. „Selbstverständlich."

Diese verfickte Schlange.

Ich verschränkte die Arme vor der Brust. „Wird nicht passieren."

Emma hatte gesagt, dieser Typ wäre ein Wolf – ich war mir nicht sicher, ob ich ihr glaubte, denn das war vollkommen irre – doch jetzt bemerkte ich ein seltsames Glühen in seinen Augen, als er entschieden auf mich zutrat.

Ich wich ihm aus, ohne es so aussehen zu lassen, als ob ich davonrennen wollte, und ging zur Küche weiter. „Lassen Sie mich Ihnen einen Drink machen, damit Sie sich entspannen können."

Blitzschnell war er hinter mir, hatte einen Arm um meine Taille geschlungen und den anderen um meinen Hals. „Es wird passieren, und es wird jetzt passieren", knurrte er.

Ich versuchte es mit meinem besten Selbstverteidigungs-Move: Rammte ihm den Ellbogen in den Bauch und trat mit aller Kraft auf seinen Fuß, aber das half alles nichts.

„Lassen Sie mich los!" Ich kämpfte gegen seinen festen Griff an und wurde langsam panisch. Ich hatte früher schon mit übergriffigen Typen zu tun gehabt. Betrunkene, die nicht verstanden, was *Nein* bedeutete. Doch das hier war etwas anderes. Er schnürte mir die Luft ab. Fuck, ich würde gleich ohnmächtig werden.

Während grelle Blitze vor meinen Augen tanzten und sich die Dunkelheit in meinen Augenwinkeln anschlich, hörte ich plötzlich aus zwei unterschiedlichen Richtungen Glas splittern.

Mitch ließ mich los und ich fiel schwer auf den Küchenboden. Ich rieb mir den Hals. Zwei *riesige* braune Wölfe standen mitten in der Küche. Heilige Scheiße. Einer von ihnen war offensichtlich durch die Schiebetür zum Garten gesprungen, der andere durch das Fenster neben der Eingangstür. Und beide hatten sie die Nackenhaare aufgestellt und fletschten die Zähne. Ein unheimliches Knurren erfüllte den Raum.

Emma hatte recht gehabt. Es gab Gestaltwandler. Aber es in echt zu sehen? Ich blinzelte einmal, zweimal. Vielleicht hatte ich durch Mitchs Würgen einen Gehirnschaden erlitten und halluzinierte.

Mitch fauchte und der Rest seiner Sachen flog in Fetzen durch die Luft, als auch er sich in einen grauen Wolf verwandelte. Er griff einen der beiden Wölfe an, doch im Handumdrehen hatten sie sich beide auf ihn gestürzt. Der Kampf war ein einziges Durcheinander aus Knurren, Fauchen, fliegenden Fellfetzen und umherstürzenden Körpern. Mit ohrenbetäubendem Krachen rissen sie Möbel und Lampen um.

Und dann war der Spuk genauso schnell wieder vorbei, wie er angefangen hatte.

Der graue Wolf lag regungslos auf dem Boden. Blutend. Leblos.

Ich schluckte angestrengt und wich weiter vor dem Anblick zurück. „Fuck. Ihr habt ihn umgebracht."

Etwas an den Wölfen veränderte sich. Direkt vor meinen Augen ... verwandelten sie sich. Jetzt standen zwei sehr nackte, sehr attraktive Männer über dem toten Wolf.

„Ich konnte nicht anders.“ Einer der beiden blickte zu mir hinüber.

Der andere wischte sich Blut von den Lippen. Igitt. So eklig. Aber irgendwie auch … wow. Diese beiden Kerle hatten den Bösewicht umgebracht. Und mich gerettet.

„Bist du Lyssa?“

Sie kamen zu mir herüber. Wie gesagt, splitternackt. Richtig, atemberaubend nackt.

„Ja.“ Ich widerstand dem Bedürfnis, mir Luft zuzufächeln. Das hier war definitiv nicht der richtige Moment, um einen Dreier vorzuschlagen, doch ehrlich gesagt konnte ich an nichts anderes denken. Vor allem deshalb, weil die beiden so, äh, gut bestückt waren.

Ich hatte noch nie einen Dreier. Hatte es mir nie vorgestellt, abgesehen von dem einen Mal, als ich in einer Flughafenbuchhandlung einen Liebesroman gekauft hatte, und es darin zum Thema wurde. Doch jetzt verzehrte ich mich regelrecht nach diesem Duo.

Beide von ihnen streckten eine Hand aus, um mir aufzuhelfen. Anstatt mich für einen von ihnen zu entscheiden, ergriff ich beide Hände, und sie zogen mich mit Leichtigkeit auf die Füße.

Keiner von ihnen ließ meine Hand wieder los. Sie starrten mich an, kamen noch näher. Atmeten meinen Duft ein.

„Lyssa!“ Ein dritter Kerl – dieser hier komplett angezogen – stürzte durch das zertrümmerte Fenster im Eingangsbereich und starrte mich aus wilden Augen an.

„Ja?“

Er warf einen Blick auf den toten Wolf auf dem Küchenboden, dann auf die beiden Männer, die noch immer meine Hände hielten, und eilte zu uns herüber. „Dem Schicksal sei dank, dir ist nichts passiert.“ Er wandte sich an die beiden

Männer. „Ich hatte doch gesagt, ihr sollt warten, bis ich hier bin."

„Er hat deine Gefährtin gewürgt", erklärte einer meiner nackten Retter, doch beim Wort *Gefährtin* verfinsterte sich sein Blick, als ob es ihm aufstoßen würde.

„Deine was? Gefährtin?", fragte ich und starrte den neuen Kerl an.

Oh. Das musste dieser Johnny sein. Natürlich glaubte er, ich wäre Emma. Sie hatte ihm meinen Namen genannt.

„Ganz langsam, Cowboy", sagte ich, als er versuchte, mir sehr nah zu kommen. Als er mich auf den Arm heben wollte, legte ich meine Hand auf seine Brust und schob ihn sanft zurück. „Falsche Zwillingsschwester. Du suchst nach Emma."

Er zuckte zurück und seine Nasenflügel bebten. Sein Blick fiel auf meinen Hals und er runzelte verwirrt die Augenbrauen. „Zwillingsschwester?"

„Ah, das erklärt so einiges", bemerkte einer der nackten Götter neben mir. Seine Hand fing an, über meinen nackten Arm zu streicheln. Nur sanft, und dennoch schickte mir diese Berührung augenblicklich einen Schauer über den Rücken.

„Was erklärt das?", verlangte Johnny und blickte vom einen zum anderen. Er begriff noch immer nicht, dass ich nicht die Frau war, die er offensichtlich liebte. Dass ich nicht Emma war. Dass ich zwar wie sie aussehen mochte, doch mehr auch nicht.

„Das erklärt, warum diese hier wie *unsere* Gefährtin riecht", erklärte einer der beiden Wolfsmänner.

Der andere knurrte zustimmend.

Donnerwetter.

35

EMMA

„JOHNNY!"

Ich war nur ein paar Stunden von diesem Mann getrennt, und doch verspürte ich ein regelrecht körperliches Gefühl der Erleichterung darüber, wieder in seiner Nähe zu sein. Als würde mein Körper Johnnys Gegenwart feiern.

Er wirbelte zu mir herum und starrte mich an. „Lyssa!" Er stürzte auf mich zu, gerade, als ich aus dem Flur beim Waschraum kam. Ich war aus Lyssas Zimmer gekommen, als ich Glas splittern gehört hatte. Hatte zugesehen, wie zwei Wölfe mit einem dritten, grauen Wolf gekämpft und ihn umgebracht hatten. Wie sich die Wölfe zuletzt in Männer verwandelt hatten, die nur noch Augen für Lyssa hatten.

„Ehrlich gesagt heiße ich Emma", gestand ich endlich.

Er kam ins Straucheln, doch dann kam er noch zügiger auf mich zu. „Okay. Emma. Ist mir egal, wie du heißt oder für wen du arbeitest, Baby. Oder warum da eine Frau in der Küche steht, die genauso aussieht wie du. Ich liebe dich. Du bist mein Ein und Alles. Meine Gefährtin."

Ich schlang die Arme um seinen Hals und ließ mich von ihm auf den Arm heben, bis ich auch die Beine um seine Taille schlingen konnte. Ich hielt ihn so fest und wollte ihn nie wieder loslassen.

Johnny trug mich ins Schlafzimmer, fort vom toten Wolf in der Küche. Und von den beiden nackten Männern, die die Hände meiner Schwester hielten.

War ja klar.

Sie wartete immer nur auf den nächsten Zeitvertreib. Zwei Wölfe waren durch die Fensterscheiben hereingesprungen, hatten einen dritten Wolf umgebracht und Lyssa hatte sie mir nichts, dir nichts in ihren Bann gezogen.

Johnny ließ sich mit mir auf dem Schoß aufs Bett sinken.

„Es tut mir so leid", sagte ich. „Ich habe überreagiert. Ich habe mich benutzt gefühlt."

Seine Nasenspitze strich sanft über meinen Hals und er atmete meinen Duft ein. „Fuck. Ich hätte dich nicht benutzen dürfen. Oder dir das Gefühl vermitteln dürfen, dass ich das getan hätte. Es tut mir so leid."

Ich schüttelte den Kopf und schluckte angestrengt. „Ich ... womöglich habe ich die Sache mit Mitch noch viel schlimmer für dich gemacht."

Er runzelte die Stirn. „Wie denn das?"

„Als wir an der heißen Quelle waren, wolltest du, dass ich ihn anrufe. Ich hatte seine Nummer nicht. Ich bin Emma, nicht Lyssa, schon vergessen?" Tränen traten in meine Augen. „Ich habe gelogen. Ich meine, wirklich gelogen, denn ich habe nur so getan, als ob ich ihn anrufen würde. Ich wusste nicht, dass er gefährlich ist. Oder dass ...."

„Ganz ruhig. Es ist okay."

Ich schüttelte den Kopf. „Du kannst mir nicht so einfach verzeihen."

„Ich habe dir nicht verraten, dass ich ein Gestaltwandler bin. Oder Vollstrecker. Oder dass ich dich markiert habe. *Und* dass dein Nicht-Boss ein wirklich gefährlicher Krimineller war. Ich schätze, wir haben beide gelogen, oder was meinst du?"

Ich schniefte, dann nickte ich.

„Und jetzt erzähl mir alles darüber, ein Zwilling zu sein, denn das ist wirklich eine irre Wendung."

Ich nickte. „Stimmt."

„Nur ... warum hast du gesagt, du wärst Lyssa?"

Ich seufzte. „Sie war es, die den Job hier hatte. Meinen Job in L.A. habe ich wirklich gekündigt und bin anschließend hierhergekommen, um Lyssa zu besuchen. Nur dass sie zu dem Zeitpunkt schon über alle Berge und auf dem Weg nach Ibiza war. Und dann bist du plötzlich aufgetaucht. Ich habe so getan, als wäre ich sie. In ihre Rolle zu schlüpfen, hat es mir leichter gemacht, mich mehr wie sie zu verhalten. Die Wilde und Verrückte zu sein."

Wieder runzelte er die Stirn und blickte mich verwirrt an. „Wie das, zum Beispiel?"

„Zum Beispiel, mit dir im Bett zu landen. Mit dir zur Wolf Ranch zu fahren. Nackt zu baden. Die Kiste mit den Sexspielzeugen. Das alles. Normalerweise bin ich gar nicht impulsiv. Ich bin sehr konservativ. Ich lande nicht mit wildfremden Männern im Bett oder gehe solche Risiken ein." Ich musste den Blick abwenden, als ich nun meine größte Angst aussprach. „Ich ... ich weiß nicht, ob du die öde Emma mögen wirst."

Ich hatte erwartet, dass Johnny irgendetwas Süßes zu mir sagen würde, doch stattdessen lachte er. Mein Blick wanderte zurück zu seinem Gesicht. „Findest du das etwa lustig?"

Sein Ausdruck wurde augenblicklich todernst. „Nein, Baby. Sorry. Es ist nur ... es gibt da noch etwas, was ich dir nicht erklärt habe. Etwas ziemlich Großes. Über uns beide."

Ich wurde ganz still. Hielt die Luft an. Was gab es denn über uns, dass so groß sein konnte? Was könnte es noch geben?

„Erinnerst du dich daran, wie ich dich gefragt habe, ob du an das Schicksal glaubst?"

Ich nickte.

Johnny sah so ernst aus. Ein wenig nervös. Höllisch attraktiv. Ich strich mit den Fingern über seinen rauen Kiefer.

„Tja, also, jeder Wolf hat eine Schicksalsgefährtin. Allerdings sind sie schwer zu finden, denn diese Gefährtinnen können sich sonst wo auf der Erde aufhalten. Nur die Glücklichen unter uns finden sie. Wenn wir unsere Gefährtin finden, erkennen wir sie an ihrem Duft."

Mein Herz vollführte einen Salto in meiner Brust. Was versuchte er da, mir zu erklären?

„Als du mir vor drei Tagen die Tür aufgemacht hast und ich deinen Duft erhascht habe, wusste ich augenblicklich, dass du mir gehörst."

Ich blinzelte. Mehrmals.

„*Oh.*"

„Also verstehst du? Es wäre mir egal gewesen, ob du für Chapman arbeitest oder für den Gouverneur oder ob du arbeitslos bist. Es wäre mir egal gewesen, wenn dein Name Mickey Mouse lautet. Ich hätte alles getan, nur um dir zu zeigen, was ich längst wusste – dass wir füreinander bestimmt sind."

Mein Tränenschleier machte es mir schwer, klar zu sehen, und meine Lippen öffneten sich einen Spaltbreit. „Und wenn ... Lyssa dir die Tür aufgemacht hätte?"

„Deine Schwester?" Er schüttelte den Kopf. „Nein. Sie ist

nicht die Richtige. Allerdings klang es für mich gerade so, als ob Knox und Travis glauben, sie gehört ihnen."

„Ihnen beiden?", rief ich aus.

Er nickte. „Sie gehören zum Two-Marks-Rudel, unten in Wyoming. Eine geringfügig andere Art Gestaltwandler. Sie paaren sich in Pärchen."

Ich musste lachen. „Tja, es braucht auch zwei von ihnen, um mit ihr fertig zu werden!"

Johnny lachte ebenfalls, doch dann wurde er wieder ernst. „Hast du wirklich geglaubt, ich würde Lyssa lieber mögen? Oder dass es nicht echt war, was wir geteilt haben, und dass ich dich nur benutzt habe, um an Chapman ranzukommen?"

Ich schluckte. „Ja. Es war albern von mir. Ich war einfach ... ich hatte einfach Angst."

Er strich mir die Haare aus dem Gesicht. „Ja, ich auch. Ich hatte Angst, ich könnte dich verlieren."

Ich presste meine Lippen auf seine und strich sanft darüber. „Tja, hast du aber nicht."

Als ob er meinen Geschmack auskosten wollte, rieb er seine Lippen zusammen. „Da ist noch eine letzte Sache, die ich dir erzählen muss."

„Was denn noch?"

„Gestern Abend, als ich dich gebissen habe ...?"

„Ja?"

„Wenn ein Wolf seine Schicksalsgefährtin trifft, dann markiert er sie mit seinem Duft, damit alle anderen Wölfe wissen, dass sie vergeben ist. Es ist dämlich, aber es ist nun mal unsere Biologie, also können wir nicht anders. Ich wollte dich nicht markieren, aber dann habe ich mich vom Vollmond mitreißen lassen."

Meine Finger tasteten nach der kleinen, mittlerweile fast verheilten Wunde an meiner Schulter. „Das da? Hast du mich hier markiert?"

Er nickte. „Ja. Unsere Zähne sind von einem Serum bedeckt, das sich in die Haut einbettet. Du trägst jetzt meinen Duft in dir."

Ich trug seinen Duft. „Ich schätze, das ist also die Wolfsversion eines Eherings?"

Er lachte auf. „Schätze schon."

„Und ich darf dich nicht markieren oder wie?"

Johnnys Lächeln strahlte heller als der Mond. „Willst du damit sagen, dass es in Ordnung für dich ist? Mir zu gehören?"

Ich erwiderte sein Strahlen. „Wenn es bedeutet, dass du auch mir gehörst?"

„Für immer und ewig, Baby. Wölfe paaren sich auf Lebzeit. Du bist jetzt der einzige Sinn meines Lebens. Dich zu beschützen und zu befriedigen, ist verdammt noch mal alles, was mir ab jetzt wichtig ist."

Na, sieh mal einer an.

Machte es in Anbetracht all dessen noch etwas aus, dass er mich benutzt hatte, um an Informationen über Chapman heranzukommen? Der Typ war gefährlich gewesen, und ich war dankbar, dass Johnny alles versucht hatte, um ihn zu finden.

„Ist dieser graue Wolf in der Küche Chapman?"

„Ja. Aber ich habe ihn nicht erledigt. Knox und Travis haben mit ihm gekämpft, bevor ich es überhaupt hierher geschafft habe. Chapman hat deine Schwester gewürgt, den Abdrücken auf ihrem Hals nach zu urteilen."

„O mein Gott!" Ich sprang von Johnnys Schoß. „Ich muss zu ihr und mich vergewissern, dass es ihr gut geht."

„Ja, definitiv, Baby. Sorry, dass ich mich zuerst vergewissern musste, dass es uns gut geht."

Ich verschränkte meine Finger mit Johnnys und Hand in

Hand gingen wir zur Küche, wo wir wie angewurzelt stehen blieben.

„Ähm. Ja, also. Für mich sieht es aus, als ob es ihr gut ginge", murmelte ich und Johnny zog mich in seine Arme.

Lyssa stand in der Küche, eingerahmt zwischen den beiden nackten Gestaltwandlern, und knutschte mit ihnen herum. *Gleichzeitig!* Einer küsste sie, während der andere hinter ihr stand und eine Hand zwischen ihre Beine gesteckt und die andere über ihrem Kleid auf ihre Brust gelegt hatte.

„Jup. Ziemlich gut." Johnny und ich schluckten unser Lachen hinunter und eilten zurück ins Schlafzimmer. Sobald wir die Tür hinter uns zugedrückt hatten, prusteten wir los. Es fühlte sich gut an, mit ihm zusammen zu lachen und all die Anspannung und die Angst des Tages in Luft aufzulösen. Und während wir die alte Luft hinausließen, atmeten wir frische Luft in unsere Lungen.

Ein neues Verständnis darüber, wer wir waren – zusammen, und jeder für sich.

Einen Neustart für unser Wir.

„Sind sie ihre Gefährten?"

„Absolut. Ich liebe dich, Lys– Emma, meine ich – oh!" Johnny grinste mich an. „Jetzt weiß ich auch, warum du immer wolltest, dass ich im Bett nur *Baby* zu dir sage!"

Ich lachte. „Ja. Ich wollte wirklich nicht, dass Lyssa in unsere intimen Momente hereinplatzt."

Mit dem Finger zeigte Johnny zur Tür. „So, wie wir gerade bei ihr reingeplatzt sind?" Ein weiterer Lachanfall ergriff uns.

Als wir uns langsam beruhigt hatten, streichelte Johnny mit seinen Fingerknöcheln über meine Wange. Sein dunkler Blick suchte meinen und er sah mir tief in die Augen. „Ich liebe dich, Emma. Ich weiß, dass ich noch eine Menge über dich lernen muss und darüber, wie ich dich glücklich machen kann, aber ich bin hundertprozentig an Bord. Ich bin dein Mann, durch dick und dünn. Für immer."

36

____

JOHNNY

Wenn ein Gestaltwandler in Wolfsgestalt starb, verwandelte er sich nicht zurück in einen Menschen. Das machte es zu einem echten Problem, Chapmans Ableben der Menschenwelt zu erklären, andererseits war das nicht unser Problem. Der Rudelrat würde sich um die Konsequenzen der misslungenen Gefangennahme kümmern. Chapman hatte versucht, einen Menschen umzubringen, und zwar – was für die Perspektive des Rats womöglich ausschlaggebender war – die Schwester meiner markierten Gefährtin. Das allein rechtfertigte die Todesstrafe.

Zusammen trugen Knox, Travis und ich Chapmans Wolfskörper hinaus auf ein entlegenes Feld, damit sich die Bussarde und Geier um den Kadaver kümmern konnten. Der Rat hatte umgehend jemanden zur Ranch losgeschickt, um die zerbrochenen Fenster zu reparieren. Sobald Lyssa und Emma gepackt hatten und das Haus wieder tipptopp in Ordnung war, reisten wir zur Wolf Ranch ab. Alle fünf.

Emma und Lyssa waren noch lange nicht bereit, wieder auseinandergerissen zu werden, und nie im Leben würden Knox und Travis ihre Gefährtin aus den Augen lassen, also lud ich auch sie auf die Ranch ein. Sobald wir an der Schlafbaracke angekommen waren – wo das Trio während seines Besuchs wohnen würde – machten wir ein paar Flaschen Bier auf und aßen das Grillfleisch, das wir auf dem Rückweg besorgt hatten.

Ich lehnte mich zurück und erfuhr mehr über meine Gefährtin und ihre Schwester, als Knox und Travis den beiden während des Abendessens tausend Fragen stellten und jedes noch so kleine Detail erfahren wollten. Lyssa wusste offensichtlich schon darüber Bescheid, dass wir Wolfswandler waren – Emma hatte es ihr verraten, kurz, bevor wir auf der Ranch eingetroffen waren – und sie schien auch der Vorstellung gegenüber offen zu sein, zwei Männern zu gehören. Ich war mir nicht sicher, ob das daran lag, weil sie ohnehin darauf stand, wilde und impulsive Dinge zu tun – wie beispielsweise einen Dreier – und fragte mich, ob ihr das ganze Ausmaß der Sache klar war. Doch ihre Gefährten würden für sie da sein, während sie es herausfand. Und ihr Zuhause fand. Für sie würde es kein Herumschweifen mehr geben.

Ich hoffte, sie mochte die Winter in Wyoming.

Die beiden Schwestern erzählten von ihrer Kindheit in Pittsburgh, über ihre Eltern, die noch immer dort lebten, und über den Schabernack, den sie getrieben hatten, wenn sie in der Schule die Rollen getauscht hatten.

„Lyssa ist die Anspruchsvolle, also ergibt es nur Sinn, dass sie auch zwei Gefährten bekommt", lachte Emma.

„Du bist anspruchsvoll, Baby?", fragte Knox. Lyssa saß auf seinem Schoß und hatte die Beine bis auf Travis' Schoß ausgestreckt, sodass sie beide Männer berührte.

Lyssa nickte und grinste sie, schämte sich ganz und gar

nicht, das zuzugeben. „Mit mir hat man alle Hände voll zu tun.“

„Oh, wir werden schon mit dir klarkommen, Engel“, versprach Travis und spielte mit einer ihrer langen, schwarzen Haarsträhnen. „Wir werden den Spaß mit dir nie satthaben.“

Ich suchte Emmas Blick. „Und du wirst immer genug Spaß für mich sein“, versprach ich ihr und sah, wie eine liebliche Röte ihre Wangen färbte.

„Auf die beiden schönsten und intelligentesten Zwillingsschwestern der Welt.“ Knox hob seine Bierflasche.

„Hört, hört.“ Auch ich hob prostend meine Flasche und wir stießen alle miteinander an und tranken einen Schluck. „Und jetzt könnte ich dringend etwas Zeit allein mit meiner Gefährtin gebrauchen. Ich bin mir sicher, euch beiden geht es genauso.“ Ich stand auf und hob Emma von der Couch und in meine Arme.

Sie schnappte nach Luft, dann lachte sie.

„Der Letzte, der seine Gefährtin zum Schreien bringt, ist ein faules Ei.“ Während der Aufenthaltsraum in Gelächter ausbrach, stürmte ich mit Emma zum Schlafzimmer davon.

„Herausforderung angenommen“, rief uns Travis hinterher.

Ich trug Emma in unser Schlafzimmer und trat die Tür zu. Dann stellte ich sie behutsam auf ihre Füße, ohne die Verbindung zwischen uns abbrechen zu lassen. Ich hörte Travis’ und Knox’ gedämpfte Stimmen, dann Lyssas Kichern. Eine Tür schlug zu.

„Endlich habe ich dich ganz für mich allein“, murmelte ich.

Emma sah zu mir hinauf. Ihre braunen Augen waren voller Wärme, ihre vollen Lippen einen Spaltbreit geöffnet. Schon jetzt konnte ich ihre Erregung riechen.

„Kommt mir vor, als wäre es eine Ewigkeit her, seit du

dieses Bett verlassen hast." Der Schmerz darüber, wie sie heute Morgen aus meinem Leben verschwunden war, kehrte zurück, wenn auch abgedämpft. Seitdem war so viel passiert. Ich wollte das alles fortspülen und nur zu Emma und mir zurückkehren. Zu uns. Zusammen.

Keine Zwillings-Überraschungen.

Keine abtrünnig gewordenen Gestaltwandler.

Keine Geheimnisse mehr.

„Mir auch", wisperte sie.

Ich nahm ihr Gesicht in die Hände. „Verlass mich nie wieder", flehte ich und streichelte mit den Daumenkuppen über ihre weiche Haut. „Bleib und sprich mit mir. Wir können über alles reden."

Sie nickte und riss die Druckknöpfe meines Hemds auf. Sie konnte es genauso wenig erwarten, bis wir beide endlich wieder nackt waren, wie ich. „Ich hatte Angst bekommen. Jetzt begreife ich. Ich bin mir sicher mit dir."

Meine Hand wanderte ihren Rücken hinunter und ich drückte ihren Arsch. „Und ich bin mir sicher mit dir."

Sie lachte. „Mir scheint, als hättest du keine Wahl. Du hast mich schließlich gebissen."

Ich grinste sie an. „Tja, stimmt, aber da steckt noch viel mehr dahinter. Da ist zum Beispiel meine Biologie – meine Wolfsader, die mich antreibt, dich in meiner Nähe zu behalten, dich zu beschützen und für dich zu sorgen." Ich wackelte mit den Augen brauen und legte ein leises Knurren in meine Stimme. „Dich zu *befriedigen*."

Ihr Körper presste sich an meinen und sie lächelte. „Mhm. Klingt gut."

„Aber da ist auch die menschliche Seite. Dieser Teil von mir verliebt sich mit jeder Minute mehr in dich. Ich habe es dir vorher nicht gesagt, Baby. Ich liebe dich. Das tue ich wirklich. Ja, du bist meine Gefährtin, aber auch mein Herz gehört dir.“

Ihre Augen schwammen vor Tränen. „Ich liebe dich auch“, wisperte sie. Sie öffnete den letzten Knopf meines Hemds und strich mit ihren Händen über meine nackte Brust.

Mein Schwanz, bereits halb steif, wurde härter und drängte nun beinahe schmerzhaft gegen den Reißverschluss meiner Jeans.

Diesmal wollte ich mir meine Zeit mit ihr lassen. Es war nicht länger Vollmond und das Verlangen, sie zu markieren, das mich zuvor in den Wahnsinn getrieben hatte, war gestillt. Scheinbar hatte der kleine Kratzer meines Zahns ausgereicht, meinen Duft in ihrer Haut einzubetten. Ehrlich gesagt war das eine Erleichterung. Einen Menschen zu markieren, konnte gefährlich werden und war natürlich schmerzhaft für sie, denn sie heilten nicht so schnell wie wir Wölfe.

Dieses Mal würde ich es also umfassend genießen können, Emma zu berühren. Ich würde mir jeden Zentimeter ihres Körpers einprägen. Jedes Stöhnen. Wimmern. Nach Luft Schnappen. Ich zog ihr das T-Shirt über den Kopf und ließ es zu Boden segeln.

Sie machte sich daran, meine Jeans aufzuknöpfen.

Ich hakte ihren BH auf und als ihre großen Brüste hervorsprangen, drang ein Stöhnen aus meinen Lippen. Doch bevor ich den Mund herabsenken und sie anbeten konnte, sank Emma bereits auf die Knie und zerrte auf dem Weg meine Jeans mit meiner Boxershorts hinunter.

Der Anblick, wie sie vor mir kniete und unter dichten Wimpern zu mir hinaufblickte, war das Heißeste, was ich je in meinem Leben gesehen hatte.

„O Scheiße.“

Sie lächelte zu mir hoch und schloss sanft ihre Finger um meine Erektion.

Ich trat mir noch schnell Jeans und Boxershorts von den

Füßen, damit sie mich nicht länger störten, und dann streckte Emma die Zunge heraus und hielt sie an meine Eichel.

Beim Gefühl ihres feuchten Munds zogen sich meine Eier zusammen. Ich stöhnte auf und streichelte mit meinen Fingern durch ihre seidigen Haare.

Emma hielt ihre Zunge stillt und rieb mit der Spitze meiner Eichel darüber. Die gegensätzlichen Empfindungen ihrer heißen Zunge und der kühlen Luft trieben mich in den Wahnsinn. Vor allem, als sie ihr Necken damit beendete, ihre Lippen um meinen ganzen Schwanz zu schließen und ihn tief in den Mund gleiten zu lassen.

„Fuck", keuchte ich.

Sie brachte mich um.

Es war so gut.

Ich krallte meine Faust in ihre Haare und führte damit ihren Kopf vor und zurück über meinen Schwanz, langsam und tief. Emma massierte meine Eier, dann ließ sie meinen Schwanz aus ihrem Mund gleiten und lutschte an meinen Eiern, was mich praktisch vor Lust durchdrehen ließ.

„Fuck, Baby. Das ist so gut. Du bringst mich um, Emma."

Oh, es war der lieblichste Klang, ihren echten Namen zu sagen.

Sie lächelte zu mir herauf. „Das habe ich auch vor." Sie fuhr mit ihrer köstlichen Folter fort, bis ich kurz davor war, in ihren Hals zu spritzen, und sie unterbrach.

„Jetzt bin ich dran, Baby." Ich zog sie auf die Füße, hob sie an der Taille hoch und warf sie in die Mitte des Bettes.

„Angeber", lachte sie. „Jetzt verstehe ich, warum du so stark bist. Das kommt nicht nur davon, weil du den ganzen Tag auf einer Ranch Heuballen herumwirfst."

„Gefällt es dir?" Ich stürzte mich förmlich auf sie und zog ihr die Yogaleggings und den Slip über die Beine hinunter.

„Ich liebe es."

Ich beugte mich über sie und nahm mir einen Moment Zeit, um meine nackte Gefährtin in all ihrer Pracht zu bewundern. Sie war perfekt. Weich und kurvig. Wunderschön und offen für mich.

Während sie mir unverwandt in die Augen blickte, glitt ihre Hand zwischen ihre Beine.

„Willst du mich da spüren, Baby?"

Sie nickte.

Ich schob ihre Knie bis zu ihren Schultern hinauf und spreizte ihre Fotze für meinen Mund. Dann griff ich nach ihren Handgelenken und hob ihre Hände zu ihren Brüsten. „Spiel mit deinen Nippeln, während ich deine hübsche Pussy lecke."

„Ja, Sir", erwiderte sie sanft und ich machte mich ans Werk.

37

EMMA

Niemals zuvor hatte ich einem anderen Menschen so sehr vertraut, wie ich Johnny vertraute. Nicht einmal Lyssa. In diesem Moment fühlte ich mich so unglaublich sicher. So gehalten. So abgöttisch geliebt. So erregt.

Seine Zunge leckte jeden Tropfen Lust auf, der aus mir hervorströmte. Dann schnellte seine Zungenspitze über meinen Kitzler und er brachte seine Finger mit ins Spiel. In den letzten Tagen waren wir beide fiebrig vor Verlangen gewesen. Dieses Mal war es ebenso sinnlich, und doch anders. Süßer. Heißer.

Unsere Gedanken waren nicht vernebelt vor Lust.

Oh, es war auch jetzt höllisch heiß, doch das hier war … Liebe.

„J", keuchte ich, krallte die Finger in seine Haare und zog ihn enger an mich. Als er seinen Finger in mir krümmte, kam ich mit einem lauten Stöhnen.

„Das ist einer, Baby", bemerkte Johnny, während er sich

meinen Körper hinauf küsste, bis er an meinem Mund angekommen war. Unsere Zungen tanzten miteinander und ich schmeckte meine eigene, würzige Lust.

„Bitte", flehte ich und schaukelte mit den Hüften. Die Spitze seines Schwanzes war direkt dort und ich wollte ihn in mir spüren.

„Mein gieriges Mädchen", lachte er, dann drängte er vorwärts und füllte mich mit nur einem langen, entschiedenen Stoß vollkommen aus.

„O ja."

Er blieb tief in mir und sein Körper schwebte über meinem. „Sieh mich an, Emma."

Ich öffnete die Augen und erwiderte seinen dunklen Blick.

„Das ist der Moment, in dem ich dich markiert hätte. Ich hätte dir in den Hals gebissen und du hättest mir gehört. Du hast mir von dem Augenblick an gehört, als du mir auf der Falling-Waters-Ranch die Haustür aufgemacht hast, aber dieser Biss hätte es besiegelt."

„Ja."

Er senkte den Kopf und leckte über die Stelle an meinem Hals.

„Du gehörst mir. Du hast immer schon mir gehört. Wir mussten uns nur erst finden."

Bei seinen romantischen Worten traten Tränen in meine Augen. Ich nickte.

Und dann wurde es alles andere als romantisch. Sein Verlangen nach mir war zu groß. Das begriff ich, denn auch ich war ganz verzweifelt nach ihm. Meine Knie waren gespreizt und er fickte mich mit langen, gleichmäßigen Stößen. Tief. Hart. Und noch heftiger.

Ein Kopfteil knallte gegen eine Wand, doch wir begriffen, dass es nicht unseres war.

Lyssa war mit ihren Gefährten zusammen. Ich hoffte, sie

spürte die gleiche Verbindung mit ihnen, wie ich sie mit Johnny teilte, denn das war die unglaublichste Art von Glück. Ich hatte das Gefühl, endlich vollständig zu sein.

Als Johnny seine Finger zwischen uns steckte und sein Daumen meinen Kitzler fand, brachte er mich augenblicklich zum Höhepunkt. Brachte mich zum Schreien.

Ließ uns die Wette gewinnen, welche Schwester zuerst befriedigt wurde.

Es machte keinen Unterschied. Ich wusste, dass ich zu Johnny gehörte. Für ihn würde ich immer als Erste kommen.

38

JOHNNY

DIE SONNE GING LANGSAM hinter den Bergen unter und die Abendluft wurde von Minute zu Minute kühler. Hand in Hand schlenderten Emma und ich auf das jährliche Lagerfeuer des Rudels zu. Die Teenager im Rudel hatten genug Holz gesammelt, um das Feuer die ganze Nacht lang brennen zu lassen. Sie würden sich bis kurz vor Morgengrauen amüsieren. Vor nur wenigen Jahren war ich einer von ihnen gewesen, hatte mit meinen Gestaltwandler-Freunden zusammen getrunken. Unfug gemacht.

Jetzt würde ich als einer der Ersten ins Bett gehen. Nicht etwa, weil ich alt und müde war, sondern weil ich meine markierte Gefährtin genau dort haben würde, wo ich sie sehen wollte – und zwar nicht an einem Lagerfeuer.

Trotzdem, ich musste meiner Gefährtin eine Pause gönnen. Nachdem wir zu Wolf Ranch zurückgekehrt waren, hatte ich sie in den darauffolgenden zwei Tagen in meinem Zimmer behalten und wir hatten all das getan, wozu wir

vorher nicht so recht Gelegenheit bekommen hatten. Emma –
ja, EMMA – und ich redeten und fickten und aßen das Essen,
das irgendjemand aus dem Haupthaus vorbeigebracht hatte,
und liebten uns … und taten all die Dinge, die neue Gefährten
eigentlich tun sollten.

Der Weg zum Lagerfeuer war nicht weit. Es fand hinter
der Scheune direkt am Bach statt, auf derselben offenen
Fläche, wo wir unsere Rudelpicknicks veranstalteten. Ich sah
mich kurz um und stellte fest, dass der Großteil des Rudels
bereits hier war. Es gab Unmengen von Essen, aus einem
Lautsprecher schallte Musik und die Stimmung war
ausgelassen.

Emma drückte meine Hand. Ich blieb stehen und drehte
mich zu ihr um. „Alles okay?"

Ihr hübsches Gesicht war voller Sorge. „Werden sie sauer
sein?"

Ich warf einen Blick über ihre Schulter hinüber zu ihrer
Schwester, die von ihren beiden Gefährten aus dem Two-
Marks-Rudel eingerahmt wurde. „Ich schätze, sie werden sehr
überrascht sein. Ich kann es nicht erwarten, ihre Gesichter zu
sehen. Komm."

Sie machte sich Sorgen, ob mein Rudel sie akzeptieren
würde, nachdem sie ihnen vorgegaukelt hatte, sie wäre eine
andere. Ich verstand, wieso sie das getan hatte, vor allem jetzt,
nachdem ich Lyssa kennengelernt hatte. Sie brauchte wirklich
zwei Gefährten, um ihr gewachsen zu sein.

Schnell hatte ich Rob und Willow in der Menge entdeckt
und steuerte auf sie zu.

„Hi", begrüßte ich sie und legte meinen Arm um Emmas
Schulter.

Robs unlesbarer Blick flog zwischen uns hin und her.
Willow hingegen grinste von Ohr zu Ohr. Ich hatte meinen
Alpha direkt nach dem Vorfall darüber informiert, was auf

Chapmans Ranch geschehen war. Na gut, direkt, nachdem ich Emma gründlich geliebt hatte. Doch jetzt sahen wir uns zum ersten Mal seit unserer Rückkehr zur Wolf Ranch persönlich.

„Alpha, darf ich dir ...", fing ich an, doch Emma schnitt mir das Wort ab.

„Ich möchte mich gern noch einmal vorstellen." Sie atmete tief durch und hob das Kinn. „Es tut mir leid, dass ich euch angelogen habe. Ich bin Emma Lane. Meine Schwester Lyssa springt hier auch irgendwo herum."

„Gleich hier drüben!", rief Lyssa in ihrer lebhaften, heitern Stimme.

Sie kam zu uns herübergeschlendert und stellte sich neben Emma.

Auch wenn es nicht zu leugnen war, dass sie eineiige Zwillingsschwestern waren, fiel es mir leicht, sie auseinanderzuhalten. Offensichtliche Unterschiede waren Lyssas Sonnenbräune von ihrem Urlaub auf Ibiza, aber auch ihre Persönlichkeit. Sie war dreister. Doch da waren auch subtilere, körperliche Unterschiede, zum Beispiel war Emmas Mund ein klein wenig voller. Ich würde sie nie verwechseln.

Meine Markierung würde das garantieren. Emma trug meinen Duft in sich.

„Ihr beide habt für ziemlichen Wirbel gesorgt", bemerkte Rob.

Lyssa winkte ab. „Die Existenz von Gestaltwandlern vor uns Menschen zu verheimlichen, erfordert permanente Geheimniskrämerei. Ich denke, du hast dir nur die Schnauze daran gestoßen, dass ausnahmsweise mal jemand etwas vor euch geheim gehalten hat."

„Lyssa", knurrte eine tiefe Stimme direkt hinter uns. Knox schlang seinen Arm um ihre Taille und zog sie vor sich in eine feste Umarmung. „Wir sind einem Alpha gegenüber nicht respektlos", murmelte er in ihr Ohr.

„Ich bin nicht respektlos, ich sage nur die Wahrheit", erwiderte sie.

Ihr anderer Gefährte, Travis, trat ebenfalls zu uns. Obwohl sie Lyssa noch nicht markiert hatten, würden sie das bald tun. Vermutlich schon heute Nacht, so wie die drei sich verhielten.

Ich warf Rob einen Blick zu, denn ich befürchtete, er könnte wütend werden und ihr den Kopf abreißen, oder was auch immer Alphas in solchen Situationen taten. Doch seine Mundwinkel zuckten nach oben und ich entspannte mich.

„Verrate uns *ganz ehrlich*, Gefährtin, wie sich dieser Plug in deinem Arsch anfühlt?", wisperte Knox in Lyssas Ohr. Dank meines Gestaltwandlerhörsinns entging mir kein Wort seiner Frage. „Er wird sich noch viel besser anfühlen, sobald dein Arsch kirschrot von unserem Spanking ist, um dir deine freche Zunge auszutreiben."

Ganz ausnahmsweise wurde Lyssa rot, allerdings hatte ich den Eindruck, als ob ihr dieser Tadel gefiel. „Tut mir leid, Alpha", erklärte sie heiter. „Danke, dass ihr uns zu eurem Rudel-Lagerfeuer eingeladen habt."

Sie blinzelte unter ihren Wimpern zu Knox auf und blickte suchend in sein Gesicht.

Er lächelte auf sie hinunter. „Braves Mädchen", murmelte er und streichelte ihre Haare.

Ich drückte Emmas Hüfte.

39

EMMA

ICH LÄCHELTE und lehnte mich in Johnnys Berührung.

Ich war gleichermaßen verblüfft und erstaunt, dass diese beiden Kerle meine Schwester gezähmt hatten. Sie hatten nicht etwa ihr Feuer ausgelöscht, doch es wirkte ausnahmsweise mal so, als ob sie ihretwegen begehrt wurde. Nicht um des Sex willen. Nicht ihres hübschen Gesichts wegen. Sie musste nicht wild und ungehemmt tun oder alle Ernsthaftigkeit abblocken, um Aufmerksamkeit zu bekommen.

Diese Männer – Gestaltwandler – wollten Lyssa, genau so, wie sie war. Sie musste ihnen nichts beweisen, genau wie auch ich Johnny nichts beweisen musste.

Es machte ihm nichts aus, dass ich die Ruhige von uns war. Die Zahme.

„Ich hatte Rob damals auch nichts davon erzählt, dass ich beim FBI bin", meldete sich Willow zu Wort. „Ich habe sogar so getan, als wäre ich Natalie." Sie wandte den Kopf und warf

Rob einen Blick zu. „Rob hat mir nicht erzählt, dass er Gestaltwandler ist. Jeder der Wolf-Brüder musste lügen und seiner Gefährtin etwas verschweigen. Er hat sich nur die Schnauze daran gestoßen" – sie zwinkerte ihrem Gefährten zu, als sie Lyssas Ausdruck benutzte – „dass wir uns von Zwillingen haben reinlegen lassen."

Rob rieb sich mit der Hand über den Nacken. Juckte es ihn dort oder war das ein Zeichen seines Unbehagens? Ich war mir ziemlich sicher, dass ich es nie herausfinden würde.

„Unsere Gefährtin fährt morgen mit uns zu unserem Rudel nach Wyoming", erklärte Travis und unterbrach meinen Gedankengang.

Rob schüttelte den Kopf. „Ihr seid so lange hier willkommen, wie ihr bleiben möchtet." Sein Blick wanderte zwischen mir und Lyssa hin und her. „Die Unterschiede zwischen euch sind mittlerweile sehr deutlich."

Ich war mir nicht sicher, ob das ein Kompliment war oder nicht.

„O mein Gott! Ich liebe es einfach, dass du ein Zwilling bist!", rief Marina aus, als sie zu uns herübergestürmt kam und mich in eine Umarmung riss. Sie roch nach Vanille. Ich war mir nicht sicher, ob sie überhaupt wusste, wen sie da gerade umarmte, Lyssa oder mich, aber da Johnny seinen Arm um mich geschlungen hatte, war es vermutlich mehr als offensichtlich.

Wes begleitete sie und hielt die Hand eines kleinen Mädchens. Anders als Marina lächelte er nicht. Das kleine Mädchen blickte mit großen Augen zwischen Lyssa und mir hin und her. Offensichtlich hatte sie noch nie zuvor eineiige Zwillinge gesehen. Ich winkte ihr mit meinen Fingern zu.

„Das sind meine Schwester Lyssa und ihre Gefährten", stellte ich sie Marina und Wes vor und die Männer gaben sich die Hand.

„Komm mit", sagte Marina und griff nach Lyssas Hand. „Colton und Boyd entzünden jeden Moment das Feuer. Lass uns ein paar Leute verarschen."

Lyssa blickte nicht einmal zu mir, sondern hinauf zu ihren beiden sehr großen, sehr rauen Gefährten. Fragte sie wortlos nach ihrer Erlaubnis? Als die beiden nickten, strahlte Lyssa und ließ sich von Marina davonziehen.

Knox und Travis begannen eine Unterhaltung mit Wes, über Borkenkäfer und irgendeinen Baumfraß.

„Ihr gehts gut", wisperte Johnny in mein Ohr.

„Sind die beiden gut für sie?", wisperte ich zurück. „Ich meine, ich habe nie erlebt, dass sie ... sich einem Kerl gegenüber unterwürfig verhält, geschweige denn, zweien."

„Sie werden ihr nur geben, was sie braucht." Er vergrub seine Nase in meinem Hals und Gänsehaut breitete sich auf meinen Armen aus. „Genau so, wie ich dir gebe, was du brauchst. Sag mir, Gefährtin, was brauchst du heute Nacht? Die Handschellen? Hm ...", murmelte er. „Vielleicht benutze ich die, damit du mit gefesselten Armen und Füßen deinen Arsch in die Luft reckst."

Ich konnte mir nicht vorstellen, was er beschrieb, bis auf die Sache mit *Arsch in die Luft.*

„Vielleicht brauchst du meinen Schwanz in deinem Arsch."

Ich wand mich. Der Plug war mittlerweile schon mehrmals dort eingesetzt worden, wo Johnny hundertprozentig wusste, dass ich es mochte. Aber sein Schwanz in mir? Da?

Bei dieser Vorstellung zog sich mein Arsch zusammen.

Johnny gluckste. „Vorsichtig, Gefährtin. Ich kann den Duft deiner Erregung bereits riechen."

Ich lehnte mich an ihn. Welches Abenteuer auch immer er für mich geplant hatte, ich wusste, dass es unwiderstehlich werden würde.

Und noch unwiderstehlicher war die Tatsache, dass das hier eine Sache für alle Ewigkeit war. Wie ein verheiratetes Paar, nur noch permanenter. Keine Chance auf Scheidung.

„Wir sollten dir einen Ring besorgen", platzte ich heraus und spielte auf meine Bemerkung an, wie ich ihn markieren konnte. Wenn alle Gestaltwandler seinen Duft an mir riechen konnten, dann wollte ich, dass auch er irgendwas an sich hatte, was allen Frauen verriet, dass er vergeben war.

Johnny grinste mich an. „Machst du mir gerade einen Heiratsantrag, Emma?"

Ich erwiderte sein Lächeln. „Ja, schätze, das tue ich. Ich will, dass du meinen Ring trägst. Damit die anderen Frauen wissen, dass du vergeben bist."

„Das wäre mir eine verdammte Ehre, Baby." Er hob zwei Finger an den Mund und stieß einen so gellenden Pfiff aus, dass ich mir die Hände auf die Ohren presste. „Hey, alle mal herhören! Wir haben eine Bekanntmachung. Emma hat mir gerade einen Heiratsantrag gemacht!"

Einige der jüngeren Gestaltwandler sahen verwirrt aus – ich schätzte, weil die Ehe kein Teil ihrer Kultur war –, doch der Rest der Menge lachte und jubelte.

Johnny hob seine rechte Hand in die Luft. „Ich habe ihr gesagt, ‚Put a ring on it'."

„Der gehört aber an die andere Hand, Beyoncé." Colton schlug ihm lachend auf den Rücken und Johnny ließ die Hand sinken und schlang stattdessen seinen Arm um mich. Dann wirbelt er mich im Kreis, dass meine Beine hinter mir durch die Luft flogen.

Ich lachte, und als er mich absetzte, war mir ein bisschen schwindelig.

„Ja, ich will", sagte Johnny und senkte seine Lippen, um meinen Mund zu erobern.

„Ich will auch."

Ich war unsterblich verliebt. Bereit, den Rest meines Lebens mit dem heißen Cowboy zu verbringen, den ich erst vor einer Woche getroffen hatte.

Wie sich herausgestellt hatte, glaubte ich *tatsächlich* an Schicksal.

MEHR WOLLEN?

Keine Sorge, es wird noch mehr von der Wolf Ranch zu lesen geben! Aber weißt du was? Ich habe eine kleine Bonus Geschichte für dich. Entdecke ein bisschen extra Liebe für Riley und Cody. Wie immer...vielen Dank, dass Sie unsere Bücher liest und mit auf diesen wilden Ritt kommst!

Klick hier
oder gehen zu:

https://vanessavaleauthor.com/v/2kw

VANESSA VALE: HOLEN SIE SICH IHR KOSTENLOSES BUCH!

Tragen Sie sich in meine E-Mail Liste ein, um als erstes von Neuerscheinungen, kostenlosen Büchern, Sonderpreisen und anderen Zugaben zu erfahren.

kostenlosecowboyromantik.com

RENEE ROSE: HOLEN SIE SICH IHR KOSTENLOSES BUCH!

Tragen Sie sich in meine E-Mail Liste ein, um als erstes von Neuerscheinungen, kostenlosen Büchern, Sonderpreisen und anderen Zugaben zu erfahren.

https://www.subscribepage.com/mafiadaddy_de

WEBSITE-LISTE ALLER VANESSA VALE-BÜCHER IN DEUTSCHER SPRACHE.

vanessavalebuecher.com

BÜCHER VON RENEE ROSE

Wolf Ranch

ungezähmt

ungestüm

ungezügelt

unzivilisiert

ungebremst

unbändig

unkontrolliert

Two Marks

ungebärdig - (gratis)

versucht

Begehrt

verzaubert

Mountain Men

Held

Rebell

Krieger

Bad Boy Alphas

Alphas Versuchung

Alphas Gefahr

Alphas Preis

Alphas Herausforderung

Alphas Besessenheit

Alphas Verlangen

Alphas Krieg

Alphas Aufgabe

Alphas Fluch

Alphas Geheimnis

Alphas Beute

Alphas Blut

Alphas Sonne

Alphas Mond

Alphas Schwur

Alphas Rache

Alphas Feuer

Alphas Rettung

Alphas Befehl

The Werewolves of Wall Street Serie

Der große böse Boss: Mitternacht

Der große böse Boss: Mondverrückt

Der große böse Boss: Markiert

Der große böse Boss: Miteinander

Wolf Ridge High

Alpha Bully

Alpha Knight

Step Alpha

Alpha King

Mitternacht Doms

Alphas Blut von Renee Rose & Lee Savino

Seine gefangene Sterbliche von Renee Rose & Lee Savino

Chicago Bratwa

Gefährliches Vorspiel

Der Direktor

Der Mittelsmann

Bessessen

Der Vollstrecker

Der Soldat

Der Hacker

Der Buchmacher

Der Reiniger

Der Spieler

Der Torwächter

Unterwelt von Las Vegas

King of Diamonds

Mafia Daddy

Jack of Spades

Ace of Hearts

Joker's Wild

His Queen of Clubs

Dead Man's Hand

Wild Card

Mafia Männer Reihe

Reiz mich nicht

Verführe mich nicht

Zwing mich nicht

Master Me

Ihr Königlicher Master

Ja, Herr Doktor

Ihr Marine Master

Ihr Russischer Gebieter

Ihre Zwillingsmaster

Ihr Brandmeister

Ihr Küchenmeister

Ihr Hollywood Master

Ihr Bad Boy Master

Sündhaftes Chicago

Sündenpfuhl

Verwurzelt in Sünde

Yachtkönige

Rache

Die Meister von Zandia

Seine irdische Dienerin

Seine irdische Gefangene

Seine irdische Gefährtin

Seine irdische Rebellin

Seine irdische Frau

Ihr Gefährte und Meister

Zandianisches Haustier

Sein irdischer Besitz

Zandianische Bräute

Eine Nach md den Zandianern

Von den Zandianern gekauft

Von den Zandianer beherrscht

Das Licht der Zandianer

Festgehalten vom Zandianer

Vom Zandianer beansprucht

Vom Zandianer gestohlen

VANESSA VALE: ÜBER DIE AUTORIN

Vanessa Vale ist die USA Today Bestseller Autorin von sexy Liebesromanen, unter anderem ihrer beliebten historischen Bridgewater Reihe und heißen zeitgenössischen Liebesromanen. Vanessa schreibt über unverfrorene Bad Boys, die sich nicht einfach nur verlieben, sondern Hals über Kopf in die Liebe stürzen. Ihre Bücher wurden über eine Million Mal verkauft und sind weltweit in mehreren Sprachen im E-Book-, Print- und Audioformat erhältlich.

vanessavale.de

RENEE ROSE: ÜBER DIE AUTORIN

USA TODAY Bestseller-Autorin RENEE ROSE liebt dominante, verbalerotische Alpha-Helden! Sie hat bereits über eine halbe Million Exemplare ihrer erotischen Liebesromane mit unterschiedlichen Abstufungen verruchter sexueller Vorlieben und Erotik verkauft. Ihre Bücher wurden außerdem in *USA Todays Happily Ever After* und *Popsugar* vorgestellt. 2013 wurde sie von *Eroticon USA* zum nächsten *Top Erotic Author* ernannt und freut sich ebenfalls über die Auszeichnungen Spunky and Sassy's *Favorite Sci-Fi and Anthology Autor*, The Romance Reviews *Best Historical Romance* und Spanking Romance Reviews *Best Sci-fi, Paranormal, Historical, Erotic, Ageplay and Couple Author*. Bereits fünfmal gelang ihr eine Platzierung in der USA-Today-Bestsellerliste mit verschiedenen literarischen Werken.

Besuchen Sie ihren Blog unter www.reneeroseromance.com